월 드 클 래 식 라 이 팅 북

필사의 힘

괴테처럼 【젊은 베르테르의 슬픔】 따라쓰기

20___년 ___월 _____ 필사하다

월드클래식 라이팅북

필사의 힘

괴테처럼 【젊은 베르테르의 슬픔】 따라쓰기

Johann Wolfgang von Goethe

미르북
컴퍼니

"오늘도 일곱 자루의 연필을 해치웠다.
필사 하십시다, 지금 당장!"

어니스트 헤밍웨이

필사는 "손가락 끝으로
고추장을 찍어 먹어 보는 맛!"

시인 안도현

독일 문학의 중심, 요한 볼프강 폰 괴테의 유명한 고전
영혼을 울리는 사랑의 열병
《젊은 베르테르의 슬픔》따라쓰기

《젊은 베르테르의 슬픔》은 18세기 전 유럽을 떠들썩하게 한 신드롬이
자 가장 성공한 문학 작품이라고 해도 과언이 아닙니다. '베르테르 효
과'라 할 정도로 많은 사람들이 소설 속에서 본 자살을 시도했으며, 낭
만적 사랑을 꿈꾸며 이혼하는 사람들도 생겨났고, 더불어 베르테르가
입던 푸른 연미복과 노란 바지가 유행했지요. 비극적인 결말, 청춘의 열
렬한 사랑, 아름다운 자연 묘사가 한데 어우러지면서 예술적으로 완성
된 구도를 만든 것은 물론 독일 소설의 한 원형을 이루었습니다. 문학
작품이 한 시대나 공간을 뛰어넘어 여전히 사랑받을 수 있다는 증거를
여실히 보여 주는 작품입니다.

또한 이 작품은 세기의 철학가와 문인들의 찬사를 받은 괴테의 대표작이
기도 합니다. 토마스 만은 이 작품을 일컬어 "괴테의 젊음과 천재성으로
탄생시킨 최고의 작품"이라고 했으며, 프리드리히 니체는 "괴테는 유일하
게 독일적인 예외다. 괴테는 하나의 문화다." 라고까지 이야기했습니다.

이 소설은 괴테의 자기 묘사인 동시에 그 시대 유럽의 모든 젊은이, 아니 세상 모든 젊은이들의 특정한 삶의 상황을 정확하게 보여 주었습니다. 또한 이는 괴테가 살아가던 당시의 세대가 공통적으로 겪는 운명의 이야기이자 청년들이 가지고 있는 영혼의 그림이며, 그들이 앓고 있는 질병에 대한 이야기인 동시에 살아 있는 청년이면 누구나 겪기 마련인 전형적 위기를 지극히 감동적으로 형상화한 불멸의 작품이기도 합니다. 예전과는 달리 바쁘게 현대를 살아가는 우리가 세상 물정 모르고 그저 사랑을 외치기만 하는 베르테르에게 공감하기 어려운 것은 어쩌면 당연한 일일지도 모릅니다. 그러나 그에게 공감할 수 없는 이유가 거친 세상 속에서 우리도 함께 버석거리는 감성을 갖게 되었기 때문은 아닐까요. 그 거친 세상과 버석거리는 감성 아래에서 우리는 너무나도 많은 것을 잃고 있다는 사실을 잊고 사는 것은 아닐까요. 이제 펜을 들고 우리의 메마른 마음을 어루만져 주는, 특별한 치유의 시간을 가져 보세요.

이렇게 따라써 보세요

눈으로 읽고 손으로 한 글자 한 글자 또박또박 써 내려 갑니다. 문장을 천천히 음미하면서 읽어 보세요. 그리고 자신이 괴테가 되었다고 생각하고 천천히 따라서 써 보세요. 《젊은 베르테르의 슬픔》을 따라쓰기 하며 괴로우면서도 고결한 사랑의 진면목을 체험한다면 비로소 사랑이란 무엇인지, 인생이란 무엇인지 알 수 있게 됩니다. 지금 바로 한 페이지를 채워 보세요. 필사의 힘을 온몸으로 느끼실 수 있습니다. 따라쓰시다 가 무척 마음에 드는 문구가 나오면 밑줄을 그어도 좋습니다.

1771년 5월 4일

이렇듯 멀리 떠나오니 정말 기쁘네! 나의 소중한 친구여, 인간의 마음이란 대체 무엇인가! 그토록 사랑하는 자네를 떠나고 내가 이토록 기쁘다니! 그래도 자네 날 용서해 줄 것이라 믿겠네. 자네 외의 다른 이들과의 교제는 나의 마음을 불안하게 하려고 운명에 의해 선택된 것이 아닐까? 불쌍한 레오노레! 하지만 그것이 내 잘못은 아니라네. 그녀의 여동생의 매혹에 이끌려 내 편히 대화하던 중, 그 불쌍한 레오노레의 가슴속에 애욕이 싹트게 된 것을 어쩌나! 하지만 정말 내 잘못이 없는 걸까? 내가 그녀의 감정을 부추긴 것은 아닐까? 그녀의 그다지 재미없는 이야기에 함께 웃으며 나 역시도 즐거워하지 않았던가? 또 나는 역시나 스스로 한탄하는 일어나는 것이네, 인간이란! 사랑하는 친구여, 자네에게 약속하건대 나 스스로를 개선하겠네. 여태껏 그래 왔듯이 운명이 마련해 준 미미한 불행을 곱씹고 있었는데, 이제는 그러지 않으려네. 난 현재의 순간을 그대로 즐기고 과거는 그냥 흘려보낼 거야. 자네야 물론, 공부란 상상력으로 지난 과거의 불행을 되살리자는 말을 내가 이런 인간이 그런 식인자는 신판이 아닐 걸세. 현세에 충실하며 편히 지낸다면 인간의 고통은 훨씬 적을 거야.

14

1771년 5월 4일

이렇듯 멀리 떠나오니 정말 기쁘네! 나의 소중한 친구여, 인간의 마음이란 대체 무엇인가! 그토록 사랑하는 자네를 떠나고 내가 이토록 기쁘다니! 그래도 자네 날 용서해 줄 것이라 믿겠네. 자네 외의 다른 이들과의 교제는 나의 마음을 불안하게 하려고 운명에 의해 선택된 것이 아닐까? 불쌍한 레오노레! 하지만 그것이 내 잘못은 아니라네. 그녀의 여동생의 매혹에 이끌려 내 편히 대화하던 중, 그 불쌍한 레오노레의 가슴속에 애욕이 싹트게 된 것을 어쩌나! 하지만 정말 내 잘못이 없는 걸까? 내가 그녀의 감정을 부추긴 것은 아닐까? 그녀의 그다지 재미없는 이야기에 함께 웃으며 나 역시도 즐거워하지 않았던가? 또 나는 역시나 스스로 한탄하는 일어나는 것이네, 인간이란! 사랑하는 친구여, 자네에게 약속하건대 나 스스로를 개선하겠네. 여태껏 그래 왔듯이 운명이 마련해 준 미미한 불행을 곱씹고 있었는데, 이제는 그러지 않으려네. 난 현재의 순간을 그대로 즐기고 과거는 그냥 흘려보낼 거야. 자네야 물론, 공부란 상상력으로 지난 과거의 불행을 되살리자는 말을 내가 이런 인간이 그런 식인자는 신판이 아닐 걸세. 현세에 충실하며 편히 지낸다면 인간의 고통은 훨씬 적을 거야.

나의 표현력이 워낙 미약하고, 모든 것이 내 영혼 앞에서 둥둥 헤엄치며 떠다닐 뿐이라 윤곽조차 잡기가 힘들다네. 내게 점토나 밀랍이라도 있으면 그걸 빚어 뭔가 표현해 낼 수 있을지도 모르겠네. 이런 상태가 계속된다면 나는 점토를 구해서 빚어 볼 생각이네. 비록 케이크밖에 만들지 못하더라도 말일세!

로테의 초상화를 그리려고 세 번이나 시도했지만 늘 실패하고 말았네. 전에는 제아 잘 그렸던 만큼 더욱 화가 나더군. 그래서 나중에는 로테의 실루엣을 그렸는데, 그걸로 만족하는 것이 좋을 듯하네.

7월 26일

사랑하는 로테, 내가 모든 것을 정리하고 처리할 테니 부디 내게 더 많은 일을 시켜 주시오. 될 수 있는 대로 자주 말이오. 그런데 한 가지 부탁이 있다네. 앞으로 내게 보내는 쪽지에 모래는 뿌리지 마시오(옛날에는 잉크가 번지는 것을 막기 위해 모래를 뿌렸다). 오늘 쪽지를 받자마자 입술에 갖다 댔는데, 입 안에서 모래가 씹혔다오.

7월 26일

로테를 너무 자주 찾아가지 말자고 스스로 몇 번이나 다짐했는지 모른다네. 하지만 그게 지켜질 리가 있겠는가? 매일 난 유혹에 굴복하

132

나의 표현력이 워낙 미약하고, 모든 것이 내 영혼 앞에서 둥둥 헤엄치며 떠다닐 뿐이라 윤곽조차 잡기가 힘들다네. 내게 점토나 밀랍이라도 있으면 그걸 빚어 뭔가 표현해 낼 수 있을지도 모르겠네. 이런 상태가 계속된다면 나는 점토를 구해서 빚어 볼 생각이네. 비록 케이크밖에 만들지 못하더라도 말일세!

로테의 초상화를 그리려고 세 번이나 시도했지만 늘 실패하고 말았네. 전에는 제아 잘 그렸던 만큼 더욱 화가 나더군. 그래서 나중에는 로테의 실루엣을 그렸는데, 그걸로 만족하는 것이 좋을 듯하네.

7월 26일

사랑하는 로테, 내가 모든 것을 정리하고 처리할 테니 부디 내게 더 많은 일을 시켜 주시오. 될 수 있는 대로 자주 말이오. 그런데 한 가지 부탁이 있다네. 앞으로 내게 보내는 쪽지에 모래는 뿌리지 마시오(옛날에는 잉크가 번지는 것을 막기 위해 모래를 뿌렸다). 오늘 쪽지를 받자마자 입술에 갖다 댔는데, 입 안에서 모래가 씹혔다오.

7월 26일

로테를 너무 자주 찾아가지 말자고 스스로 몇 번이나 다짐했는지 모른다네. 하지만 그게 지켜질 리가 있겠는가? 매일 난 유혹에

Q 따라쓰기를 하면 글쓰기 능력이 향상되나요?

A 네. 그렇습니다. 전반적으로 글쓰기 능력이 향상됩니다. 따라쓰기를 미술에 비유하자면 마치 화가 지망생이 명화를 따라 그리는 것과 같다고 생각하시면 됩니다.

뛰어난 문학 작품을 처음부터 끝까지 따라쓰게 되면 글쓴이가 사용한 어휘, 문장 부호, 문체 그리고 이것들이 모여 이루어진 문장을 자연스레 익히게 됩니다. 그러므로 글쓰기에 대한 자신감은 물론이고 전체적인 내용을 구성하는 능력까지 키울 수 있게 됩니다.

Q 소설 전체를 따라쓰는 것과 일부를 따라쓰는 것 중 어떤 것이 더 효과적인가요?

A 이번에도 미술에 비유해 보겠습니다. 요하네스 베르메르의 〈진주 귀걸이를 한 소녀〉를 좋아하는 화가 지망생이 그림 전체가 아닌 그림 일부분만을 따라 그렸다고 상상해 보십시오. 이 그림이 수백 년 동안 사랑받고 있는 이유는 소녀의 눈망울이 몹시 매혹적이기 때문입니다. 하지만 그림 전체가 아니라 소녀의 눈만 그린다면 눈 아래의 오똑한 코와 부드럽게 빛나는 붉은 입술은 볼 수 없을 테고 당연히 그림에서 깊은 감흥을 느낄 수 없습니다.

따라쓰기도 마찬가지입니다. 소설 전체를 따라 써야 문장의 장단점을 파악해 장점을 극대화하고 단점을 걷어 낼 수 있습니다. 특정 단락의 문장이 뛰어나다고 해도 그것은 어디까지나 완성된 한 편의 작품 속에서 다른 단락들과 조화를 이루어야 더욱 빛나는 것입니다.

Q 어떤 분이 이르기를 따라쓰기는 자신의 색깔을 잃을 수 있으니 지양해야 한다고 하는데 이 부분에 대해서 조언을 듣고 싶습니다.

A 뛰어난 문장가들의 문장을 따라쓰다 보면 비슷한 유형의 문장을 자신의 글을 쓸 때에도 쓰게 되는 경우가 생길 수 있습니다. 하지만 그것은 짧은 시기에 불과할 뿐이고 끊임없이 글쓰기 연습과 독서를 병행하면 자신만의 색깔을 찾을 수 있습니다.

Q 따라쓰기를 하면 정말 마음이 가라앉고 힐링이 되나요?

A 컬러링북에 색깔을 채워 나가다 보면 마음이 고요해지고 그것에 더욱 몰입할 수 있게 됩니다. 따라쓰기도 마찬가지입니다. 다만 한 가지 더 좋은 점이 있다면 글쓰기 능력도 향상된다는 것입니다.

Q 작가가 되고 싶은데 어느 정도로 따라쓰기를 해야 할까요? 하루에 얼마나 시간 투자를 하면 되는지 궁금합니다.

A 따라쓰기는 순전히 각자의 역량에 맞춰 할 수 있는 작업입니다. 그러니 너무 지치지 않을 정도로 쓰는 게 좋습니다. 다만 하루도 빠짐없이, 5분이라도 시간을 투자해서 매일 쓰는 것이 좋겠습니다. 이런저런 사정을 핑계로 띄엄띄엄 쓴다면 곧 지루해지고 중간에 포기할 가능성이 높아집니다.

Q 한국 작품이 아니라 외국 작품의 번역물을 선택해도 상관없는 건가요?

A 우리가 외국 작품을 읽을 때 번역본을 읽는 것처럼, 따라쓰기도 원문을 따라쓰기 어렵다면 번역본을 따라쓰는 것도 훌륭한 방법입니다. 다만 여러 개의 번역본을 비교해 보고, 쉽게 읽히거나 문체가 마음에 드는 번역본을 선택하는 것이 좋습니다.

젊은 베르테르의 슬픔

1부

1771년 5월 4일

이렇듯 멀리 떠나오니 정말 기쁘네! 나의 소중한 친구여, 인간의 마음이란 대체 무엇인가! 그토록 사랑하는 자네를 떠나온 내가 이리도 기쁘다니! 그래도 자넨 날 용서해 줄 것이라 믿겠네. 자네 외의 다른 이들과의 교제는 나의 마음을 불안케 하려고 운명에 의해 선택된 것이 아닐까? 불쌍한 레오노레! 하지만 그것이 내 잘못은 아니라네. 그녀의 여동생의 매혹에 이끌려 내 편히 대화하던 중, 그 불쌍한 레오노레의 가슴속에 애욕이 싹트게 된 것을 어쩌나! 하지만 정말 내 잘못이 없는 걸까? 내가 그녀의 감정을 부추긴 것은 아닐까? 그녀의 그다지 재미없는 이야기에 함께 웃으며 나 역시도 즐거워하지 않았던가? 또 나는 역시나 스스로 한탄이나 늘어놓고 있다니, 인간이란! 사랑하는 친구여, 자네에게 약속하건대 나 스스로를 개선하겠네. 여태껏 그래 왔듯이 운명이 마련해 준 미미한 불행을 곱씹고 있었는데, 이제는 그러지 않으려네. 난 현재의 순간을 그대로 즐기고 과거는 그냥 흘려보낼 거야. 자네가 옳았네. 친구여, 풍부한 상상력으로 지난 과거의 불행을 되살리지는 말고 왜 인간이 그런 식인지는 신만이 아실 걸세. 현재에 충실하며 편히 지낸다면 인간의 고통은 훨씬 적을 거야.

어머니께 당신이 맡기신 일은 잘되어 가고 있고 곧 소식 전해 드리겠다고, 미안하지만 자네가 좀 전해 주게나. 그동안 나의 아주머니와 이야기해 봤는데 듣던 대로 그리 나쁜 여자는 아니더군. 성격은 좀 급해도 착한 마음씨를 가진 분이야. 난 아주머니가 움켜쥐고 내놓지 않고 있는 유산 때문에 어머니께서 불만을 가지고 계시다 전해 드렸어. 아주머니는 그 일에 대해 그분 입장의 사정과 이유를 모두 말하며 몇 가지 조건을 내걸었고 그 조건이 맞아떨어진다면 모든 걸 내어 줄 용의가 있다고 하셨네. 우리의 요구보다 훨씬 많이. 아무튼 이 문제에 대해선 더 이상 언급 않겠네. 어머니께는 다 잘될 것이라 전해 드리면 돼. 그리고 친구여, 이런 사소한 일에도 오해와 태만이 술수나 악의보다도 이 세상에 더 많은 갈등을 일으킨다는 것을 깨달았네. 적어도 술수나 악의는 드문 편이야.

그건 그렇고 난 이곳에서 아주 잘 지내고 있다네. 이 낙원과도 같은 곳에서 고독은 내 마음에 큰 위안이 되어 주고, 이 청춘의 계절은 이따금 두려워 떠는 나의 마음을 따사로이 감싸 준다네. 나무 하나하나, 산울타리 하나하나가 만발한 꽃다발과 같다네. 난 그 안에서 한 마리의 풍뎅이가 되어 향기로운 바닷속을 누비며 모든 영양분을 찾고 싶어.

이 도시 자체는 그저 그렇지만 교외로 나가면 말로 다 표현하기 힘들 정도의 아름다운 자연이 펼쳐지지. 고인이 된 M 백작은 그 아름다

16

움에 끌려 하나의 언덕 위에 그의 정원을 만든 거야. 이 언덕들은 이루 말할 수 없는 다채로운 아름다움이 서로 교차하며 가장 사랑스런 계곡을 이뤘네. 그 정원은 소소하기 때문에 누구나 그 입구에 들어서자마자 학문적으로 뛰어난 정원사가 아니라, 스스로 맘껏 즐기고 싶어 하는 감성적인 가슴을 지닌 이가 설계했음을 느낄 수 있다네. 벌써 몇 번이나 나는 고인이 된 백작을 기리며 그가 즐겨 찾던 자리이자 지금은 나의 자리이기도 한 황폐한 정자에 앉아 눈물을 흘렸지. 곧 그 정원의 주인은 내가 될 것이네. 며칠 전부터 정원사도 내게 호감을 보이고 있고 그게 그에게 나쁠 일도 없고 말이지.

5월 10일

환상적인 상쾌함이 내 모든 영혼을 사로잡고 그것은 나의 모든 가슴으로 즐기고 있는 달콤한 봄의 아침과도 같아. 나는 홀로 나 같은 영혼을 위해 존재하는 듯한 이곳에서 인생을 보내며 즐기고 있지. 사랑하는 친구, 난 정말이지 행복하다네. 내가 이리도 편하고 조용한 현재에 잠겨 있다 보니 내 예술이 방해를 다 받을 정도지 뭔가. 단 하나의 선도 그릴 수 없지만 그럼에도 난 지금 순간처럼 위대한 화가인 적은 없었지. 주변에 둘러싸인 계곡에선 안개가 피어오르고 높이 솟은 해는 울창한 숲 위를 맴돌고 있다네. 그 안의 성스러운 곳에 단지 몇

가닥의 빛줄기만이 새어 들어올 때면 난 떨어지는 냇물 옆 높은 풀밭에 누워 땅 가까이의 수천 가지 온갖 풀들을 본다네. 그 다양한 풀들이 얼마나 신기해 보이는지 아는가. 풀들 사이에서 움직이는 무수히 많은 작은 벌레와 나는 벌레들의 작은 세계의 우글댐을 내 가슴 가까이 느낄 때, 자신의 모습과 닮게 우리 인간을 창조한 전지전능한 분의 존재, 그리고 우리를 영원한 환희 속에 떠다니게 해 주시는 자애로운 분의 숨결을 느낄 수 있지. 친구, 내 눈 주위에 여명이 밝아 오고 내 주변의 세계와 하늘이 마치 사랑하는 이의 모습처럼 온전히 내 영혼 속에서 쉬고 있을 때면 난 그리움에 몸부림치며 자주 생각에 잠기게 된다네. 아아, 이것을 다시 표현할 수 있다면, 자네 안에 충만하고 이리도 따스하게 살아 있는 것을 종이 위에 살려 내어 자네 영혼이 무한한 신의 거울이듯이 그것이 자네 영혼의 거울이 되도록 말이네. 친구여, 그렇지만 나는 그러다가 몰락하고 말 것이야. 난 그 숭고함의 위력 앞에 무릎 꿇고 만다는 것이지.

5월 12일

이 지방에는 사람을 홀리는 정령이라도 있는 건지, 따스한 천상의 상상력이 내 마음속에서 꿈틀대서 그러한 건지는 잘 모르겠지만 주변의 모든 것들이 마치 낙원처럼 느껴져. 마을 앞 가까이 샘이 하나 있

는데 마치 멜루지네(프랑스에서 독일로 퍼진 전래 동화에 등장하는 물의 요정)와 그녀의 자매들이 그러했듯 나도 그 샘에 매료되었다네. 작은 언덕을 내려가면 궁륭 하나가 있고 스무 계단 정도를 더 내려가면 맑고 투명한 물이 대리석 틈에서 흘러나온다네. 위를 둘러싼 작은 담장과 그 주변을 둘러 에워싼 높은 나무들과 그 자리에 감도는 시원함, 이 모든 것에는 마음을 끌어당기는 무엇인가가, 전율하게 만드는 무언가가 존재한다네. 난 하루도 빼먹지 않고 그곳에 한 시간씩 앉아 있다네. 그럼 시내에서 소녀들이 와서 물을 길어 가는데, 그건 가장 순수하면서도 가장 필요한 일이지. 예전엔 왕의 딸들도 손수 그렇게 하지 않았나. 그곳에 내가 앉아 있을 때면 내 옛날 가부장적 시대엔 이렇지 않았을까 상상하게 돼. 웃어른들이 샘가에서 서로를 알게 되고 혼담을 나누곤 했겠지. 그리고 자비로운 정령들이 우물과 샘 주변을 떠돌고 말이네. 아아, 이런 기분을 이해하지 못한다면 무더운 여름날 힘겨운 여정 끝에 시원한 샘물의 시원함을 느껴 보지 못한 사람일 거야.

5월 13일

내가 있는 곳으로 내 책들을 보내 줄까 물어봤던가? 이보게, 제발 부탁하건대 그것들로부터 날 좀 괴롭히지 말게. 난 더 이상 누구의 안내도 받고 싶지 않고, 그 어떤 격려나 자극도 원하지 않네. 나의 가슴

은 이미 충분히 스스로 요동치고 있으니 오히려 내게 필요한 건 자장가라네. 그리고 난 그런 자장가가 내가 읽고 있는 호메로스의 시 속에 이미 충분하다는 걸 발견했지. 끓어오르는 혈기를 잠재우기 위해 난 얼마나 자주 자장가를 불러야 했던가. 내 마음처럼 변덕이 심한 걸 자넨 보지 못했을 거야. 이보게나, 내가 이런 소리를 굳이 할 필요가 있겠나. 슬퍼하다가도 금세 방탕해지고 달콤한 우울 속에서 치명적 정열로 변모하곤 하는 나의 모습을 보며, 곤혹스러워하지 않았는가 말일세. 나도 나의 마음을 병든 어린아이처럼 대하고 있어. 뭘 하고 싶어 하든 다 받아 주고 있다네. 이 얘기는 그만하도록 하지. 이것을 나쁘게 생각하는 사람들이 있을 테니.

5월 15일

이 지역의 순박한 몇몇 서민은 이미 날 알고 날 좋아해 준다네. 특히 어린아이들이 나를 믿고 따른다네. 한 가지 서글픈 일이 있기도 했어. 처음에 내가 그들에게 다가가 이것저것 친근하게 물었을 때, 어떤 이들은 내가 자신들을 놀리는 줄 알고 날 냉대하기도 했다네. 그렇다고 내가 기분 나빠 하며 화를 낸 것은 아니고, 단지 전부터 느끼던 사실이 확실해졌을 뿐이네. 일반 서민과 가깝게 지내면 손해를 볼 것처럼 냉정하게 행동하는, 다소 신분이 있는 사람들은 서민들과 늘 냉랭

한 거리를 두려 한다는 걸 말일세. 그들과 가까이 지내면 위엄이 손상되기라도 한다는 듯이. 그리고 스스로는 일부러 겸손한 체하며 자신들의 오만불손한 거만함을 더욱 상기시켜 주는 경박한 부류도 있지.

물론 나도 우리 모두가 평등하지 않고 그리될 수 없다는 것을 잘 알고 있네. 하지만 존경받기 위해 서민이라고 불리는 사람들과 거리를 두어야 한다고 믿는 사람들이 있는데, 그런 이들은 패배가 두려워 미리 도망치는 겁쟁이와 마찬가지로 비난받아 마땅하다고 보네.

얼마 전, 샘터에 나가 봤더니 젊은 하녀 하나가 물통을 계단 맨 아래에 두고 누군가 머리에 이도록 도와줄 이가 없을까 둘러보더군. 난 계단을 내려가 그녀를 보며 물었다네.

"아가씨, 도와 드릴까요?"

그녀는 얼굴이 빨개지며 대답했다네.

"오, 아니에요. 나리!"

"사양하지 말아요."

그러자 그녀는 머리 위에 똬리를 바로잡았고, 난 그녀를 도와주었네. 그녀는 내게 고맙다며 계단을 올라갔다네.

5월 17일

난 이런저런 다양한 사람은 알게 되었지만, 마음이 통하는 이는 아

직 찾지 못했다네. 나에게 무슨 매력이 있는지는 모르겠지만, 많은 사람이 나를 좋아해 준다네. 그러나 아쉬운 건 이 사람들과 아주 짧은 길만을 동행할 수 있다는 것이네. 이곳 사람들이 어떠냐고 묻는다면, 세상 어느 곳에서나 마찬가지로 평범하다고 답할 수밖에 없을 걸세. 인간이란 다들 비슷비슷한 법 아니겠나. 대다수의 사람들은 대부분의 시간을 살아가기 위해 소비하고, 조금이라도 자유가 생기면 불안해지면서 그 시간에서 벗어나려고 온갖 수단을 강구한다네. 오, 인간의 운명이란!

그렇지만 여기 사람들은 정말로 선량하다네! 나는 가끔씩 스스로를 망각하고 아직 인간에게 허락된 즐거움을 그들과 함께 만끽한다네. 잘 꾸며진 식탁에 앉아 서슴없고 순진무구한 농담을 주고받거나, 마차를 타고 주변을 산책하거나, 무도회를 열어 흥에 겨워 춤을 추다 보면, 그와 같은 것들이 내게 아주 좋은 영향을 준다네. 다만 내 안에 사용되지 않고 썩어 가는 다른 많은 힘들이 내재되어 있다는 생각을 숨기고 있어야 한다네. 아아, 그 생각을 하자니 답답하기 그지없군. 또한 말일세! 오해를 불러일으키는 것이 우리 같은 사람의 운명인 것 아니겠나.

아아, 어린 시절 나의 여자 친구가 떠나가 버렸다네! 아아, 내가 알던 그녀가! 스스로에게 이렇게 말하겠네.

'멍청이! 이 세상에서 찾을 수 없는 것을 찾다니.'

난 그녀를 가졌었고 그녀의 심장을 느꼈네. 그녀의 거대한 영혼과 함께라면 나 스스로는 현재의 나 이상으로 느껴졌지. 왜냐하면 그때의 난 되고 싶었던 건 뭐든 될 수가 있었으니 말일세. 신이시여, 그때 내가 사용하지 않은 영혼의 힘이 정녕 조금이라도 있었나이까? 그녀 앞에서 나의 신비한 감정이 활짝 피어나 모든 자연을 품지 않았던가? 우리의 만남은 더할 나위 없이 섬세한 감정과 날카로운 농담의 영원한 뜨개질이 아니었던가? 그것들이 무례하게 변화한다 한들 모두 독창성의 표식이 새겨져 있지 않았던가? 하지만 지금은! 아아, 나보다 앞서 가져왔던 그녀의 시간이 그녀를 나보다 일찍 무덤으로 인도하고 말았네. 난 결코 그녀를 잊지 않아. 그녀의 굳건한 의식과 거룩한 관용을 절대로 잊지 않을 거야.

며칠 전 난 V라는 젊은이를 만났는데 인상 좋고 밝은 청년이었네. 그는 막 대학 공부를 마쳤는데, 스스로 별달리 영리하다고 여기지 않았지만 다른 사람들보다는 아는 게 많다고 믿는 듯했네. 여러 가지로 볼 때 그는 성실하고 부지런한 청년인 데다 상당한 지식도 겸비했지. 내가 그림에 일가견이 있고 그리스어를 할 줄 안다는 것을 어디선가 듣고는(이 나라에서는 이 두 가지가 굉장한 일이네) 일부러 날 찾아와 자기가 가진 많은 지식을 늘어놓았네. 바토(프랑스의 화가)에서 우드(영

국의 예술 평론가), 드 필(프랑스의 화가, 미술 평론가)에서 빙켈만(독일의 미술사가)에 이르기까지. 그리고 술처(스위스 출생의 독일 미술사가)의 이론 첫 번째 단락을 완독했으며 고대 연구에 관한 강의를 기록한 하이네의 원고를 가지고 있다고 늘어놓더군. 난 그저 그렇게 하도록 내버려 두었네.

또 한 사람 훌륭한 분을 알게 되었는데, 숨김없이 상냥한 선제후의 공직자분이네. 들리는 바에 의하면 그가 그의 아홉 명의 자식들과 함께인 모습을 보면 절로 마음속의 기쁨을 맛볼 수 있다 하는군. 특히 그의 첫째 딸에 대한 칭송이 자자하다네. 그분이 날 초대했는데 일간 한번 찾아뵐 생각이네. 여기서 한 시간 반 정도 걸리는 사냥용 별장에 살고 있네. 부인과 사별한 후 도시 안의 관사에서 지내는 것이 너무나 괴로운 나머지 허가를 얻어서 그리로 이사했다 하더군.

그 외에 몇 명의 괴짜도 마주쳤는데 정말이지 뭐 하나 참아 주기가 힘들더군. 멋대로 친한 척하는 그 태도가 말이네.

잘 지내게! 이 편지는 덧붙이거나 꾸미지 않고 아주 사실적이라 마음에 들 것이야.

5월 22일

인생이 한낱 꿈에 불과하다고 생각하는 사람들이 많이 있었고, 나

도 언제나 그런 기분으로 살아왔네.

인간이 아무리 열심히 일하고 연구하더라도 활동과 탐구가 한계에 갇혀 있으며, 인간의 모든 활동이 궁극적으로 욕망을 이루기 위함이고, 그 욕망도 결국엔 우리의 보잘것없는 일생을 연장하고자 함이라네. 그리고 인간이 탐구하던 무언가가 어느 정도에 이르면 만족해 버리는 것은, 우리가 갇혀 있는 감옥의 벽에 형형색색의 모양들과 밝은 풍경을 그려 놓은 것과 같지 않겠는가.

빌헬름, 난 이런 것들에 그저 할 말을 잃게 된다네. 난 나 자신의 내부로 숨어들어 하나의 세계를 발견하지! 그 세상은 표현적이고 생명력이 있기보다는 관념적이고 어두운 욕망의 세계일 뿐이지만, 그 안에서는 모든 것이 내 감각 앞에 떠돌고 있고, 나는 그 세계를 향해 꿈꾸듯 미소 짓는다네.

아이들은 스스로가 무엇을, 왜 원하는지 모른다고 학식 있는 선생들 모두 입을 모아 말한다네. 하지만 어른들도 아이들과 다를 바 없이 이 땅 위를 거닐면서 자신들이 어디서 와서 어디로 가는지 모른다네. 또한 확고한 목표를 좇아서 행동하기보다는 비스킷과 케이크, 그리고 자작나무 회초리의 지배를 받고 있어. 누구도 이런 말을 믿고 싶어 하지 않지만, 나는 이것이야말로 틀림없는 사실이라 생각하네.

내가 이렇게 말하면 자네가 무슨 말을 할지 잘 알고 있네. 아이들과

마찬가지로 태평스럽게 하루를 보내고, 인형이나 가지고 놀며 인형 옷을 갈아입히고, 엄마가 달콤한 비스킷을 넣어 둔 서랍 주위를 맴돌다 마침내 원하는 걸 얻게 되면 한입 가득 물고선 '더 줘!' 하고 외치는 그러한 사람들이 제일 행복하다 말할 걸세. 그들은 행복한 피조물들이지. 또한 자신의 하찮은 직업이나 욕정에 현란한 명칭을 갖다 붙이고, 그것이 인류의 행복과 구원을 위한 대사업이라 내세우는 사람들도 복 받은 자들이지! 그렇게 할 수 있는 사람은 복되도다! 그러나 모든 것이 어디로 향하는지 겸손하게 깨닫는 사람들도 있네. 행복한 시민들이 자신들의 작은 정원을 낙원으로 가꿀 수 있다는 것을 알고, 불행한 사람들도 무거운 짐에 힘겨워 하면서도 꿋꿋하게 자신의 길을 가고, 어느 누구든 햇빛을 1분이라도 더 쬐고 싶어 한다는 것을 아는 사람들 말일세. 그래, 그런 사람은 조용히 자신만의 세계를 스스로 만들어 가고, 인간으로 태어난 것을 행복해한다네. 그러고 나면 그가 아무리 갇혀 있다고 한들 가슴속에는 언제나 자유의 달콤함을 품고 사는 것이네. 언제든 원한다면 그 감옥에서 벗어날 수 있다는 것을 안다네.

5월 26일

자넨 예전부터 내 방식을 알고 있겠지. 어딘가 친밀한 장소에 작은 오두막을 짓고 조촐히 지내는 것 말일세. 여기서도 마음에 꼭 드는 그

런 장소를 하나 찾아냈다네.

이 도시에서 한 시간쯤 떨어진 곳에 발하임(독자들은 이 책에 나오는 장소를 찾으려는 수고는 삼가시길. 부득이하게 편지 원본의 지명을 바꾸었습니다)이라는 곳이 있다네. 언덕 위에 자리 잡은 위치가 참으로 흥미롭다네. 그리고 좁은 길을 따라 마을을 벗어나면 계곡 전체를 내려다볼 수 있지. 나이에 비해 붙임성 있고 쾌활한 여관 안주인이 포도주와 맥주, 커피를 따라 준다네. 무엇보다도 마음에 드는 건 넓게 펼친 가지로 그늘을 드리우는 교회 앞의 작은 보리수나무 두 그루인데, 그 광장을 중심으로는 농가와 창고, 뜰이 있는 큰 저택들이 둘러싸고 있네. 그렇게 아늑하고 정다운 곳은 흔치 않을 걸세. 난 여관에서 작은 탁자와 의자를 그곳으로 가져가 커피를 마시며《호메로스》를 읽는다네. 어느 화창한 날 오후에 처음 우연히 그 보리수 아래에 이르렀을 때, 그 작은 광장은 참으로 고요했었네. 모두 들판으로 일을 나갔고 단지 네 살쯤 되어 보이는 사내아이 하나가 바닥에 앉아 생후 6개월쯤 된 아기를 자신의 발 사이에 앉히곤, 두 팔로 안아 가슴에 받쳐서 마치 그 아기의 안락의자가 되어 주는 듯했네. 주변을 계속 살피는 그 아이의 검은 눈동자의 생생함에도 불구하고 얌전하게 앉아 있었어. 그 모습이 참으로 보기에 좋았네. 나는 맞은편의 쟁기 위에 앉아 즐겁게 그 형제의 모습을 그렸지. 바로 옆의 울타리와 창고의 문, 부서진 수레바퀴 몇

개도 배경에 있는 그대로 그려 넣었다네. 한 시간 정도 지난 후에 생각이 전혀 가미되지 않고서도 정돈이 잘된 그림이 하나 완성되었다네. 이것은 앞으로 자연에만 의지하려는 내 결심을 더욱 굳건하게 해주었네. 오직 자연만이 영원히 풍요로우며 자연만이 위대한 예술가를 만드는 것이네. 시민의 사회를 칭찬할 수 있음과 마찬가지로 규칙의 장점에 대해서는 많은 것을 얘기할 수 있지. 법과 예의범절을 잘 따르는 이가 이웃의 비난을 사거나 극악한 악인이 될 수 없듯이, 예술의 규칙을 잘 지키는 이는 무미건조한 것이나 조악한 것을 내보이지 않는다네. 대신에 누가 뭐라 말하든, 모든 규범은 자연의 진정한 감정과 표현을 해치기 마련이야! 자넨 이렇게 말할 테지.

"그것은 좀 심한 말일세! 무성한 덩굴 따위를 잘라 내듯이 규칙은 단지 제한을 줄 뿐이야."

이보게, 친구, 비유를 하나 들어 보겠네. 그것은 말하자면 사랑과 같은 것이야. 한 청년이 어느 처녀에게 완전히 반해서, 그의 모든 힘과 재산을 그녀에게 바치고 언제나 자신의 헌신을 표현하기 위해 하루의 모든 시간을 그녀와 함께 보낸다고 가정해 보지. 그때 한 속물이, 이를테면 공직에서 일하는 어느 고루한 사람이 와서 그에게 이리 말할 거야.

"이보게 젊은이! 사랑은 인간적인 것이니 그대도 인간적으로 사랑해야 하오! 그대의 시간을 잘 배분해서 일부는 일하는 데 쓰고, 휴식

시간을 애인에게 바치게나. 그대의 재산을 잘 계산해서 생활에 필요한 만큼은 남겨 두고, 남은 몫으로 애인에게 선물을 하시오. 나도 그것에 대해서는 반대하지 않소. 다만 너무 자주는 말고, 애인의 생일이나 세례 날 같은 때에 선물을 하도록 하게."

그 사람의 말대로 한다면 그 청년은 쓸모 있는 젊은이가 될 거고, 나라도 그 청년을 관리로 등용하도록 모든 영주에게 추천할 것이네. 다만 그렇게 될 경우 그의 사랑은 그걸로 끝이고, 그가 만약 예술가라면 그의 예술 역시 끝일세. 오, 나의 친구들이여! 창조의 강물이 터져 나와 홍수를 이뤄 자네들의 영혼을 뒤흔드는 일은 어찌 이다지도 분출하기가 어렵단 말인가? 사랑하는 친구들이여, 그건 그 강가 양쪽에 점잔 떠는 신사들이 살고 있기 때문이네. 그들은 자기네 정자와 튤립 화단 그리고 채소밭이 망가질까 염려해 제방을 쌓고 수로를 내서 닥쳐올 위험에 미리 대비하기 때문이지.

5월 27일

내가 흥분한 나머지 비유와 연설 늘어놓기에 치중하다 보니 그 아이들이 어떻게 되었는지에 대한 이야기를 자네에게 해 준다는 걸 깜박했네. 어제 편지에서 짧게 말했지만, 난 그림과도 같은 분위기에 취해 쟁기에 두 시간은 앉아 머물렀네. 그러다 저녁 무렵, 젊은 여인이

팔에 바구니를 끼고 달려오며 그때까지 꼼짝 않고 있던 아이들에게 외쳤다네.

"필립스, 정말 착하구나."

그 여인은 내게 인사를 했고, 나 역시 답례를 하며 일어나서 가까이 다가가 그녀에게 아이들의 어머니냐고 물었지. 여인은 그렇다고 대답한 뒤, 큰아이에게 길쭉한 빵 반쪽을 주고 작은아이를 안아 올려 모성애가 가득한 입맞춤을 해 주었다네.

"필립스에게 어린 것을 맡겨 놓고서, 첫째를 데리고 흰 빵과 설탕, 질냄비를 사러 시내에 갔다 오는 길이에요."

덮개가 떨어진 바구니 속으로 그 물건들이 다 보이더군.

"저녁으로 한스에게(막내의 이름일세) 수프를 끓여 주려고요. 말썽꾸러기 큰애가 어제 냄비를 깨뜨렸거든요. 남은 죽을 가지고 서로 먹겠다고 긁어모으며 필립스와 싸우다가 말이에요."

나는 큰애가 어디 있냐고 물어봤네. 지금 초원에서 거위 몇 마리를 쫓아다니고 있다고 대답해 주는 찰나 첫째가 뛰어오더니 둘째 아이에게 개암나무의 여린 가지를 건네는 것이네. 난 여인과 이야기를 계속해 나갔는데, 그 여인의 부친은 학교 교사이고 남편은 사촌의 유산을 물려받기 위해 스위스로 여행 중이라는 사실을 알게 되었네.

"그들은 남편을 속이고 유산을 가로채려 했어요."

그녀가 말했네.

"그리고 남편이 여러 번 편지를 보냈는데 답장도 하지 않는 거예요. 그래서 직접 그리로 가게 된 거죠. 부디 사고가 없어야 할 텐데, 그이에게서 전혀 소식이 없네요."

여인을 두고 헤어지기가 왠지 안타까워 아이들에게 1크로이처씩을 나누어 주었네. 막내 아기를 위해서도 1크로이처를 여인에게 건네주며, 시내에 나가게 되면 수프와 함께 먹을 흰 빵을 사 주라 했네. 그 후에 우리는 헤어졌다네.

소중한 친구여, 솔직히 말하건대 내 마음을 전혀 걷잡을 수 없을 때, 삶의 테두리 안에서 행복하게 움직이는 사람들의 모습을 보면 혼란이 누그러진다네. 좁은 생존의 틀 속에서 겨우겨우 태연한 척하며 하루하루를 살아가고 잎사귀가 떨어지는 것을 보면서 오로지 겨울이 다가온다는 생각만을 하는 사람들 말일세.

그 이후로 나는 교외의 그곳을 자주 찾아간다네. 아이들은 나와도 친숙해져서, 내가 커피를 마시면 설탕을 얻어먹고, 저녁에는 버터 빵과 발효 우유를 나누어 먹는다네. 일요일마다는 그들에게 1크로이처를 주는 걸 빼먹지 않았는데, 어쩌다 예배 후에 내가 그곳에 가지 못할 때에는 여관 여주인에게 대신 주라고 일러두었지.

아이들은 내게 의지하게 되면서 온갖 이야기를 다 들려주곤 하는

데, 특히 마을의 아이들이 많이 모이게 되면 나를 독차지하려고 욕심 부리며 흥분하는 모습이 날 즐겁게 한다네.

나는 아이들이 신사분을 귀찮게 한다고 신경 쓰는 어머니의 걱정을 덜어 주기 위해 많은 애를 써야만 했네.

5월 30일

일전에 자네에게 그림에 대해 썼던 얘기는, 시에도 기가 막히게 맞아떨어진다네. 본질적인 것을 파악해서 과감하게 표현해야 하네. 그러면 적은 것으로도 많은 것을 말할 수 있다네. 오늘 내가 본 장면을 그대로 보고 쓴다면 세상에서 가장 아름다운 전원시가 될 걸세. 그렇다면 문학이나 배경이나 전원시 같은 게 다 무슨 소용인가? 우리가 자연 현상의 한 부분을 받아들일 때 굳이 그것을 이리저리 다듬을 필요가 있겠는가?

만약 내가 서론을 거창하게 늘어놓는 걸 보고 뭔가 대단하고 고상한 걸 기대했다면 자네는 또다시 시시해질 걸세. 이번에 내 흥미를 세차게 끈 것은 그저 한 농가의 시골 총각이라네. 난 늘 그래 왔듯 두서없이 이야기할 것이고, 자네도 늘 그렇듯 내가 과장을 늘어놓는다 생각하겠지. 이번에도 역시 발하임에서 있었던 일일세. 발하임에서는 언제나 이런 희한한 일이 벌어진다네.

바깥의 보리수나무 아래에서 커피를 마시는 모임이 있었지. 나는 그 자리에 별로 어울리지 않는 듯해서 핑계를 대고 물러나 있었네.

그때 한 총각이 근처의 건물에서 나오더니, 지난번 내가 그림을 그렸던 쟁기에 다가가서 뭔가를 고치며 분주하게 움직였네. 그 태도가 마음에 와 닿아서, 그에게 말을 걸어 이것저것 물어보았고 우린 금방 친해졌다네. 내가 워낙 이런 부류의 사람들을 좋아하다 보니 곧 속마음을 터놓고 나누게 되었네.

그는 어느 과붓집에서 일하고 있는데 꽤 좋은 대우를 받는다고 하더군. 그 여주인에 대해 많은 이야기를 늘어놓고 칭찬하는 모습을 보면서, 난 그의 몸과 마음 모두 그 과부에게 진심으로 빠져 있음을 눈치챘다네. 그가 말하길 그녀는 더 이상 젊지도 않고, 첫 남편에게서 너무 시달렸기에 다시 결혼할 의사가 없다는 걸세. 그의 설명을 듣자니 그녀가 그에게 얼마나 아름답고 매력적인지, 첫 남편의 과오를 지우기 위해 그녀가 자신을 선택해 주기를 얼마나 바라는지 알 수 있었네. 그가 지닌 순수한 연정, 사랑과 진정을 제대로 전달해 주려면 그의 말 한 마디 한 마디를 그대로 옮겨야 할 걸세. 정말, 그의 몸짓의 표현, 목소리에 담긴 조화로움, 눈빛 속의 비밀스런 불꽃을 생생히 전달하려면 세상에서 가장 위대한 시인의 재능을 지녀야 한다네. 아니, 그의 태도와 표정 속에서 우러나오는 다정함은 내가 재현해 봤자 서툴 뿐이

네. 특히 날 감동시킨 건 혹여 내가 그와 그녀의 관계를 이상하게 받아들여서 그녀의 정숙한 태도에 의혹을 갖게 될까 봐 염려하는 그의 모습이었네. 젊음 없이도 그를 사로잡은 그녀의 자태와 몸매에 대해 말하는 그의 매력적인 모습이 얼마나 보기 좋은지, 난 그저 마음속에서만 되새길 뿐이네.

내 생애 그토록 강한 욕망과 뜨겁고 진실한 갈망을, 순수한 형태로 나타내는 것을 처음 보았네. 그래, 분명히 말하자면 이런 순수함은 생각해 본 적도 없고 꿈꿔 본 적도 없지만. 그러한 순수함과 진실을 생각할 때면 심중의 영혼이 불타오르네. 그런 진실과 애정의 모습은 어디로든 날 따라오지. 그 불꽃이 내게 옮겨붙은 양 그리움과 갈망에 애가 탄다고 말하더라도 날 너무 책망하진 말아 주게나.

가능한 빠른 시일 내에 그녀를 만나 보려 하네. 아니, 다시 생각해 보니 관두는 게 나을지도 모르지. 그녀의 애인을 통해 그녀를 보는 게 훨씬 나을지도 모르니까. 아마 직접 보게 된다면 지금 내 마음속과는 전혀 다르게 보일 수 있지 않겠나. 무엇 때문에 이 아름다운 영상을 망가뜨린단 말인가.

6월 16일

왜 편지를 쓰지 않느냐고? 자네가 그런 질문을 하면서도 많이 배운

사람이라고 할 텐가. 어련히 내가 잘 지내리라 생각할 수 있었을 걸세. 그러니까…… 짧게 말하자면, 내 가슴을 깊이 파고드는 그런 누군가를 알게 되었네. 나는…… 음, 잘 모르겠네.

내가 어쩌다 무척이나 사랑스러운 여인을 알게 되었는지에 대해 자네에게 조리 있게 설명해 주기는 어려운 일일세. 난 그저 만족스럽고 행복할 뿐, 사실을 정확하게 기술하는 역사가는 아닐세.

마치 천사같아! 나 참, 이런 소리는 누구나 애인한테 그렇게 말하지 않는가? 그래도 그녀가 얼마나 완벽하고 또 어째서 완벽한지 충분히 설명하긴 힘들다네. 그녀가 내 마음을 완전히 사로잡았다는 것만으로 충분하네.

그렇게 총명하고도 순진하며, 그토록 착실하고도 단호하며, 그렇듯 활기차고 분주하게 움직이면서도 영혼의 평온을 지녔다네.

그녀에 대해 하는 모든 말이 다 조잡한 수다일 뿐이고, 그녀를 제대로 나타내지 못하는 공허하고 어쭙잖은 추상화에 불과하다네. 다음에 기회가 닿으면, 아니, 다음이 아니라 지금 바로 이야기하려네. 지금 하지 않으면 다시는 이야기할 기회가 없을 걸세. 그럼 우리끼리 얘기지만, 이 편지를 쓰기 시작한 뒤로 벌써 세 번이나 펜을 놓으려 했다네. 말에 안장을 올리고 밖으로 외출하고 싶어서 말이네. 물론 아침 일찍부터 밖에 나가지 않기로 굳게 맹세했지만, 그런데도 자꾸 창가로 달

려가서 해가 어디쯤 떴나 보게 되네.

난 마음을 다스리지 못하고 그녀에게 갈 수밖에 없었네. 빌헬름, 이제 다시 돌아와 저녁 식사로 버터 빵을 먹으며 자네에게 편지를 쓰는 중이네. 귀엽고 활기찬 아이들, 여덟 명의 형제자매들에게 둘러싸인 그녀의 모습을 보는 것은 내 영혼에 더할 나위 없는 큰 기쁨이라네!

이런 식으로 계속 써 봐야 자넨 마지막까지도 처음과 마찬가지로 무슨 소린지 알 수 없겠지. 그럼 지금부터 상세하기 이야기해 보려고 노력할 테니 집중해서 잘 듣게나.

얼마 전에 공직자 S를 알게 되었는데, 그 행정관에게서 자신의 은둔처, 그러니까 그의 작은 왕국으로 한번 놀러 오라는 초대를 받았다고 편지에 썼을 걸세. 나는 그 약속을 계속 미루고 있었는데, 만일 그 한적한 곳에 숨겨져 있던 보물을 우연히 발견하지 못했더라면, 내가 결코 그곳을 찾아가는 일은 없었을 걸세.

젊은이들이 그 시골에서 무도회를 열었는데, 나도 기꺼이 참석했었네. 난 그곳에 사는 착하고 예쁘장하지만 그 밖에는 별로 특별할 것은 없는 한 아가씨에게 춤 파트너가 되어 달라고 부탁했다네. 마차를 한 대 빌려서, 그녀와 그녀의 고모를 무도회장으로 데려가기로 약조가 되었네. 우리는 가는 도중에 샤를로테 S 양도 데려가기로 하였네.

"이제 곧 아름다운 아가씨를 만나게 될 거예요."

마차가 숲 속 넓은 길을 따라 사냥용 오두막으로 가던 중 내 파트너가 불쑥 말을 했다네.

"조심하세요, 사랑에 빠질지도 모르니까."

그녀의 고모가 덧붙여 말하였네.

"그게 무슨 말입니까?"

내가 물었네.

"그녀에게는 이미 약혼자가 있답니다."

고모가 대답하더군.

"어느 번듯한 신사분과요. 지금 부친이 돌아가셔서 여러 가지 처리할 일도 있고 좋은 일자리도 알아볼 겸 여행 중이라네요."

내게는 흥미 있는 이야기가 아니라 한 귀로 듣고 한 귀로 흘렸네.

해가 산 뒤로 넘어가 종적을 감추기 15분 전쯤, 우리는 별장 정문 앞에 이르렀다네. 무더위가 극성이었고, 지평선에 물기를 머금은 회백색의 자욱한 구름이 깔려 있어서, 여자들은 소나기라도 내리지 않을까 걱정하였다네. 나 역시 사실은 우리의 즐거움을 망쳐 버리게 되는 건 아닐까 걱정되었지만, 어설프게 기상학 지식을 늘어놓으며 여자들의 걱정을 덜어 주려 하였네.

내가 마차에서 내리려 하자 대문에서 하녀 한 명이 나오더니 로테 아가씨가 곧 나올 것이니 잠시 기다려 달라고 부탁하였네. 나는 마당

을 가로질러, 모양새 좋게 잘 지어진 집을 향해 걸음을 옮겼네. 앞에 놓인 계단을 올라 현관문을 여니 내가 지금까지 본 것 중 가장 수려하기 그지없는 장면이 눈앞에 펼쳐졌다네. 현관 앞에 있는 방에서 두 살에서 열한 살 정도 되어 보이는 아이들 여섯 명이 아리따운 아가씨를 둘러싸고 있었다네. 그 아가씨는 중간 정도 키에 팔과 가슴에 분홍색 리본이 달린 수수한 흰옷을 입고 있었는데, 흑빵을 들고선 둘러싼 아이들에게 각자의 나이와 먹성에 맞게 다정스레 나눠 주고 있었다네.

"고맙습니다!"

아이들은 그녀가 빵을 잘라 주기 전부터 저마다 작은 손을 높이 쳐들고 기다리다가 빵을 받고선 천진난만하게 외쳤다네. 아이들은 각자 받은 저녁 빵에 만족스런 표정으로 기뻐하며, 로테가 낯선 이들과 타고 갈 마차를 보기 위해 뛰쳐나갔네. 조용한 성격의 녀석들은 천천히 대문 쪽으로 걸어 나왔다네.

"이렇게 직접 집 안까지 들어오는 수고를 끼치고, 숙녀분들을 밖에서 기다리게 해 정말 죄송해요."

그녀가 말했네.

"옷을 갈아입고 제가 집에 없을 것을 대비해 이런저런 집안일을 하느라, 아이들에게 저녁 식사로 빵을 나눠 준다는 걸 깜박 잊었답니다. 아이들이 제가 나눠 주는 빵이 아니면 먹지를 않아요."

난 그녀에게 무의미한 형식적인 인사를 건넸지만, 내 마음은 온통 그녀의 자태, 그녀의 목소리, 그녀의 행동에 사로잡혀 있었네. 그녀가 장갑과 부채를 챙기러 거실로 달려갔을 때야, 나는 놀란 마음을 겨우 진정시킬 수 있었다네. 아이들은 조금 떨어진 곳에서 날 쳐다보고 있더군. 난 가장 귀엽게 생긴 막내에게 다가갔네. 아이가 슬슬 뒷걸음질을 쳤는데, 그때 로테가 거실에서 나오며 말하였다네.

"루이스, 친척 아저씨하고 악수해야지."

아이는 거리낌 없이 손을 내밀었고, 꼬마의 작은 코에서 콧물이 줄줄 흐르는데도 난 아이에게 사랑스럽게 입 맞추지 않을 수 없었네.

"친척 아저씨요?"

그녀에게 손을 내밀며 물었다네.

"제가 당신과 친척이 되는 행운을 누릴 자격이 있다고 생각하시나요?"

"어머, 우리의 사촌은 아주 많답니다."

그녀는 장난스럽게 가벼운 미소를 머금으며 대답하였네.

"당신이 그중에서 가장 고약한 경우라면 유감이겠죠."

로테는 집을 나서면서 열한 살쯤 되어 보이는 제일 큰 여동생 소피에게 아이들을 잘 보고, 또 말을 타고 산책 나가신 아버지가 돌아오시면 안부를 전하라 일러뒀네. 그리고 좀 더 나이가 어린 아이들에게는

소피를 자기라 여기고 말을 잘 들으라고 당부를 했네. 아이들 두세 명이 그러겠다고 큰 소리로 약속하였네. 그러나 여섯 살가량의 작은 금발 여자아이가 당돌하게 말하였다네.

"소피 언니는 로테 언니가 아닌걸. 우린 로테 언니가 훨씬 좋은데."

가장 나이 많은 남자아이 두 명이 마차 뒤로 기어오르고 있었네. 내가 나서서 중재하자, 로테는 아이들에게 장난치지 않고 얌전히 있겠다는 약속을 받아 내고선 숲 입구까지만 마차를 태워 주기로 허락했다네.

우린 각자 자리에 앉았고, 여자들은 서로 반갑게 인사를 나누었네. 그리고 서로의 의상, 특히 모자에 대한 이야기를 주고받은 후, 무도회에 참석할 사람들에 대한 이야기로 이어 갔네. 이야기가 끝나자마자, 로테는 마차를 세우고 두 형제를 내리게 했다네. 녀석들은 로테의 손에 다시 입을 맞추고 싶어 했다네. 큰아이는 열다섯 살의 소년답게 애정 어린 입맞춤을 했고, 동생은 성급하게 대충 하고 말더군. 그녀가 다시 한 번 동생들을 배웅하고선, 우리는 가던 길을 향해 다시 출발하였네.

내 파트너의 고모가 얼마 전 자기가 보내 준 책을 다 읽었느냐고 로테에게 물었다네.

"아니요, 그 책은 마음에 들지 않더라고요."

로테가 대답했네.

"다시 가져가도 좋아요. 그전의 책도 별로였어요."

나는 그것들이 어떤 책들이냐고 물어봤는데, 그녀의 대답에 놀랄 수밖에 없었다네(사실 주관이 확고하지 못한 한낱 소녀와 한 젊은이의 평에 크게 마음 쏠 작가는 없겠지만, 행여 조금이라도 다른 사람의 심기를 건드려 불편하게 만드는 일이 없도록 편지의 이 부분을 삭제합니다). 그녀의 모든 언급에서 성격이 분명한 성품을 지녔다는 걸 알 수 있었네. 그녀가 말을 할 때마다 얼굴에서 새로운 매력과 정신이 반짝이지 뭔가. 내가 자신을 이해한다고 느꼈기 때문인지, 그 광채는 점점 더 빛을 발하는 것처럼 보였다네.

"어릴 적에는 소설만큼 좋아한 것이 없었어요."

그녀가 말을 이었네.

"일요일에 방 한편에 앉아 미스 제니(당시 프랑스의 여류 작가 마리 잔 리코보니 소설의 여주인공이라 추정된다)의 행복과 불행을 함께 마음으로 나누면 얼마나 행복했는지는 신께서만 아실 거예요. 지금도 그런 종류의 책에 마음이 끌린답니다. 하지만 요즘에는 책을 읽을 여유가 부족해서, 책을 읽는다면 제 취향에 딱 들어맞는 책이면 좋겠어요. 저는 책 속에서 나의 세계를 재발견할 수 있는 작가가 가장 좋아요. 제 삶과 같은 일들이 일어나고, 제 가족의 삶처럼 흥미롭고 정이 넘치는

이야기를 묘사하며 이야기를 쓰는 그런 작가 말이에요. 우리의 삶이 낙원 같다고 할 순 없지만, 그래도 말로 표현하기 힘든 행복의 원천인 걸요."

그녀의 말을 듣고 밀려오는 마음속의 감동을 감추느라 애를 먹었지만, 그리 오래 지속되진 못했네. 잠시 지나가는 말로 그녀가 ***의(여기에서 독일 작가 몇 사람의 이름을 생각하였다. 로테에게 공감하는 이라면 이 대목에서 그것을 가슴으로 느낄 수 있을 것이고, 그렇지 않다면 몰라도 상관없으리라) 소설 《웨이크필드의 목사》(아일랜드 작가 올리버 골드스미스의 전원적인 가정 소설)에 대해 진지하게 의견을 피력하고 있을 때, 나 역시 그만 자제력을 잃고 그녀에게 마음속의 말을 모조리 털어놓고 말았다네. 얼마 후에 로테가 다른 이들에게 말을 걸었을 때에서야 비로소 그동안 계속 다른 여인들이 눈을 크게 뜨고서 쥐 죽은 듯 조용히 앉아 있었다는 것을 알아챘다네. 내 춤 파트너의 고모가 몇 번이고 코를 킁킁대며 비웃는 듯했지만 난 상관하지 않았네.

그러다 춤의 즐거움이 다음 대화의 화제로 이어졌네.

"춤에 대한 열정이 잘못이라 하더라도, 고백하건대 춤보다 즐거운 것은 없어요."

로테가 말하였네.

"걱정으로 가득할 때 음도 잘 맞지 않는 제 피아노 앞에 앉아 서투

른 솜씨로 대무곡(隊舞曲)을 연주하고 나면 기분이 풀리곤 하죠."

이야기를 나누는 동안 내가 얼마나 즐거운 마음으로 그녀의 검은 눈동자를 쳐다보느라 정신이 팔렸는지. 그녀의 싱그러운 입술과 상기된 볼에 완전히 나의 영혼을 사로잡혔으며, 그녀의 멋진 언변에 넋이 나가 그녀가 하는 말의 표현을 제대로 알아듣지 못했다네. 뭐 그러한 것들이야 자네가 날 너무 잘 알고 있으니 굳이 말하지 않아도 상상할 수 있을 걸세. 어쨌든 무도회장에 마차가 도착하고 난 무슨 몽유병 환자인 양 마차에서 내렸다네. 어둠이 내려앉아 저물고 있는 세계 속에서 꿈속처럼 빨려 들어가, 불 켜진 홀에서 들려오는 음악 소리도 듣지 못했네.

내 춤 파트너의 고모하고 로테의 춤 파트너였던 아우드란 씨, 또 어떤 이름 모를 신사가―모든 이름을 다 기억할 사람이 세상에 어디 있겠는가―마차 문까지 나와 우리를 맞이하고 자신들의 파트너와 함께 입장했고, 나도 내 파트너를 데리고 들어갔다네.

우리는 서로 뒤섞여 돌아가면서 미뉴에트 춤을 추었어. 난 여러 아가씨들에게 춤을 청했는데, 마음에 들지 않는 여자일수록 손을 내밀어 제대로 끝맺지 않은 경우도 있었네. 로테와 그녀의 파트너는 대무곡을 추기 시작하였네. 로테가 우리와 함께 춤을 추기 시작했을 때 내가 얼마나 기뻤는지. 그 기분은 자네도 충분히 공감할 걸세. 그녀의 춤

은 자네가 직접 눈으로 보아야 한다네! 이보게, 그녀는 열과 성을 다해서 춤에 집중하더군. 그녀의 온몸은 춤만이 전부라는 듯이 하나의 조화를 이룬다네. 어떠한 근심 걱정 하나 없이, 춤 외엔 아무것도 생각지 않고, 자연스럽게 춤을 춘다네. 그리고 그 순간, 그녀 앞의 모든 것들이 사라지고 오로지 춤만 존재하는 것 같았네.

난 로테에게 두 번째 컨트리댄스를 함께 추자고 신청하였네. 하지만 그녀는 세 번째 춤에 파트너가 되어 주겠다고 약속하였네. 무척이나 사랑스럽고 솔직한 태도로 말하길, 자기가 가장 좋아하는 춤은 독일식 춤이라더군.

"이곳에서 독일 춤을 추는 경우에 처음 짝을 이룬 파트너와 끝까지 함께 추는 것이 관례랍니다."

로테는 말을 이었네.

"제 파트너는 왈츠엔 서툴러서, 왈츠에서 벗어나게 해 주면 내게 고마워할 거예요. 당신의 파트너도 왈츠에는 서투르고 좋아하지 않아요. 영국 춤을 출 때 보니 당신은 왈츠를 잘 추시던데요. 독일 춤 파트너로 저를 원하시면, 지금 제 파트너에게 가서 부탁해 보세요. 전 당신의 아가씨에게 가서 얘기할게요."

나는 이 제안에 악수로 동의한 후, 우리가 춤추는 동안 나와 로테의 파트너가 서로의 대화 상대가 되어 이야기를 나누도록 자리를 만들어

주었네.

드디어 춤이 시작되었지! 우리는 한동안 서로의 팔을 이리저리 휘감으며 춤을 추었네. 그녀의 춤은 경쾌하면서도 민첩해 보였네. 곧 왈츠가 시작되어 우리는 천체처럼 서로의 주위를 돌기 시작했지. 왈츠를 제대로 출 줄 아는 사람이 거의 없어서 처음에는 다소 혼란스러웠네. 우린 영리하게 그들이 잠잠해질 때까지 기다렸고, 서툰 사람들이 홀에서 물러났을 때 아우드란 커플과 더불어 우리 두 쌍만이 익숙하게 춤을 추었네. 내 평생 그렇게 신 나게 춤춰 본 적이 없네. 그 순간 나는 사람이 아닌 듯했네. 더없이 사랑스러운 여인을 품에 안고 주변이 안 보일 정도로 번개처럼 이곳저곳을 누비며 춤추다니 말이네. 그리고 빌헬름, 솔직히 말해서 내가 사랑하고 늘 함께이고 싶은 이 소녀가 나 이외의 다른 남자와 왈츠를 추는 일은 절대 없게 하리라 굳게 맹세를 했다네. 설혹 내가 그로 인해 목숨을 잃는다 해도 말이지. 자네는 이런 나를 이해할 수 있겠지!

우리는 잠시 쉬기 위해 천천히 홀 안을 돌아다녔네. 그런 다음 로테는 자리에 앉았지. 내가 먹으려고 갖다 놓은 유일한 과일인 오렌지 몇 개가 그녀의 기운을 북돋는 데 큰 힘을 발휘하더군. 로테가 그 오렌지를 같은 자리의 별 볼 일 없는 여자들에게 나누어 줄 때는 바늘이 가슴을 찌르는 것 같았네.

세 번째 영국식 춤에서 우리는 두 번째 조가 되었다네. 군중 속을 누비면서 형용할 수 없을 정도의 순수함 그 자체의 즐거움을 만끽하며, 춤을 추는 로테의 눈을 나 역시 황홀감에 휩싸여 바라보는 기쁨은 오직 신만이 아실 거야.

그러다가 어떤 부인의 옆을 지나게 되었네. 그 부인은 그리 젊은 나이는 아니지만 귀염성 있는 얼굴인지라 전에도 몇 번 눈여겨본 적이 있었네. 그녀는 미소를 지으며 로테를 쳐다보는 듯하더니, 위협적인 손짓으로 우리가 지나칠 때 '알베르트!'라는 이름을 의미심장하게 두 번이나 언급하는 것이 아닌가.

"실례되는 질문일는지 모르겠지만, 알베르트가 누군가요?"

나는 로테에게 물었네. 그녀가 대답하려는 찰나 우리는 큰 8 자를 그리기 위해 잠시 떨어져야 했다네. 그리고 다시 서로가 스치게 되었을 때, 그녀는 뭔가 생각에 잠긴 듯 알 수 없는 표정으로 나의 손을 잡으며 말했다네.

"숨길 일은 아니고 알베르트는 성실한 분이며 저와는 약혼을 한 사이라 할 수 있어요."

무도회장으로 오는 동안 아가씨들에게 들었으니 처음 듣는 얘기는 아니었네. 하지만 마치 처음 듣는 얘기처럼 낯설게 느껴졌네. 짧은 시간 동안 나에게 이토록 소중한 존재가 된 이 여인에게서 그 이야기는

완전히 망각하고 있었기 때문이야. 난 순간 머리가 멍해지고 혼란스러워 그만 엉뚱한 커플 속으로 끼어들고 말았네. 그 바람에 전체 대형이 뒤죽박죽이 되어 버렸지. 다행히 로테가 침착하게 나를 이끌어 주어서 질서를 되찾았다네.

무도회가 끝나기 전부터 번개가 많이 치더군. 이미 지평선 일대에서 번쩍이며 쳤었는데 난 그게 기온이 낮아져서 그런 거라 둘러댔었지. 그런데 춤이 끝나기도 전에 천둥소리에 음악이 안 들릴 정도가 되어 버렸네. 여자 셋이 대열에서 이탈하고 그 파트너들이 뒤를 쫓아갔네. 홀의 분위기가 착 가라앉고 음악은 멈췄네. 즐거움이 한창인 와중에 이런 불안이 엄습하면 평소보다 더 강한 인상을 받게 되는 건 당연한 일 아니겠나. 전과 후의 감정 변화가 더 확연히 느껴지니까. 물론 근본적으로 우리의 감각이 예민해져 있으니 더 강한 인상을 빨리 받아들이기 때문이겠지. 몇몇 여자가 야릇한 표정으로 얼굴을 찌푸린 것도 같은 이유겠지. 어떤 여자는 홀 한구석에서 창문을 등지고 귀를 막고 있더군. 그러자 다른 여자는 그녀 앞에 꿇어 앉아 무릎에 얼굴을 파묻더군. 또 다른 여자는 그 둘 사이로 파고들어서 눈물을 흘리며 껴안더군. 몇몇은 집으로 돌아가고 싶은 눈치였다네. 물론 그 와중에 정신없는 여자들을 노리는 엉큼한 남자들의 무례한 행동도 있었다네. 그들은 겁에 질려 불안에 떠는 여자들의 입술을 자신의 것으로 만들

기에 열중인 것 같았네. 신사 몇몇이 담배를 피우러 아래로 내려갔고 나머지 사람들은 집주인이 뒷문이 있고 커튼이 있는 방을 제공해 주겠다고 하자 사양하지 않았다네. 방에 들어가자 로테는 부산스레 움직이며 의자들을 동그란 대형으로 모으더니 사람들을 모두 앉히고 게임이라도 하는 게 어떻겠냐는 제안을 하더군.

'키스!' 같은 짜릿한 벌칙이라도 기대하는 듯 입술을 내밀며 의욕을 보이는 사람도 있었지.

"숫자 세기 놀이가 어떨까요?"

로테가 말했네.

"자, 제가 오른쪽에서 왼쪽 방향으로 도는 동안 자기 차례에 해당하는 숫자를 차례로 세는 거예요. 각자 자기 차례의 숫자를 외치고 다음으로 넘기는 거죠. 그걸 실수 없이 빠른 속도로 외쳐야 해요. 막히거나 틀린 숫자를 외치면 뺨을 한 대씩 맞는 거예요. 그럼 시작해 볼까요? 숫자는 천까지 세기로 해요."

참 진풍경 아닌가. 로테는 의욕적으로 팔을 걷고 돌기 시작했어.

"하나." 하고 첫 번째 사람이 외치고 그다음 사람이 "둘." 그다음 사람이 "셋." 이런 식으로 진행되는 거라네. 로테는 점점 빨리 돌기 시작했고 그 와중에 누구 하나가 틀렸어. 찰싹! 로테가 뺨을 때렸고 모두 폭소를 터뜨리는 사이에 다음 사람도 찰싹! 그리고 더더욱 빨리 돌아

가는 거야. 나도 두 번이나 뺨을 맞았는데 다른 이들보다 더 세게 때리는 듯해 은근히 기뻐했네. 웃고 떠들며 즐기는 사이 천을 세기도 전에 게임은 끝나고 말았지. 모두 저마다 짝을 이루어 자리를 떴네. 소나기는 어느새 그쳤고 나는 로테를 따라 다시 홀로 나갔어. 가는 도중에 로테가 말하더군.

"뺨 맞기에 정신이 팔려서 모두 소나기 같은 건 잊은 것 같았어요."

나는 대꾸할 말이 없어 머뭇거리고 있는데 그녀가 말을 이었네.

"전 굉장히 겁쟁이인데도 타인을 즐겁게 해 줄 생각에 일부러 대담한 척하다 보니 저절로 힘이 생겼어요."

우린 다시 창가로 다가갔고, 천둥소리는 저 멀리서 울리고 비가 조용히 내리고 있었네. 쾌적한 향기가 공기 속에 충만하게 뒤섞여 우리에게 풍기더군. 로테는 창틀에 팔을 걸치고 서서 조용히 바깥을 바라보았네. 하늘을 응시하다 불현듯 내게 시선이 왔는데 그녀의 눈에는 눈물이 가득 고여 있었네.

그녀는 자신의 손을 내 손 위에 지그시 얹으며 "클롭슈토크."(독일의 시인)라고 말했네. 난 그 순간 그녀의 머릿속에 떠오를 장엄한 송시를 마음속에 새기며, 그녀가 이 수수께끼 같은 말로 나에게 전달하고픈 감정의 흐름 속에 잠기고 말았네.

나는 벅차오르는 감정을 추스르지 못하고 환희의 눈물과 함께 몸

을 굽혀 그녀의 손에 키스를 했다네. 그리고 다시 그녀의 눈을 바라보았지.

거룩한 시인이여, 당신이 이 눈빛에 담긴 공경심을 볼 수만 있다면! 그리고 난 자주 더럽혀진 그대의 이름이 또다시 사람들의 입에 오르내리는 것을 듣고 싶지 않습니다!

6월 19일

지난번 편지가 어디서 중단되었는지 기억나지 않는군. 단지 기억나는 건 집에 돌아와 누운 것이 새벽 2시였다는 거야. 내가 편지가 아니고 자네와 직접 이야기를 나누었다면 아마 밤새 아침이 될 때까지 자네를 붙잡고 있었을 걸세.

무도회가 끝난 뒤 귀가할 때의 일은 아직 이야기하지 못했는데, 오늘도 역시나 그 이야기를 하기에 적절한 날은 아닌 것 같네.

그날의 해돋이는 참 볼만했네. 사방은 온통 이슬 맺힌 풀잎과 싱그러운 들판이 펼쳐져 있었지. 동행한 여자들은 마차 안에서 졸기 시작했네. 로테는 나에게도 눈 좀 붙이라며, 자기를 신경 쓸 필요는 없다 했네. 그녀의 눈을 바라보며 말했네.

"당신이 깨어 있는 동안엔 나 역시 졸리지 않은걸요."

어쨌든 우리 둘은 로테의 집에 도착할 때까지 계속 깨어 있었다네.

조용히 문을 열고 나오는 하녀에게 로테가 질문을 했고, 하녀는 언제나 그렇듯 아버님과 아이들 모두 잘 있으며 아직 자고 있노라고 대답했네. 헤어지기 전에 난 로테에게 한 번 더 만나자 부탁했고 로테는 내 청을 들어주었고 난 집으로 돌아왔다네. 그 이후로 해와 달과 별은 변함없이 자신의 궤도를 돌고 있었지만 나는 도무지 낮과 밤을 분간할 수 없었네. 내 주위의 세상이 통째로 사라져 버린 것일세.

6월 21일

난 무척이나 행복한 날들을 보내고 있네. 마치 하나님의 세계와 같은 느낌이라고나 할까. 앞으로 나에게 어떤 일이 일어날지 알 수 없지만, 나의 인생 안에서 가장 순수한 삶의 기쁨을 맛보지 않았다고 절대로 말할 수 없을 것이네. 자네, 발하임을 알고 있겠지? 난 그곳에 완전히 정착했다네. 30분 정도면 로테네 집으로 갈 수 있다네. 그곳에 있을 때 난 비로소 존재의 의미를 느끼며 인간에게 주어진 행복을 누린다네.

발하임을 산책로로 선택했을 때 난 그곳이 그렇게나 천국에 가까운 곳이라고는 생각하지 못했네. 멀리 산책을 나가서 나의 모든 소망을 간직한 그 사냥 별장을 때로는 언덕 위에서, 때로는 강 건너편에서 몇 번이고 바라보곤 했다네.

사랑하는 빌헬름, 스스로를 확장시키고 새로운 것을 발견하기 위해 이곳저곳을 배회하는 인간의 욕망에 대해 많은 생각을 했다네. 반면 스스로를 속박하여 자신을 전혀 돌아보지 않고 안주하고자 하는 욕구에 대해서도 탐구해 보았네.

정말 신기한 일이네. 이곳 언덕 위에 올라서서 아름다운 계곡 아래를 내려다보고 있으면 주위의 모든 것들이 내 마음을 매료시킨다네. 저 작은 숲! 아아, 저 숲의 그늘 아래서 휴식을 취한다면 정말 좋겠지! 저 산봉우리! 저 위에서 이 마을 전체를 내려다보았으면! 어깨동무하듯 서로 기댄 저 언덕과 계곡들! 그 속에서 하나가 될 수 있다면! 아, 그 속에서 길이라도 잃어 봤으면! 난 서둘러 그곳으로 향했다가 돌아왔어. 내가 원하던 것들은 거기 없었지. 저곳은 마치 미래와 같다고 할 수 있을까. 거대하고 불확실한 것이 조용히 우리 앞에 놓여 있는 것이 말이네. 그 속에서는 우리의 감정도 우리의 눈도 모두 흐릿해진다네. 그렇기 때문에 우리는 끝없이 동경할 수밖에 없는 것이네. 스스로를 내버리고 단 하나의 위대한 감격에만 충실하고 싶어지는 간절한 열망 말일세. 하지만 막상 그곳에 가, 멀기만 하던 '그곳'이 지금 내가 있는 '이곳'이 되어 버리는 순간, 모든 것은 원점으로 되돌아간다네. 늘 그랬듯이 우리는 여전히 결핍 속에 서 있는 것과 마찬가지며 우리의 영혼은 사라져 버린 동경의 대상을 계속해서 갈구하며 시달리게 되는

게 아닐까.

그러니 아무리 마음을 다잡지 못하는 방랑자라 해도 결국엔 자신이 떠나온 고향을 그리워하게 되는 거라네. 넓은 세상을 헤매고 다녀도 찾을 수 없었던 소중한 기쁨을 작은 오막살이, 아내의 따스한 품, 자식들의 재롱, 그리고 가족을 부양하는 일에서 발견하게 되는 게 아니겠는가.

난 매일 아침 해가 밝으면 바로 발하임으로 달려간다네. 그곳 주막집 정원에서 완두콩을 좀 따다가 의자에 앉아 그 콩을 까면서 호메로스의 작품을 읽곤 한다네. 때로는 부엌에 들어가 냄비를 꺼내 버터를 두르고 완두콩을 넣은 뒤 뚜껑을 덮고 그 옆에 앉아 뒤적거릴 때도 있는데, 그럴 때마다 오디세우스의 아내인 페넬로페에게 구혼을 하는 남자들이 소와 돼지를 잡아 그걸 불에 굽는 광경이 떠오르기도 한다네. 부족 사회의 풍경은 내게 이렇게 평온함을 만끽하게 해 주고 진실한 감정을 불어넣어 준다네. 다행히 난 그러한 생활을 어떤 가식도 없이 내 삶의 일부로 실천하고 있으니 더없이 행복하다네.

직접 재배한 양배추를 식탁에 올려 맛보는 소박하고 순수한 기쁨을 누릴 수 있다는 것이야말로 행복이 아니겠는가. 어디 양배추뿐이겠는가. 그 양배추를 심었던 맑은 아침, 물을 주며 자라나는 과정을 지켜보며 흐뭇해했던 저녁, 그러한 모든 좋았던 나날을 식탁에 둘러앉아 맛

보며 다시금 누리는 것이라네.

6월 29일

엊그저께 내가 로테의 동생들에게 둘러싸여 놀고 있을 때, 시내에서 의사 한 분이 공직자를 만나러 왔었네. 어떤 아이는 내 몸에 매달리고, 어떤 아이는 짓궂은 장난을 치기도 했네. 난 그들을 간질이면서 소란스러운 한때를 보내고 있었네.

그 의사는 무척이나 편협한 사고방식을 가진 소인이더군. 말하는 도중에 연거푸 소매의 주름이나 옷깃의 장식을 매만지며 거만하게 고상을 떠는 위인인데, 내가 놀고 있는 모습을 보며 품위가 없다고 여긴 모양이더군. 그의 표정만 봐도 알 수 있었네. 그러나 나는 그런 시선에 아랑곳하지 않고 그의 말을 무시한 채 아이들이 카드로 만든 집을 다시 지어 주었네. 그 일 후에 그 인간은 온 동네를 누비고 다니며 안 그래도 버릇없는 행정관 집 아이들을 베르테르가 와서 더 망쳐 놓았다며 떠벌리고 다녔다네.

빌헬름, 이 세상에서 가장 내 마음과 가까운 존재는 바로 아이들이라네. 아이들을 바라보고 있으면 사소한 것에서도 장차 그들의 생애서 지니게 될 덕성과 힘의 싹틈을 느낄 수 있다네. 그들의 고집에서 미래에 지니게 될 의연하면서도 꿋꿋한 심성을 엿볼 수 있고, 그들의

장난에서 세상의 위험을 극복해 나갈 유머와 재치를 볼 수 있으며, 그 모든 것이 손상되지 않고 존재하고 있는 모습을 보고 있자면 인류의 스승이 남긴 황금과도 같은 금언을 떠올리게 되네.

"만일 너희가 어린아이와 같이 되지 않으면!"(마태복음 18장 3절 참조)

하지만 친구, 우리와 동등한 인격체일 뿐만 아니라 때로는 우리가 모범으로 삼아야 할 존재가 아니던가. 그런데도 사람들은 아이들을 아랫사람처럼 다루지 않는가. 그들은 스스로의 의지를 가지면 안 된다면서 말일세!

하지만 우리 어른들은 의지를 가지고 있지 않은가? 어른들이 지닌 의지는 대체 무슨 특권인 거지? 그저 그들보다 나이를 더 먹고 분별력이 있기 때문인가!

자애로운 하나님, 당신의 눈에는 그저 나이 많은 아이와 나이 적은 아이로 보일 뿐이겠지요. 당신께 어느 쪽이 더 기쁨인지는 이미 당신의 아드님께서 이미 오래전에 가르쳐 주셨습니다. 그러나 사람들은 그분을 믿는다 하면서 그분의 말씀에는 귀를 기울이지 않네요. 그것도 오래된 습관이지요! 그들은 그저 자신의 방식대로 아이들을 교육시키고 있으니 말입니다. 그럼 잘 있게나, 빌헬름! 더 이상 떠드는 건 관두기로 하지.

7월 1일

로테의 존재감이 환자에게는 얼마나 큰지 스스로 느낄 수가 있다네. 내 가슴은 그 어떤 환자보다도 시름시름 비참하게 앓고 있는 지경이라네. 로테는 시내의 어느 참한 부인 댁에 며칠간 머물 모양이더군. 의사의 말이 그 부인은 임종이 머지않았는데 세상을 떠나는 마지막 순간까지 로테가 함께하길 바란다고 하더군. 지난주에 난 로테와 함께 남쪽으로 한 시간 정도 떨어진 마을 성(聖)○○의 목사를 찾아갔네. 우리는 4시경에 도착했네. 로테는 둘째 여동생을 데려갔지. 큰 호두나무 두 그루가 뒤덮고 있는 목사관의 마당에 들어섰을 때 선량한 노인 목사가 대문 앞 의자에 앉아 있더군. 그는 로테를 보더니 얼굴에 생기가 돌며 지팡이도 잊은 채 그녀를 맞이하러 일어서는 것이었네. 로테는 얼른 다가가 노인을 앉히며 자신도 그 곁에 앉아서는 아버지의 안부를 전하고, 추접하고 지저분한 노인의 늦둥이 아이를 안아 주었네. 그녀가 그 노인을 즐겁게 해 주는 모습을 자네도 보았어야 하는데. 귀가 어두운 그를 위해 목소리를 높이고, 튼튼한 사람들이 갑자기 사망했다는 소식과 카를스바트('카를로비바리'의 독일어 이름으로 체코의 유명한 온천 휴양 도시) 온천수가 건강에 좋다는 이야기를 들려주었네. 올여름에 그곳에 가겠다는 노인의 결심을 칭찬해 드리며 지난번보다 얼굴이 더욱 좋아 보인다는 말도 잊지 않더군. 그동안 난 그 목

사의 부인에게 정중히 인사를 드렸네. 노목사는 그사이 생기를 되찾은 듯했네. 시원스런 그늘을 만들어 주는 호두나무를 칭찬하고 있는 나에게 다소 힘든 기색을 내비치면서도 그 나무에 얽힌 이야기를 천천히 들려주었네.

"오래된 나무는 말이지······."

그가 이야기를 이었네.

"누가 심었는지는 잘 모르네. 누구는 이 목사가, 또 누구는 저 목사가 심었다느니 의견이 분분하다네. 그런데 저 뒤쪽의 나무는 내 아내와 동갑일세. 올해 10월로 쉰 살이 된다네. 장인께서 저 나무를 아침에 심었는데 그날 저녁에 내 아내가 태어났다는 거요. 장인은 내 전임목사셨는데 그분께서 이 나무를 어찌나 애지중지하셨는지 모르네. 나역시 마찬가지고 말이지. 27년 전 내가 가난한 대학생 신분으로 처음이 마당에 발을 들였을 때, 아내는 저 나무 아래에 앉아 뜨개질을 하고 있었다오."

로테가 딸은 어디 갔느냐 물었더니 슈미트 씨와 함께 농장 일꾼들이 있는 목초지로 나갔다 했네. 노인은 말을 계속 이었어. 그 전임 목사는 물론 그의 딸도 자신을 매우 사랑해 주었고 처음에는 부목사가 되었다가 나중에는 후계자가 되었다는 이야기였지. 그가 이야기를 마쳤을 때, 목사의 딸이 좀 전에 언급한 슈미트라는 사람과 함께 막 돌

아오더군. 그녀는 진심을 다해 로테를 반겼네. 갈색 머리의 발랄한 그녀는 정말 매력적인 아가씨였다 단언할 수 있는데, 이런 시골에서 이야기 상대로 제격일 듯했네. 그녀의 연인(슈미트라는 남자가 애인이라는 건 그의 태도로 금방 알았네)은 잘생겼지만 조용한 사람인지 로테가 말을 걸어도 그다지 우리 대화에 끼려 하진 않더군. 내가 안타까웠던 건 그가 조용하며 나서지 않는 이유가 식견이 부족해서가 아니라 완고하고 유쾌하지 못한 성격 때문임을 알아챘기 때문이네. 그 사실은 유감스럽게도 시간이 지나면서 더 확실해졌다네. 프리데리케가 로테 혹은 나와 짝이 되어 산책을 할 때면 안 그래도 갈색인 그의 낯빛이 더욱 어두워지지 뭔가. 그럴 때 로테는 눈치껏 날 잡아당기면서 프리데리케와 너무 가까운 거 아니냐며 귀띔해 주었지. 내 생각에 서로 좋은 날들을 망치면서 간섭하는 것보다 괴로운 일은 없을 것 같네. 인생의 한창 좋은 시절 모든 기쁨을 받아들여도 모자랄 젊은 친구들이, 전성기를 망치고 나중에 가서야 그 어리석음을 깨닫고는 소중한 순간들을 보상받는 게 불가능하단 걸 깨달을 때엔 이미 늦어 버린다네. 그런 생각이 날 화나게 만들었고 저녁에 목사관으로 돌아와서 식탁에 둘러앉아 우유를 마시며 세상의 기쁨이니 고통이니 하는 것들에 대해 이야기 나눌 때, 난 그 주제에 이어 불쾌한 우울증에 대하여 한바탕 적극적인 연설을 늘어놓았네.

"우리 인간들은 곧잘 불만을 늘어놓기 일쑤죠."

나는 그렇게 말을 시작했네.

"살아가면서 좋은 날은 적고 나쁜 날만 많다고 말입니다. 하지만 그 말은 옳지 않습니다. 하나님이 매일 내려 주시는 가득한 은혜를 우리가 마음을 열고 누리고자 한다면, 나쁜 일이 있더라도 그걸 충분히 이겨 낼 힘을 갖게 될 것입니다."

목사의 부인이 답하더군.

"하지만 우리의 감정을 뜻대로 다룰 순 없어요. 몸 상태에 따라 좌지우지되는걸요. 몸이 안 좋을 땐 뭘 해도 기분이 썩 좋아지지 않죠."

난 그녀의 말에 동의하며 말을 이었네.

"그러니 우린 그것을 병이라 간주하고 치료할 방법은 없는지 궁리해 보는 게 좋겠군요."

"일리 있는 말씀이네요."

로테가 말했네.

"그건 각자가 마음먹기에 달렸다고 생각해요. 제 경우를 보면 뭔가 기분이 좋지 않으면 벌떡 일어나 밖으로 나가 정원을 거닐면서 컨트리댄스 노래를 몇 곡 부른답니다. 그러면 기분이 풀리거든요."

"제가 드리고 싶었던 말씀도 그런 거예요."

내가 답했네.

"우울함이란 게으름과 무척 닮았다고 생각합니다. 아니, 분명 그것은 게으름의 일종이죠. 인간은 선천적으로 게으름의 기질을 갖고 있어요. 그러나 일단 마음을 다잡으면 일은 수월하게 진행될 것이며 그 안에서 진정한 기쁨을 발견할 수 있답니다."

프리데리케는 열심히 듣고 있었네. 그러나 슈미트 그 친구는, 인간은 스스로를 조절하기 힘들며 특히 감정을 통제하는 건 불가능하다며 이의를 제기했네. 나는 대답했지.

"지금 우리가 문제 삼는 건 불쾌한 감정이며 그건 누구나 피하고 싶어 하는 감정이죠. 자신의 능력을 시험해 보지 않고선 어느 정도인지 아무도 모릅니다. 사람은 병이 나면 많은 의사를 찾아다니고 건강을 되찾기 위해 아무리 쓴 약도 마다하지 않을 겁니다."

난 노목사가 우리의 토론에 끼고 싶어 귀를 기울이고 있음을 눈치채고 그를 보면서 목소리를 높여 말했네.

"나는 죄를 짓지 말라 하는 설교는 넘치게 들었지만 불쾌한 우울을 타파함에 관한 설교는 들어 본 적이 없습니다."(라바터의 요나서에 대한 설교집이 이와 관련한 훌륭한 참고가 될 것입니다)

"그런 건 도시 목사들의 몫이겠지."

노목사가 입을 열었네.

"농부에게 불쾌함 같은 건 없네. 물론 그 대상이 목사 부인이나 행

정관 정도라면 그런 설교도 나쁘진 않겠군요."

그 말에 모두가 웃고 말았네. 유쾌하게 웃다가 노목사가 기침을 하는 바람에 잠시 토론은 중단되었지. 그 젊은 친구가 다시 말을 꺼냈네.

"당신은 우울을 죄악이라 하셨는데 제가 보기엔 그건 좀 과장인 듯합니다."

나는 답했네.

"결코 그렇지 않아요. 스스로와 이웃에게 피해를 주는 일이 죄악이듯 우울도 마찬가지인거죠. 서로를 행복하게 해 주지 못하는 것만으로도 충분히 죄악이지 않을까요. 하물며 우리 각자가 누려야 할 기쁨까지 빼앗는 상황이라면 두말할 나위가 없지 않나요? 우울증을 앓는 사람 중에 남들에게 티 내지 않고 스스로 견디면서 주변의 흥을 깨지 않을 수 있는 사람이 있다면 과연 누구인지 알고 싶군요. 우울이란 스스로의 자격지심에 대한 불만이 아니겠습니까? 이런 불만은 어리석은 허영심에서 연유한 질투심과도 연결되어 있죠. 행복한 사람들을 보면 자신 때문에 행복한 것이 아니라는 사실이 불쾌하고 견딜 수 없는 것이죠."

로테는 내 격정을 지켜보며 미소를 지었고 프리데리케의 눈에 맺힌 눈물을 보니 더욱 이야기를 멈출 수가 없더군.

"자기 마음대로 할 수 있는 힘을 가지고 있다는 이유만으로 다른 이

의 마음속에 자연스레 솟아나는 작은 기쁨마저 망쳐 버리려는 작자가 있다면 저주받아 마땅하지요. 폭군의 질투 가득한 불쾌감으로 망쳐 버린 기쁨을 보상해 줄 수 있는 어떤 선물이나 호의도 이 세상에는 없습니다."

그 순간 나의 가슴은 벅차올랐네. 지난날의 여러 기억이 밀려오면서 눈에선 눈물이 흘렀지.

"그저 친구의 기쁨은 그들에게 맡기고, 그 즐거움을 함께 나누면서 행복을 더욱 지속시켜 주는 것 말고는 친구들에게 해 줄 수 있는 일은 아무것도 없다는 것을 스스로가 매일 되새길 필요가 있습니다. 친구가 가슴 가득 고민에 빠져 시달리고 있을 때 당신은 그들에게 한 방울의 위안이라도 줄 수가 있나요? 또한 한창 꽃다운 시절을 당신으로 인해 망친 여인이 큰 병에 걸려 초췌하게 누워 허공을 응시하며 죽음을 앞둔 식은땀이 맺혀 있다고 생각해 봅시다. 그리고 당신이 온갖 수단과 방법을 동원해도 더는 그녀를 위해 할 수 있는 게 없음을 뼈저리게 느끼면서 그저 병상 앞에 저주받은 인간처럼 서 있는 모습을 상상해 봅시다. 죽어 가는 그녀를 위해 한 방울의 약이든 한 가닥 용기의 불꽃이든 줄 수 있는 건 다 주겠노라고 불안한 슬픔 속에 잠겨 있을 뿐이지요. 결국 아무것도 해 줄 수 없으면서."

이리 말하고 있는 순간, 전에 내가 겪은 그와 같은 광경이 강하게

떠오르고 말았다네. 난 손수건으로 눈을 가리고는 자리를 떴다네. 그만 가자고 하는 로테의 목소리에 비로소 정신이 돌아왔지. 귀가하는 길에 내가 모든 일에 너무 진지하고 열을 낸다며 로테가 충고를 했다네. 그러다가 몸이라도 상하면 어쩌하려고, 자기 몸은 자기가 알아서 돌봐야 한다더군. 오 나의 천사여! 나는 오직 당신만을 위해 살아가겠소!

7월 6일

로테는 여전히 그 죽음에 다다른 부인의 집에 머물고 있네. 늘 변함없는 인정으로 타인을 돕는 그녀는 고통을 덜어 주고 마음속 행복을 솟구치게 한다네. 그녀는 어제저녁에 마리안네와 어린 말헨을 데리고 산책을 나왔네. 난 그걸 미리 알고 중간에 그들과 만나서 함께 걸었네. 한 시간 반가량의 산책을 마치고 마을로 다시 돌아와, 내게 아주 소중하기 그지없는 장소인 그 샘 앞에 다다랐네. 로테는 낮은 돌담장에 걸터앉고 우리는 그녀의 앞에 섰네. 주위를 둘러보자, 아아! 그토록 외로움에 빠져 있던 그 당시의 기억이 눈앞에 선하게 되살아나는 거였네. 그래서 나는 말했네.

"사랑하는 샘물이여. 그 이후로 나는 오랫동안 시원한 이곳에서 쉬지 못했구나. 급히 지나칠 땐 너를 쳐다볼 겨를도 없이 지나친 적도

있었지."

그러고는 아래를 내려다보니 말헨이 물 한 잔을 떠서는 바쁘게 계단을 올라오더군. 나는 로테를 바라보며 그녀의 소중함을 새삼 느끼고 있었지. 그사이 말헨이 잔을 들고 우리 곁으로 다가왔지. 마리안네가 그 잔을 받아 들려고 하자, 말헨이 "안 돼!" 하며 앙증맞게 외치는 게 아닌가.

"로테 언니가 먼저 마셔야지!"

난 그 귀엽고 천진난만함에 감명받고는 그 아이를 안아 올려 마구 뽀뽀해 주었네. 그런데 말헨이 크게 소리를 지르며 울기 시작하더군.

"당신이 잘못하셨어요(어린 여자아이가 남자에게 입맞춤을 받으면 수염이 난다는 독일의 전래 동화가 있다)."

로테가 말했네. 난 너무 당황스러웠네. 로테는 아이의 손을 잡고 계단을 내려가며 달래듯 말했네.

"이리 와 말헨, 깨끗한 물로 세수해 어서. 그럼 아무 일도 없을 거야."

나는 우두커니 서서 아이가 손에 물을 적시고 앙증맞은 작은 손으로 부지런히 얼굴을 닦는 걸 바라보기만 했지. 마치 그 기적의 샘이 모든 더러운 것들을 깨끗하게 씻겨 주고 흉한 수염이 돋아나는 걸 막아 준다고 믿는 것 같았네.

"그만! 이제 충분해."

로테가 말해도 계속 열심히 닦아 대더군. 아무래도 많이 씻어야 효과도 더 좋을 것이라 믿는 것 같았네. 빌헬름, 내 자네니까 하는 말이지만 나는 세례식에서도 그리 경건하게 참석하지 않았던 것 같네. 로테가 다시 위로 올라왔을 때, 난 하나의 민족이 저지른 대죄를 씻어 준 어느 예언자를 대하듯 그녀 앞에 무릎이라도 꿇고 싶은 심정이었네.

그날 저녁, 난 기쁨에 겨워 이 이야기를 어떤 남자에게 해 주었네. 그 사람은 분별력만큼이나 인간미도 있어 보이는 양반이었네. 그래서 이해도 잘할 거라 여겼는데 반응이 영 딴판이지 뭔가! 오히려 로테가 잘못한 것이라 말했네. 아이들에게 허무맹랑한 생각을 심어 주면 안 된다는 것이었네. 그런 것들이 수많은 미신과 오류의 원인이 된다나. 우리는 어린아이들을 그런 데 빠지지 말도록 보호해야 한다고. 그 말을 듣고 보니 그가 여드레 전에 아이들에게 세례를 받게 했다는 걸 기억하고 잠자코 들어주기로 했네. 그리고 마음속으로는 한 가지 진리를 되새겼지. 우리는 신이 우리를 대하듯이 우리도 아이들을 대해야 한다는 진리 말일세. 신은 우리에게 즐거운 망상을 통해 황홀감을 맛보게 함으로써 가장 큰 행복을 주시니까.

7월 8일

사람이 어찌 이리도 어린애 같을 수 있단 말인가! 눈길 한번 받고 싶어 안달이라니! 정말이지 어린애 같단 말인가! 우리는 걸어서 발하임에 갔고, 여인들은 마차를 타고 갔다네. 난 걷는 내내 로테의 검은 눈동자 속에서 나 같이 어리석은 바보가 또 있을까. 용서를 구하네. 자네도 보았더라면 좋았을 그 눈동자에서 그러니까 간략히 말하자면(졸려서 눈이 자꾸 감기네), 여인들은 마차에 올라탔고, 젊은 W 씨와 젤슈타트, 아우드란, 그리고 나는 마차 주위에 서 있었네. 마차 안에 앉은 여인들은 밖에 선 경솔한 남자들과 대화를 주고받았네. 다들 밝고 쾌활한 친구들이야. 나는 로테의 눈을 찾고 있었는데, 아아, 그녀의 시선은 다른 이들을 향하는 게 아닌가! 오로지 그 눈만을 찾는 나! 나! 나! 우두커니 홀로 선 나에게만 오지 않았네! 내 마음은 몇 번이고 그녀에게 안녕을 고했지만 그녀는 나를 바라보지 않았네. 마차는 결국 떠났고 어느새 내 눈에는 눈물이 고였네. 떠나가는 마차를 하염없이 바라보는데, 로테의 머리 장식이 마차 문 밖으로 보였네. 아아! 그녀가 뒤를 돌아보더군. 혹시 나를 보려고? 친구여, 이 불확실함 안에서 난 안절부절못하고 있다네. 유일한 위안이라면 그녀가 날 뒤돌아본 것일지도 모른다는 거네. 어쩌면 말이지! 좋은 밤 되게. 나야말로 정말 어린애 같지 않은가!

7월 10일

　사람들의 모임에서 로테의 이야기가 나오면 내가 얼마나 바보가 되는지. 자네가 한번 그 꼴을 봐야 할 걸세. 아예 대놓고 그녀가 마음에 드냐고 묻는 사람도 있다네. 마음에 들다니! 내가 얼마나 이 말을 싫어하는지 아는가. 그녀를 단순히 마음에 들기만 하는 인간, 그녀가 모든 감정과 생각을 가득 채우지 않는 인간이 있다니, 도대체 어떤 인간이 그렇단 말인가! 마음에 들다니! 언제는 누군가가 내게 오시안(켈트 족의 전설적인 시인)이 마음에 드느냐고 묻기도 하였네.

7월 11일

　M 부인의 상태가 좋지 않다네. 나는 그녀의 회생을 위해 기도하네. 그것으로 로테의 괴로움을 나눌 수 있을 테니까. 그 부인의 집에서 로테를 보는 경우가 가끔 있지만, 오늘 그녀가 내게 들려준 이야기는 상당히 놀라웠다네. 나이 든 M 노인은 탐욕스러운 구두쇠로 지금껏 자기 부인을 괴롭히고 잔소리가 많았는데도, 부인은 꿋꿋하게 살림을 꾸렸다 하네. 며칠 전 의사에게서 부인이 살 가망이 희박하다는 통보를 받았을 때, 그 부인은 남편을 불러(그 자리에는 로테도 있었네) 이렇게 말하였다네.

　"당신에게 고백할 일이 하나 있어요. 내가 죽은 뒤에 혹시 혼란이나

불경스러운 일이 생기지 않도록 말이에요. 지금까지 나는 단 한 푼이라도 절약하며 알뜰하게 집안 살림을 꾸려 왔어요. 하지만 지난 30년의 세월 동안 당신을 속인 것에 대해 용서를 빌고 싶어요. 우리가 처음 결혼했을 때, 당신은 부엌살림과 각종 집안일에 드는 비용으로 상당히 적은 금액을 주었어요. 그 후 우리 살림살이가 늘고 장사 규모가 커졌음에도, 당신이 내게 주는 돈의 액수는 늘 같았고 액수를 좀 늘려 달라고 아무리 말해도 들어주지 않았죠. 당신도 알다시피 살림살이가 가장 많이 늘었을 때도 일주일에 7굴덴으로 제한했어요. 난 고분고분 따랐고 모자라는 돈은 일주일에 한 번씩 장사 수입으로 충당했지요. 집사람이 설마 금고에 손을 대리라고는 누구도 예상하지 못했지요. 난 조금도 낭비하지 않았으니 이런 고백을 하지 않아도 마음 편히 저 세상으로 갔을 거예요. 하지만 그렇게 되면 내 뒤를 이어 살림을 맡을 사람은 턱도 없는 금액에 당혹스러울 텐데, 당신은 지금까지와 마찬가지로 첫 번째 부인은 그 돈으로도 충분히 살림을 잘 꾸렸다고 억지를 부릴 게 뻔하니 내 이렇게 말해 두는 거예요."

난 로테와 함께 인간의 멍청함에 대해 이야기를 나누었네. 참으로 믿어지지 않는 일일세. 언뜻 생각해도 살림 비용이 배 이상은 들게 뻔한데 7굴덴으로 충분하다면, 뭔가 미심쩍은 일이 없는지 의심이라도 해 보는 것이 당연하지 않겠는가. 그러나 나는 의심 하나 없이 자신의

집에 영원히 줄지 않는 기름 항아리가(열왕기 17장 10~16절 참조) 있다는 믿고 사는 사람들을 본 것이라네.

7월 13일

아니, 내 망상이 아니라네! 난 그녀의 검은 눈동자에서 나 그리고 나의 운명에 대한 그녀의 진심 어린 공감을 읽을 수 있네. 그렇다네, 나는 분명히 그것을 느낀다네. 내 마음에 확신이 들 정도로. 오, 천국을 이런 말로 표현해도 되는 걸까? 그녀가 나를 사랑한다고 감히 믿을 수 있다네.

나를 사랑하다니! 그녀가 나를 사랑한 이후로, 난 내 자신이 무척이나 소중한 존재가 되었다네. 내 자네에게 별소리를 다 하지만 충분히 이해하리라 믿고 털어놓는 것이니 괜찮겠지. 그녀가 날 사랑하게 된 후로 나 스스로를 얼마나 존경하는지 아는가!

혹시 이것은 내 오만한 착각일까? 아니면 특별한 사이가 아니고 사람 사이의 그저 그런 관계일 뿐일까? 나는 로테의 마음속에 있는 그 누구도 두렵지 않다네. 하지만 그녀가 다정함과 사랑을 드러내며 약혼자에 대해 말할 때면, 난 마치 모든 명예와 지위를 박탈당하고 단검까지 빼앗긴 사람처럼 상실감을 느낀다네.

7월 16일

아아, 우연히 내 손가락이 그녀의 손가락을 스치고 식탁 아래서 우리의 발이 닿으면, 내 온몸의 혈관이 요동친다네! 마치 불에 데기라도 한 듯, 손발을 재빨리 움츠리지만 알 수 없는 힘에 이끌려 또다시 나를 앞으로 잡아끈다네. 모든 감각들이 현기증을 일으키는 것 같다네. 오! 그런 작은 친근감의 행위가 날 얼마나 괴롭히는지 그녀의 순수하고 천진한 영혼은 알지 못한다네. 그녀는 이야기를 하면서 한 손을 내 손 위에 올려놓기도 하고, 이야기에 열중하느라 내게 몸을 밀착하기도 해서 그녀의 천국과도 같은 입김이 내 입술에 닿기라도 할 때면, 정말이지 벼락이라도 맞은 듯 쓰러질 것 같다네. 빌헬름! 만약 언젠가 내가 이 천국을, 이 신뢰를 얻게 되는 날이 온다면! 이보게 자네는 내 말뜻을 이해할 걸세. 아니, 그렇게 타락한 마음이 아니라네. 그저 의지가 약할 뿐이네! 의지가 약할 뿐이야! 그런데 그것이 바로 타락이 아니겠는가?

그녀는 내게 성스러운 존재네. 그녀 앞에서는 모든 욕망이 잠잠해진다네. 그녀와 함께 있으면 난 내 마음이 어떤지 도대체 모르겠네. 마치 영혼이 나 자신을 헤집고 다니는 것 같네. 그녀에게는 천사의 힘을 가지고 피아노로 연주하는 멜로디가 있는데, 그녀가 가장 좋아하는 곡으로 매우 단순하고도 풍요로운 선율이 일품이라네. 그녀가 그 곡의

첫 소절만 연주해도 난 모든 고통과 혼란과 망상 속에서 해방된다네.

음악이 가진 마력에 대한 옛이야기는 결코 허무맹랑하지 않다네. 그 소박한 노래가 날 꼼짝 못 하게 만들지 않는가! 그리고 그녀는 노래를 부를 타이밍까지 잘 알고 있네. 종종 내 머리에 총알 한 방을 쏘고 싶은 충동이 이는 순간에 그녀가 노래를 부른다네. 그러면 내 영혼의 암흑과 혼란은 사라지고 나는 다시 자유롭게 숨을 쉰다네.

7월 18일

빌헬름, 만일 이 세상에 사랑이 없다면 우리의 마음에 무슨 의미가 있겠나! 빛이 없는 마술 램프나 다름없지 않겠나! 자그마한 램프에 불을 붙여야만 갖가지 영상이 하얀색 벽에 비치는 것 아닌가. 그것이 그저 잠시 지나치는 환영일지라도, 그 앞에서 철부지 소년처럼 놀라운 광경들에 설레어한다면 그것이 우리에게 행복을 주는 것이 아니겠는가.

오늘은 피치 못할 모임 때문에 로테에게 가지 못했네. 그러니 내가 어떻게 했을까? 오늘 그녀 가까이 있던 사람이라도 내 곁에 두고 싶어서 하인을 시켜 로테에게 다녀오라고 했다네. 얼마나 마음을 졸이며 하인이 돌아오길 기다렸는지, 그리고 또 얼마나 기쁜 마음으로 하인을 맞았는지! 내 체면 불구하고 하인의 머리를 붙잡고 키스라도 해

주고 싶더군.

야광석을 햇빛 아래 놓아두면 그 빛을 흡수해서 밤에도 한동안 빛을 발한다고 하네. 그 젊은 하인이 내게 그런 존재였네. 로테의 시선이 그의 얼굴과 뺨, 그의 윗옷의 단추와 외투의 깃에 닿았었다 생각하니, 그 모든 것이 너무도 성스럽고 소중하게 느껴졌다네! 누가 내게 1,000 탈러를 준다 해도 그 하인을 넘기지 않았을 것이네. 그와 함께 있는 것만으로도 행복이 가득했으니까. 부디 자네가 지금 날 비웃지 않기를 바라네. 빌헬름, 우리를 행복하게 해 주는 무엇이 정말 환영에 불과한 것일까?

7월 19일

"오늘도 나는 그녀를 만나리라!"

아침에 눈을 뜨자마자 기쁨에 겨워 아름다운 태양을 바라보며 이렇게 외치네.

"오늘도 그녀를 만나리라!"

그리고 하루 종일 그 외의 바람은 없다네. 모든 것이 이 한 가지 소망 속으로 녹아든다네.

7월 20일

공사(公使)를 수행하며 함께 ○○로 가는 것이 어떻겠냐는 자네의 생각을 따르기는 어려울 것 같네. 내가 원래 누구에게 종속되는 것을 좋아하지 않는다네. 그리고 이미 알려진 것처럼 그 사람은 미운 구석이 있는 인물이지 않은가. 어머니께서 내가 활동하기를 원하신다고 하셨는데, 자네의 글을 보고 웃지 않을 수 없었네. 그렇다면 지금 내가 아무 활동도 하지 않는다는 말인가. 그리고 내가 완두콩을 세든 편두콩을 세든 무엇이 다르단 말인가? 세상만사가 결국에는 다 자질구레한 것들에 지나지 않는다네. 스스로의 정열이나 욕구를 위해서가 아니라, 그저 남이 시켜서 하는 일을 고생스럽게 하면서 돈이나 명예 같은 걸 얻고자 하는 사람은 멍청이에 불과할 뿐이네.

7월 24일

그림 그리기를 등한시하지 말라는 자네의 충고가 각별해서 그 이야기는 차라리 꺼내지 않는 편이 좋겠네. 사실 그동안 거의 그림을 그리지 않았네.

지금까지 이렇게 행복한 적이 없었다네. 작은 돌멩이에서부터 어린 풀잎에 이르기까지 자연을 느끼는 나의 감수성이 지금처럼 충만했던 적이 없었단 말일세. 그런데 이것을 어찌 표현해야 할지 잘 모르겠군.

나의 표현력이 워낙 미약하고, 모든 것이 내 영혼 앞에서 둥둥 헤엄치며 떠다닐 뿐이라 윤곽조차 잡기가 힘들다네. 내게 점토나 밀랍이라도 있으면 그걸 빚어 뭔가 표현해 낼 수 있을지도 모르겠네. 이런 상태가 계속된다면 나는 점토를 구해서 빚어 볼 생각이네. 비록 케이크밖에 만들지 못하더라도 말일세!

로테의 초상화를 그리려고 세 번이나 시도했지만 늘 실패하고 말았네. 전에는 꽤나 잘 그렸던 만큼 더욱 화가 나더군. 그래서 나중에는 로테의 실루엣을 그렸는데, 그걸로 만족하는 것이 좋을 듯하네.

7월 26일

사랑하는 로테, 내가 모든 것을 잘 정리하고 처리할 테니 부디 내게 더 많은 일을 시켜 주시오. 될 수 있는 대로 자주 말이오. 그런데 한 가지 부탁이 있답니다. 앞으로 내게 보내는 쪽지에 모래는 뿌리지 마시오.(옛날에는 잉크가 번지는 것을 막기 위해 모래를 뿌렸다) 오늘 쪽지를 받자마자 입술에 갖다 댔는데, 입 안에서 모래가 씹혔다오.

7월 26일

로테를 너무 자주 찾아가지 말자고 스스로 몇 번이나 다짐했는지 모른다네. 하지만 그게 지켜질 리가 있겠는가? 매일 난 유혹에 굴복하

고 내일만큼은 집에 머물겠다고 또 스스로 성스러운 맹세를 한다네. 그러나 또 다음 날이 되면 나는 또다시 그러지 않을 수 없는 이유를 기어이 만들어 어느새 그녀 곁에 가 있는 걸세. 전날 저녁에 그녀가 "내일도 오실 거죠?" 하고 물으면 그 누가 가지 않을 수 있겠나? 아니면 그녀가 뭔가 부탁을 할 때도 있는데, 그럼 내가 직접 그녀에게 답을 주는 것이 도리가 아닌가. 아니면 날씨가 너무 좋아 발하임으로 산책을 가는데, 그곳에서 로테의 집까지는 불과 30분 거리라네! 이미 그때부터 난 그녀가 지척에 있는 기분이 든다네. 눈 깜짝할 사이 난 이미 그곳에 있다네. 할머니는 내게 자석산 이야기를 들려준 적이 있네. 배가 그 산 가까이 다가가면 모든 쇠붙이들이 다 그 산 쪽으로 날아가고, 배에 탄 불쌍한 사람들은 무너져 내리는 널빤지에 깔려 비참하게 죽게 된다네.

7월 30일

알베르트가 돌아왔으니 난 이제 이곳을 떠나야겠지. 아무리 그가 품격 있고 훌륭한 인물일 뿐만 아니라, 모든 면에서 뛰어난 남자라고 인정한다면, 그렇게 완벽함을 다 소유한 그와 대면한다는 것이 얼마나 감당하기 힘들겠는가. 소유! 빌헬름. 그녀의 약혼자가 돌아왔다네! 그는 의젓하고 착실해서 누구나 호감을 가질 수밖에 없는 사람이네.

다행스럽게도 그의 귀환을 맞이하는 자리에 나는 없었네. 만일 그 자리에 있었다면 내 가슴이 미어졌겠지. 그는 꽤나 신중하고 예의가 바른 성격이라 내가 있는 앞에서는 한 번도 로테에게 키스를 하지 않았네. 그런 그에게 하나님의 축복이 있기를! 로테를 대함에 있어 존경을 내비치는 그의 모습에 나 역시 그를 사랑하지 않을 수 없네. 그 역시 내게 호감을 보이는 듯하지만 사실 진심이라기보다는 로테가 그리 유도했기 때문으로 보이네. 그런 면에서 여자들은 섬세하고 상황을 잘 판단하는 존재라 할 수 있네. 자기를 사랑하는 두 남자가 사이좋게 지낼 수 있다면 이득을 보는 건 결국 여자 쪽이니까. 반드시 그렇기만 한 것은 아니지만.

어쨌든 난 알베르트에게 경의를 표하지 않을 수 없다네. 그의 차분함은 침착하지 못한 내 불안한 성격과 대조를 이룬다네. 그는 감수성도 풍부하여 로테의 소중함도 잘 알고 있었네. 그리고 자신의 불쾌한 감정을 드러내는 일도 거의 없는 듯하네. 자네도 알다시피 불쾌감은 내가 가장 증오하는 인간의 죄악이 아닌가.

그는 날 분별 있는 사람으로 여기는 것 같네. 그래서 로테를 향한 나의 연모와 그녀의 모든 행동을 보며 기뻐할 때, 그는 로테를 더욱 사랑하고 그의 승리감은 더욱 고취된다네. 그 역시 사소한 질투심으로 로테를 괴롭히는지 알 수 없지만, 내가 그의 입장이라 해도 질투의

악마로부터 자유로울 수 있을지는 모르겠네.

어쨌든 이제는 로테와 함께여서 느낄 수 있는 나의 기쁨은 사라져 버렸다네. 이것을 어리석다고 해야 하는지 아니면 눈이 멀었다고 해야 할지. 지금 처지에 뭐든 무슨 상관인가! 그 자체가 다 말해 주고 있는걸! 분명한건 내 이리 될 것을 알베르트가 오기 전부터 이미 알고 있었다는 걸세. 내가 로테에게 어떤 요구를 해서도 안 된다는 걸 잘 알고 있었고, 또 실제로 아무것도 요구하지 않았네. 무슨 말이냐면, 그토록 사랑스러운 존재에게 다른 생각을 하지 않고 견딜 수 있는 정도의 한도 내에서 관계를 유지했던 걸세. 그런데 이제는 약혼자가 돌아와 그녀를 가로채 가 버리니 이 한심한 인간은 멀뚱히 바라보고 있을 수밖에.

난 이를 악물고 처량해진 내 신세를 한탄하며 비웃고 있네. 그리고 누군가가 나에게 별수 없으니 그만 포기하라고 말하는 자가 있다면, 난 그 인간을 두 배, 세 배로 크게 비웃어 주겠네. 그런 허수아비 같은 것들은 그 자리에서 내쫓아 버리겠어! 난 숲을 걷다가 로테네 집으로 향한다네. 그러다 정원의 정자에서 그녀가 알베르트와 함께 앉아 있는 광경을 보고 당황한 나는 순간 바보 같은 짓을 했다네. 오늘 다행히도 로테가 나에게 말하더군.

"제발 어제저녁에 했던 그런 행동은 그만두세요! 그렇게 우스꽝스

런 모습을 보이면 좀 겁이 나기도 한답니다."

우리끼리 이야기지만, 난 알베르트에게 바쁜 일이 생기기만을 기다린다네. 그러면 그 틈에 밖으로 나가 로테를 찾아간다네. 로테가 혼자 있는 모습을 보면 언제나 내 마음이 편안하다네.

8월 8일

사랑하는 빌헬름, 피할 수 없는 운명에 순응할 수밖에 없지 않느냐고 말하는 사람을 나무라긴 했지만, 결코 자네를 두고 했던 말이 아니었음을 부디 알아주게. 자네가 그런 생각을 가지고 있는 줄은 전혀 몰랐네. 하지만 곰곰이 생각해 보면 자네 말이 옳을지도 모르네. 다만, 사랑하는 친구여, 여기서 한 가지만 짚고 넘어가겠네. 세상일이란 게 '이것 아니면 저것'의 흑백논리로 결정되는 경우는 거의 없지 않나. 매 부리코와 사자코 사이에도 매우 다양한 높이와 모양이 존재하듯, 인간의 감정과 행동 방식 또한 아주 다양한 것일세.

그러니 자네 말이 전적으로 맞다 하면서도 여전히 내가 '이것 아니면 저것'의 사이를 슬쩍 비켜 간다 하더라도 부디 날 나쁘게 여기지 않길 바라네.

자네는 내가 로테에게 희망이 있느냐 없느냐 둘 중 하나라고 말할 테지. 그러니까 전자의 경우라면 어떡해서든 그 희망을 밀고 나가 원

하는 바를 이루려고 노력하라. 그러나 만일 후자의 경우라면 쓸데없이 힘 빼지 말고 그 불행한 감정 안에서 빠져나오도록 하라. 친구여, 자네 말은 이런 뜻이 아닌가. 이보게! 말은 하기 쉬워도 실천은 어려우니 어쩌겠나.

자네는 죽을병에 걸려 서서히 죽어 가고 있는 환자에게 칼로 찔러서 그런 고통 따위는 단번에 끝내라고 말할 수 있는가? 환자의 기력을 소진시키는 질병은 그 병에서 벗어나려는 그의 마지막 용기마저 빼앗아 가는 것은 아닐까?

하긴 자네는 비슷한 비유를 들어가며 반론할 수도 있겠군. 우물쭈물하다가 목숨을 잃으니 차라리 한쪽 팔을 잘라 내는 게 낫지 않겠느냐고 말이지. 글쎄 잘 모르겠네! 온갖 비유를 들어 가며 말다툼하는 일은 그만두는 게 좋겠네. 아무튼, 빌헬름, 가끔 난 모든 걸 털어 버리고 뛰쳐나갈 수 있는 용기가 생기는 순간이 있다네. 그런 순간에 내가 가야 할 곳을 안다면 주저하지 않고 그리로 갈 걸세.

같은 날 저녁

한동안 내팽개쳐 두었던 일기장을 오늘 우연히 펼쳐 보고 깜짝 놀랐다네. 나는 뻔히 다 알면서도 지금의 이 모든 것을 향해 한 발 한 발 빠져 들고 있었던 걸세! 내 상황을 명확하게 잘 알고 있으면서도 어

린애처럼 행동해 왔더군. 지금도 잘 알고 있지만 나아질 것 같진 않아 보이네.

8월 10일

내가 바보가 아니라면 이 세상 최고로 행복하게 살 수 있을 텐데. 한 사람의 마음을 기쁘게 하기 위해서 지금 내가 처한 환경만큼 모든 조건이 다 갖춰져 있기도 힘들 것이네. 아, 행복의 원천은 오로지 마음에 달려 있다는 말은 틀린 말이 아니네. 행복한 가정의 한 가족처럼 지내며 노인에게서는 아들처럼 사랑을 받고, 어린아이들에게서는 아버지처럼 존경을 받는다네. 물론 로테의 사랑도 있다네! 그리고 성실한 알베르트, 그는 변덕을 부리거나 무례함으로 내 행복을 망치는 일은 없을 거네. 그는 진심 어린 우정으로 날 감싸 준다네. 그는 이 세상에서 로테 다음으로 나를 사랑한다네! 빌헬름, 우리가 함께 산책을 하면서 로테에 대해 주고받은 이야기를 누군가 듣는다면 참 재미있어할 걸세. 세상에 우리 세 사람 같은 우스운 관계가 또 있을까. 우리의 관계를 생각하면 종종 눈물이 나온다네.

언젠가 알베르트가 로테의 훌륭한 어머니의 이야기를 내게 해 준 적이 있지. 그분은 임종을 앞둔 병상에서 집안일과 아이들을 로테에게 맡겼고, 알베르트에게는 로테를 잘 부탁한다고 했다더군. 그 이후

로 로테는 완전히 다른 사람이 되어 집안일을 꾸려 나가는 진지함에 관한 한 어머니 못지않은 열성으로 살림을 해 나갔다네. 한순간도 쉬지 않고 일하고 아이들을 보살피면서도 늘 밝은 표정과 쾌활한 성품을 잃지 않았다네. 알베르트와 함께 걸으면서 길가의 꽃을 꺾어 정성껏 다듬어 예쁜 꽃다발을 만들었네. 그리고 그것을 흐르는 냇물에 던지고는 물결에 떠내려가는 모습을 바라보았네. 내 지난번에 자네에게 썼는지 잘 기억나지 않지만, 알베르트가 한동안 이곳에 머물 것이라 하네. 게다가 궁정에서도 평판이 자자한 걸로 보아 안정적인 수입이 보장되는 관직을 얻게 될 모양이네. 그렇게 부지런하고 착실한 사람도 드물 것이네.

8월 12일

확실히 알베르트는 세상에서 가장 선량한 사람 같네. 그런데 어제 그와 난 예기치 않게 논쟁을 벌이게 되었네. 그에게 작별 인사를 하기 위해 난 그의 집으로 찾아갔었지. 산으로 말을 타고 여행을 가 볼까 생각했었거든. 지금 이 편지도 산에서 쓰는 거라네. 그의 방 안에서 서성거리다 보니 권총 몇 자루가 눈에 들어오더라고.

"여행 때 쓰기 위해 권총을 좀 빌릴 수 있을까요?"

내가 말을 꺼냈네.

"그러시죠."

그가 대답하더군.

"총알 장전은 직접 하셔야 됩니다만. 여기 총들은 그냥 장식으로 둔 것들이거든요."

내가 권총 한 자루를 집어 든 사이 알베르트는 얘기를 이었네.

"예전에 조심한다는 것이 오히려 좋지 않은 사건을 불러일으켰죠. 그 후론 저런 것들은 일절 손대지 않습니다."

나는 그 사건에 호기심이 일었고 그가 이야기를 시작했네.

"시골에 사는 어느 친구 집에서 세 달 정도 머물렀던 적이 있었습니다. 총알은 없었지만 총 두 자루를 가지고 있었기에 밤에는 별걱정 없이 잘 수 있었답니다. 그러던 비가 오던 날 오후에 무심코 앉아 있는데 문득 이런 생각이 들더군요. '갑자기 습격을 받을지도 모르니 권총을 준비해 두어야겠군.' 그런 기분을 이해하시겠죠? 그래서 하인에게 권총을 내주면서 손질을 해서 총알을 장전해 두라고 일러두었죠. 그런데 이놈이 하녀들과 장난을 친답시고 권총으로 위협하는 시늉을 한 것이지요. 그러다 그만 총구에 청소용 꽂을대가 꽂힌 채로 권총이 발사가 되고 말았는데, 그 꽂을대가 하녀의 엄지손가락을 박살내고 말았답니다. 그렇게 한바탕 난리가 나고, 결국 제가 치료비까지 물어야 했죠. 그 일이 있은 뒤로는 모든 총기에 총알을 장전하지 않은 채 보

관합니다. 그러니 조심한다는 것이 무엇입니까? 위험이란 언제나 예측할 수 없습니다! 그렇기는 하지만……."

자네도 알겠지만 난 이 친구를 참 좋아하네. 그 "그렇기는 하지만."을 빼고 말일세. 일반적 명제라도 예외는 다 있는 법 아닌가? 그런데 이 친구는 참으로 주도면밀하단 말일세. 너무 성급히 말했다거나, 막연한 이야기, 혹은 불확실한 얘기를 했다 싶으면 계속 제한하거나 수정하거나 보태거나 하면서 급기야 나중에는 본론은 온데간데없어진다네. 이번에도 그는 이 얘기에서 자기 설교에 열을 올리더군. 난 더 이상 듣지 않고 홀로 망상에 잠겼네. 그러다 권총의 총구를 내 오른쪽 눈 위의 이마에 겨누었네.

"이런!"

알베르트는 권총을 빼앗으며 소리치더군.

"이게 무슨 짓입니까?"

"총알이 장전되지 않았다면서."

나는 대답하였네.

"아무리 그렇다 해도 대체 무슨 짓이란 말이오?"

그는 급히 말을 이었지.

"인간이 어떻게 스스로를 총으로 쏠 수 있는지, 어찌 그리 어리석을 수 있는지 상상도 못하겠군요. 정말 생각만으로도 불쾌합니다."

나는 외쳤네.

"당신 같은 사람들은 뭔가 이야기만 하면 그것에 대해 어리석다, 현명하다, 좋다, 나쁘다! 이런 식으로 말하는데, 도대체 그래서 어쨌단 말입니까? 행동의 내부 사정을 하나하나 다 파악할 수 있다고 보십니까? 왜 그런 일이 일어났는가, 왜 그럴 수밖에 없었는가, 확실하게 밝혀낼 수 있습니까? 당신들이 정말로 그렇게 한다면 그리 성급하게 결론짓지는 못할 겁니다."

알베르트는 말했네.

"동기가 무엇이든 변함없이 악덕한 행위가 있다는 것을 당신도 인정할 겁니다."

난 어깨를 으쓱이며 그의 말에 동의했네.

"하지만 말이죠."

난 말을 이었네.

"예외가 분명히 있습니다. 도둑질은 분명 죄악이죠. 하지만 가족이 당장 굶어 죽을 지경인데 어쩔 수 없이 도둑질을 했다면 그 사람은 동정을 받아야 합니까 아니면 벌을 받아야 합니까? 부정을 행한 아내와 비열하게 간통한 남자를, 정당한 분노의 대가로 처단한 남편에게 그 누가 자신 있게 돌을 던질 수 있을까요? 황홀경에 취해 사랑의 기쁨을 억누르지 못하고 몸을 내던진 아가씨에게 그 누가 돌을 던질 수 있

단 말인가요? 융통성 없는 냉혈한 법도, 냉정한 현학자들도 분명 정상을 참작하고 처벌을 유보할 겁니다."

알베르트가 반박하더군.

"그건 전혀 다른 문제입니다. 자신의 격정에 사로잡혀 모든 이성적 판단력을 상실한 인간은 술꾼이나 광인과 다를 바 없기 때문입니다."

"아아 이리도 잘나신 이성적인 사람들이란!"

난 냉소와 함께 소리쳤네.

"격정! 취함! 광기! 당신들 도덕적인 인간들은 멀찍이 떨어져 냉정하게 보는군요. 술꾼을 타박하고, 광기에 사로잡힌 사람들을 혐오하며, 성직자처럼 그 옆을 지나가고, 바리새인처럼 하나님께 그들 중 하나가 아니게 해 주심을 감사하겠죠. 나는 술에 취해 보았으며, 격정에 휩싸여 정신을 놓은 적도 있었지만, 결코 후회해 본 적은 없습니다. 위대한 업적을 이루거나 불가능을 가능케 했던 비범한 인물들의 공통점은 예전부터 사람들에게 주정뱅이라든가 미치광이 취급을 받았다는 걸 잘 알고 있으니까요. 그러나 평소에 누군가 자유롭게 상상 밖의 행위를 한다면, 예외 없이 '저런 주정뱅이를 봤나, 완전히 미쳤군!' 하며 취급해 버리는 건 참을 수 없는 일입니다. 부끄러운 줄 아십시오! 잘나고 똑똑한 당신들 말이오!"

"그 역시 당신의 망상에 불과합니다."

알베르트가 말하였네.

"당신은 무엇이든 지나치게 과장하는군요. 적어도 이번에는 당신이 틀렸습니다. 지금 자살을 위대한 행위에 견주려나 본데, 그것은 확실히 잘못된 주장입니다. 자살은 그저 나약함의 표현일 뿐입니다. 고통스러운 삶을 지지부진하게 이어 가기보다 죽는 편이 더 편할지도 모르니까요."

난 그만 논쟁을 끝내려고 했네. 진심을 다해 말하는데 상대가 틀에 박힌 소리나 늘어놓는 것처럼 참기 어려운 일도 없으니까. 그의 그런 소리는 전에도 자주 들어왔고, 나도 그때마다 화를 냈던 적이 있으니 이번에는 마음을 다잡고 차분한 어조로 응수했네.

"나약함이라고요? 부탁하건대 겉만 보고 함부로 판단하지 마십시오. 폭군의 폭정에 시달리는 백성이 궐기하여 사슬을 끊어 냈을 때, 그걸 보고도 당신은 나약한 행위라고 할 겁니까? 집에 불이 난 걸 보고 놀라 온몸에 힘이 바짝 들어 평소에는 절대로 들 수조차 없던 짐을 거뜬히 들어 올리는 사람, 모욕을 당해 격분한 나머지 여섯 명을 상대로 싸워 그들을 때려눕히는 사람, 이런 이들에게도 나약하다 할 수 있나요? 적당한 긴장감을 가지고 노력하는 것이 강인함이라면, 크게 긴장한 상태에서 하는 행위는 의지박약이라고 하다니 우습군요."

알베르트는 날 바라보며 말했네.

"나쁘게 생각하지 말아요. 하지만 당신이 들고 있는 예는 지금의 경우엔 적절하지 않은 것 같습니다."

"그럴지도 모르죠. 나의 판단력과 연상이 가끔 방향을 잃는다며 비난도 받았으니까. 그럼 다른 시각으로 내 의견을 설명해 볼까요. 즐거워야 할 자기 인생을 포기하기로 결심한 사람의 기분이 어떠한지 상상해 볼 수 있는가에 대해 말이죠. 우리는 모두가 공감할 수 있어야 어떤 문제에 대해 얘기할 수 있는 자격이 생기는 법이니까요."

"인간의 본성에는 한계가 있습니다."

난 계속 말을 이었네.

"기쁨과 슬픔, 고통 모두 어느 정도까지는 견딜 수 있지만 그 한계를 넘어서면 파멸해 버리고 맙니다. 이건 사람이 약하다, 강하다의 문제가 아니라 자신의 고통을 정신적으로나 육체적으로 어느 한계까지 견딜 수 있는가 하는 문제입니다. 내 자신 있게 말하건대, 스스로 목숨을 끊는 사람을 비겁하다 한다면 악성의 열병에 걸려 죽어 가는 사람은 겁쟁이라 할 수 있겠군요."

"궤변입니다! 궤변!"

알베르트가 소리쳤네.

"당신 생각처럼 그렇게 터무니없는 얘기가 아닙니다."

나는 대답했네.

"당신도 인정하겠지만 몸이 병들고 신체 기능이 쇠약해져 무슨 수를 다 써도 두 번 다시 건강을 회복할 수 없는 지경을 우리는 죽을병이라 하지요.

자, 그것을 정신에 적용해 보죠. 자기 생각 속에 묶여 사는 한 사람을 생각해 봅시다. 여러 가지 인상에 영향을 받아 생각이 굳어 버린 그가 어느 순간 격정에 휩싸여 냉철한 사고를 잃고 마음을 다스리지 못하면 끝내 파멸하게 될 겁니다.

냉철하고 이성적인 인간이 불행한 그 사람의 상태를 보고 어떤 조언을 해 준다 해도 아무런 소용이 없지요. 건강한 인간이 환자 옆에 함께 있다 하더라도 자신의 어떠한 힘도 주입시켜 줄 수 없듯이 말입니다."

하지만 알베르트에게 이 얘기는 너무 일반적이고 추상적으로 들렸던 모양이야. 그래서 난 얼마 전에 물에 빠져 죽은 한 소녀 이야기를 생각해 내고 그 이야기를 다시 들려주었네.

"그 아이는 어렸지만 매우 착하고 얌전했어요. 집안일을 돕고 정해진 일만 하며 좁은 공간에서 세상 물정이라곤 모르고 자랐지요. 유일한 즐거움이라고는 조금씩 모든 돈으로 구입한 나들이옷을 입고 일요일에 또래들과 어울려 산책을 나가거나, 큰 축제가 열리는 날에 춤을 추러 간다거나, 가끔 이웃 여자들과 남의 뒷소문을 입에 올리며 수다

를 떠는 게 다였죠. 그러다 마침내 그녀의 열정적인 성격이 보다 깊은 욕망에 눈뜨게 되었는데, 남자들이 주변에서 자꾸 바람을 넣으니 그 욕망은 더욱 커져서 이전까지의 즐거움은 다 시시해진 것입니다.

그러다 한 남자를 만나게 되었고 지금까지 모르고 있던 감정에 이끌려 그 남자에게 자신의 모든 희망을 걸고 주변은 모두 잊어버린 채 그 남자에게만 매달려서 그 남자 외에는 아무것도 보이지도 들리지도 느끼지도 못하는 지경이 되었지요. 그 남자가 가볍고 부질없는 쾌락을 추구한다는 것은 아랑곳하지 않은 채, 그녀는 그의 아내가 되어 그간 맛보지 못한 행복들을 만끽하고 누리고자 하는 목표를 소망했습니다. 자신의 희망을 확신할 수 있는 그의 거듭된 약속, 그녀의 욕정을 자극시키는 대담한 애무는 그녀의 영혼을 완전히 사로잡았지요. 황홀경에 빠져 온갖 기쁨을 예감하며 마음을 졸이다가 마침내 자신의 소망을 끌어안기 위해 두 팔을 양껏 벌렸을 때, 그녀의 애인은 그녀를 버렸습니다. 그녀는 넋을 잃고 절벽 앞에 섰지요. 주위에는 온통 암흑뿐이고 어떠한 전망도, 위안도, 방도도 없습니다! 삶의 모든 이유였던 그 남자에게서 버림받았으니까요. 눈앞의 넓은 세계도, 그녀의 상실을 보상받게 해 줄 다른 사람들도 보이지 않았어요. 세상으로 버림받고 철저히 혼자가 되었다는 느낌뿐입니다. 그래서 그녀는 견딜 수 없는 마음속의 고통에 짓눌려 결국 몸을 던지고 맙니다. 죽음이라는 포

옹으로 그녀의 모든 고통으로부터 벗어나기 위해서 말이죠. 알베르트, 이게 바로 많은 이들의 운명입니다. 그렇다면 조금 전에 말했던 병의 경우도 이와 같지 않겠습니까? 서로 얽히고설키는 온갖 힘의 미로 안에서 출구를 찾지 못하면 결국 인간은 죽을 수밖에 없습니다.

'이 어리석은 여자야! 조금만 시간이 지나면 절망도 진정되고 그대를 위로해 줄 다른 남자가 또 나타날 텐데.' 옆에서 이런 소리나 늘어놓는 작자들은 저주나 받으라지요. '바보 같은 인간이군. 그까짓 열병에 걸려 죽다니. 조금만 기다리면 기력도 회복되고 체액도 나아져서 요동치는 피도 가라앉게 될 텐데. 그럼 지금까지도 살았을 거 아냐!' 라고 말하는 것과 마찬가지지요."

알베르트는 이 비유를 아직 다 이해하지 못한 듯 몇 가지 반론을 더 제기하더군. 내가 한낱 무지한 어린 여자를 소재로 삼았다는 것, 그리고 또 하나는 꽉 막히지 않고 보다 분별력 있고 넓게 생각할 줄 아는 사람은 쉽사리 용서의 대상이 될 수는 없을 거라 했네.

"알베르트 씨."

나는 소리쳤어.

"인간은 인간일 뿐이라고요. 조금 더 분별력이 있다 한들 격정에 휩싸여 한계로 치닫게 되면 약간의 이성을 지니고 있다 하더라도 아무런 소용이 없는 겁니다. 아니, 오히려…… 나머지 이야기는 다음에 하

는 것이 좋겠군요."

그리 말하고 난 모자를 집어 들었네. 아, 내 가슴이 어찌나 답답하던
지. 그렇게 우리는 서로를 이해하지 못하고 헤어졌지. 다른 사람을 이
해하고 헤아리기가 어찌 이리 어렵단 말인가.

8월 15일

확실히 세상에서 사랑만큼 인간들에게 필요로 하는 것도 없을 거
야. 로테가 나를 잃고 싶지 않음에서 느낄 수 있다네. 아이들 역시 내
가 매일 찾아오리라고 당연하게 여기고 있지. 오늘은 로테의 피아노
를 조율하러 갔었네. 하지만 아이들이 동화를 읽어 달라고 매달리는
바람에 조율은 손도 못 댔네.

나는 아이들에게 저녁 빵을 잘라 주었고, 이제 아이들은 로테가 나
눠 줄 때와 다름없이 잘도 받아먹는다네. 그러고 나서 수많은 손들로
부터 섬김을 받는 한 공주의 이야기를 들려주었어. 그러면서 나 역시
도 배우는 게 많아. 괜한 소리가 아니라네. 아이들이 내 이야기에 크게
감명받는 걸 보면서 놀란다네. 이야기를 한 번 더 들려주어야 할 경우
세세한 부분은 가끔 지어낼 때도 있는데, 그럴 때면 아이들은 귀신같
이 눈치채고 지난번과 이야기가 다르다며 지적한다네. 그래서 요즘은
실수하지 않도록 노래를 외우듯이 이야기를 암송하고 있다네.

여기서 한 가지 깨달은 사실은, 작가가 자신의 이야기를 수정해서 개정판을 낼 경우, 문학적 수준이 높아졌다 하더라도 작품에는 손상이 갈 수밖에 없다는 것을 말이야. 그만큼 우리에게는 첫인상이 각별하지 않은가. 인간은 원래 모험적인 것에 쉽게 설득당하지만, 일단 첫인상은 금방 기억에 남아 강하게 자리를 잡는다네. 그러니 그것을 지우거나 없애 버리는 사람은 후회할 걸세.

8월 18일

인간의 행복을 이루는 것이 어째서 불행의 근원이 되어야 한단 말인가?

예전에 생동하는 자연은 내 마음속에 따스한 감정을 충만히 안겨 주며 나를 온갖 기쁨으로 물들이고 나를 둘러싼 세계를 낙원으로 만들어 주었네. 그런데 지금은 날 괴롭히는 악령이자 고통의 화신이 되어 날 따라다닌다네. 예전에 바위 위에서 강 너머 언덕으로 이어지는 풍요로운 골짜기를 내려다보고, 내 주위로 만물이 싹트는 것을 보았다네. 아래에서부터 산봉우리까지 이르는 키 큰 나무들로 울창한 산들과, 숲 속으로 굽이굽이 뻗은 골짜기들과, 갈대밭 사이로 미끄러지듯 흐르는 냇물, 그리고 다정한 저녁 바람이 흩뿌려 놓은 사랑스러운 구름들을 비추는 것을 보았네. 그리고 숲 속의 새들이 지저귀는 소리

가 들리고, 저녁 햇살 속에 춤추는 수백만의 모기들, 해가 지는 마지막 순간에 윙윙 날아다니는 딱정벌레들은 자유를 만끽했지. 주변의 시끌 벅적한 소리에 놀라 땅을 내려다보면 내가 올라선 단단한 바위에 양분을 빨아들이며 붙어 있는 이끼, 마른 모래 언덕 아래까지 자란 관목이 자연의 불타오르는 성스러운 삶을 보여 주었네. 내 뜨거운 가슴은 이 모든 것들을 열정적으로 받아들였고, 넘치는 풍요 안에서 스스로가 신이 되었다는 착각이 들기도 했네. 무한한 세계의 찬란한 형상들이 내 영혼 속에서 활기차게 꿈틀거렸지. 거대한 산들이 날 에워싸고, 눈앞에는 깊은 연못이 있고, 강물은 내 아래로 콸콸 흘러내리고, 숲과 산속에서는 메아리가 울려 퍼졌지. 나는 기원을 알기 힘든 힘들이 뒤섞여 땅 아래서 작용하고 생명들을 창조하는 것을 보았네. 그렇게 태어난 수많은 생명은 땅 위와 하늘 아래서 우글거리는 것일 테지. 세상 어디든지 갖가지 생명들이 살고 있는 거야. 그런데 인간은 작은 집에 옹기종기 모여 살며 안전함을 추구하고, 작은 보금자리 안에 있는 주제에 이 넓디넓은 세계를 자신들이 지배하고 있다고 착각하는 꼴이네! 불쌍하고 어리석은 존재들 같으니! 스스로가 작으니 모든 만물이 그와 같이 미천하다고 여기는 거야. 그 누구도 발을 들일 수 없는 험준한 산악 지대에서부터 황야를 지나 미지의 대양 끝에 이르기까지, 영원한 조물주의 정신은 충만하다네. 자신을 느끼며 살아가는 모든

티끌과도 같은 존재에 일일이 기뻐하여 반겨 준다네. 아, 그때의 나는 머리 위를 날아가는 학의 날개를 빌려 깊이를 알 수 없는 대양의 건너편으로 얼마나 날아가고 싶었는지 모르네. 그리고 영원한 분의 거품이 넘치는 술잔에 담긴 생명의 환희를 마시고, 한순간이나마 만물을 자신의 안에서 스스로 창조해 내는 그분의 축복을 맛보고 싶었단 말일세.

친구여, 요즘엔 그 시절의 기억만이 날 일으켜 세워 준다네. 말로 표현하지 못할 그 감정들을 되새기는 것만큼 행복한 일이 없다네. 그렇기 때문에 지금 내가 처한 상황의 두려움을 더욱 절실하게 느끼는 것도 사실이네.

내 영혼 앞에 처져 있던 장막이 걷힌 듯하네. 무한한 생명의 무대가, 내 앞에서 영원히 입을 벌리고 있는 무덤의 심연으로 바뀌었다네. 자네는 모든 게 다 스쳐 가더라도, 버티지 못하고 모든 게 번개처럼 빠르게 지나가더라도, 물에 휩쓸려 가라앉거나, 바위에 부딪혀 산산조각 부서지더라도 '무언가가 존재한다!'라고 감히 말할 수 있나? 자네와 주변 사람들을 매 순간 소진케 하고, 매 순간 자네 스스로가 파괴자가 되지 않을 수 없네. 지극히 예사로운 산책조차 수없이 많은 벌레들의 생명을 빼앗고, 발걸음 한 번에 공들여 지은 개미집을 무너뜨려 그 작은 세계를 비참한 무덤으로 만들어 버리지 않는가. 하! 이 세

상은 가끔씩 일어나는 커다란 재난, 마을을 휩쓸어 버리는 홍수, 도시를 한입에 삼켜 버리는 지진은 내 마음을 뒤흔들지 못하네. 오히려 자연의 만물 속에 내재된 잠재력이 내 마음을 헤집어 놓는다네. 그 힘이 만들어 낸 것은 결국 이웃과 자기 자신을 파괴한다네. 그래서 나는 하늘과 땅 그리고 주변의 창조물들이 작용하는 힘에 둘러싸여 불안 속에서 떨고 있네. 여기서 영원히 집어삼키고 되새김하는 괴물만을 볼 뿐이네.

8월 21일

아침에 답답하기 그지없는 꿈에서 깨어나면 난 그녀를 향해 헛된 팔을 뻗어 본다네. 그녀와 함께 풀밭 위에 앉아 그녀의 손에 키스를 퍼붓는 행복한 꿈에 속고 나면, 밤마다 침대에서 그녀를 찾아 헤맨다네. 아, 그렇게 잠이 덜 깬 상태로 그녀를 더듬다가 정신이 드는 순간, 눌려 있던 가슴속에서 눈물이 흘러나오네. 그렇게 난 절망적인 미래를 예감하며 눈물을 흘렸네.

8월 22일

빌헬름, 불행히도 활동력 강하던 내가 산만하고도 나태해졌다네. 무작정 빈둥거리고 있는 것은 아니지만, 그렇다고 딱히 뭔가를 열심

히 하는 것도 아닐세. 상상력도 사라지고 자연에 대한 감정도 메마른 지 오래라네. 그리고 책이라면 아주 진저리가 난다네. 스스로를 잃어 간다는 것은 모든 걸 상실하는 것이겠지.

자네에게 맹세컨대, 가끔 나는 날품팔이가 되면 좋겠다고 생각하 네. 아침에 눈을 뜨면 오직 그날 하루에 대한 기대나 희망, 열망이라도 가질 수 있지 않겠나.

난 자주 알베르트가 부럽다네. 서류 속에 파묻혀 사는 그의 모습이 바로 나라면 참 좋겠다는 생각을 했지. 벌써 몇 번이고 공사관의 그 자리를 알아보기 위해 자네와 장관에게 편지를 보내 볼까도 했네. 모 름지기 그런 부탁쯤은 들어주리라 믿네. 안 그래도 오래전부터 날 아 껴 주던 장관님이 실무를 맡아 보라고 권하셨네. 때로는 그 문제에 대 해서 진지하게 생각도 한다네. 그러다 다시 생각해 보니, 자유가 싫어 자기 몸에 안장과 굴레를 채우게 했다가 결국 죽도록 달리는 신세가 되어 혹사당해 쓰러지고 말았다는 우화가 떠올라 생각을 고쳐먹었지. 난 대체 어찌하면 좋을지 모르겠네. 친구여! 내 안의 변화를 갈망하는 마음이 조급함의 또 다른 이름이 아닐까? 그저 어딜 가나 따라오는 초조함의 표현이 아닐까?

8월 28일

내 병을 고치는 일이라면 바로 이 사람들이 해 줄 수 있을 걸세. 오늘은 내 생일이라 아침에 알베르트로부터 소포가 도착했네. 뜯어보니 바로 분홍색 리본이 눈에 띄더군. 그건 내가 로테를 처음 만났을 때 그녀가 가슴에 달고 있던 것인데, 그 이후 난 몇 번이고 그녀에게 그 리본을 달라 청했었지. 그리고 사륙판 크기의 작은 책이 두 권 들어 있었네. '베트슈타인'판의 호메로스 책이었는데, 이건 전부터 갖고 싶었던 책이었네. 산책할 때 들고 다녔던 '에르네스티'판은 무겁고 거추장스러웠거든. 보게나! 이들은 이미 내 마음을 알고 있다가 우정의 표시로 선물을 해 준다네. 선물하는 사람의 허영심을 돋보이고, 받는 사람이 주눅이 드는 비싼 선물보다는 수천 배는 더 값진 것이지. 난 그 리본에 수없이 키스했네. 그리고 숨 쉴 때마다 즐거웠던, 다시 돌아오지 못할 그날들을 추억하네. 빌헬름, 내 처지가 이렇다는 거지 불평하는 게 아니네. 인생의 꽃도 그저 환상인 거지! 얼마나 많은 꽃들이 흔적도 없이 사라지는가! 그중 얼마나 적은 수의 꽃들만이 열매를 맺고 또 그중 얼마나 적은 수의 열매가 무르익을 수 있겠나! 하지만 그렇게 무르익은 열매도 많다네. 오, 친구여! 우리가 그 무르익은 열매를 무시하고 먹지도 않은 채 썩어 가게 내버려 둘 수 있단 말인가?

잘 있게! 아주 멋진 여름이네. 난 자주 로테의 정원 과일나무에 올

라가서 긴 막대로 꼭대기의 배를 딴다네. 그러면 로테는 아래에 서 있다가 내가 떨어뜨리는 배를 받는다네.

8월 30일

이 가련한 인간! 정말 바보가 따로 없구나! 왜 스스로를 속이려 하는가? 끝없이 미쳐 날뛰는 이 격정은 도대체 무어란 말인가! 이제 내가 할 수 있는 것이라곤 로테를 향한 기도뿐이네.

내 상상에서 그녀 이외의 다른 모습은 나타나지 않아. 그리고 나는 주위의 모든 것을 볼 때도 오직 그녀와 관련해서만 바라본다네. 그렇게 함으로써 얼마간은 행복한 시간을 보낼 수 있거든. 하지만 나는 다시 그녀한테서 벗어나야 한다네!

아아, 빌헬름. 내 마음이 나를 자꾸 어딘가로 몰아붙이고 있어. 두 시간이고 세 시간이고 그녀 옆에 앉아서 그녀의 자태와 행동거지, 우아한 말씨에 매료되어 있다 보면 갈수록 나의 모든 감각이 긴장하고 움츠러들면서 눈앞이 흐릿해지고 아무것도 귀에 들리지 않게 된다네. 마치 살인자가 목을 누르는 것처럼 숨도 막혀 온다네. 그러면 심장은 억눌린 감각을 완화시키려고 더욱 세차게 뛰는데, 그것이 오히려 내 감각을 자꾸만 혼란스럽게 할 뿐이라네.

빌헬름. 내가 지금 이 세상에 있는 건지 없는 건지 분간하기 힘들다

네. 그리고 가끔 버티기 어려운 슬픔에 잠길 때, 로테가 자신의 손에 나의 얼굴을 묻게 하고 나의 답답한 가슴을 울음으로 풀어 버려서라도 괴로움을 떨쳐 버리라는 비참한 위로를 허락하지 않으면 나는 그 자리에서 뛰쳐나올 수밖에 없다네. 그러면 나는 밖으로 나가 들판을 이리저리 헤매고 돌아다니지.

그리하여 가파른 산을 기어오르고 길이 없는 숲 속을 헤치며 앞으로 나아가다 덤불에 스쳐 상처를 입거나 가시에 찔리는 것이 나의 유일한 기쁨이라네. 이렇게 하다 보면 기분이 조금은 나아지거든. 그야말로 아주 조금 말일세. 그러다 때로는 피로와 갈증에 지쳐 쓰러진 적도 몇 번 있었네. 머리 위로 높이 보름달이 떠오르면 한적한 숲 속의 굽은 나뭇등걸 위에 앉아 상처 입은 발바닥을 잠깐이나마 쉬게 하는데, 그럴 때면 나는 지치고 긴장이 풀려 여명이 비치기 시작할 때 편안하게 잠이 들기도 한다네.

오, 빌헬름! 은자의 쓸쓸한 독방, 털로 짠 거친 의복, 가시덤불 허리띠 같은 것들은 나의 영혼이 간절히 바라는 위안의 상징이라네. 그럼 잘 있게! 이 비참함의 종착역은 무덤밖에 없을 것 같네.

9월 3일

아무래도 이곳을 떠나야겠네! 고맙네, 빌헬름. 자네가 갈피를 잡지

못하고 흔들리는 내 결심을 굳혀 주었다네. 벌써 2주 전부터 그녀에게서 떠나야겠다는 생각을 하고 있었어. 나는 떠나야 해. 로테는 다시 시내에 있는 여자 친구네 집으로 가 있다네. 그리고 알베르트는……. 어쨌든 나는 떠나야만 하네!

9월 10일

정말이지 괴로운 밤이었네! 빌헬름! 이제 나는 그 무엇도 이겨 낼 수 있네. 앞으로 두 번 다시 로테와 만나지 않겠네! 사랑하는 친구여, 자네 목에 매달려 울면서 내 마음에 몰아치는 감회를 다 털어놓을 수 있다면 얼마나 후련할까. 나는 여기 앉아 아침이 밝아 오기만을 기다리고 있다네. 숨을 헐떡이며 마음을 진정시키려고 안간힘을 쓰면서 말이야. 날이 밝으면 마차가 오기로 했네.

아, 그녀는 편히 잠들어 있네. 두 번 다시는 나를 보지 못할 것임을 꿈에도 생각지 않겠지. 나는 억지로 뿌리치고 나왔네. 두 시간씩이나 대화를 하면서도 내 계획을 발설하지 않도록 단단히 마음먹었던 걸세. 오, 하나님, 대화 분위기는 얼마나 좋았던지!

알베르트는 저녁 식사를 끝내고 곧장 로테와 함께 정원으로 나오겠다고 내게 약속했네. 나는 키가 큰 밤나무 밑 테라스에 서서 고요하게 흐르는 강 너머로 지는 해를 마지막으로 바라보고 있었네. 전에는 기

회가 날 때마다 그녀와 함께 이 장엄한 광경을 바라보곤 했었지. 그러나 지금은……. 내가 좋아하던 가로수 길을 홀로 천천히 거닐고 있네. 내가 로테를 만나기 전부터 알 수 없는 어떤 신비한 기운이 나를 이곳으로 자주 이끌어 이 자리를 떠나지 못하고 아쉬워하던 적이 있었지. 우리가 서로 알게 된 지 얼마 되지 않았을 때 그녀도 이곳을 좋아한다는 것을 알고 얼마나 기뻐했던지. 이곳은 이제까지 내가 보아 온 그 어떤 곳보다도 가장 낭만적이라네.

우선 그곳은 밤나무들 사이로 넓은 전망이 일품이지. 아, 그러고 보니 전에 언젠가 편지에 그곳에 대해 자네에게 꽤 자세히 썼던 기억이 나는군. 키 큰 너도밤나무가 병풍처럼 주위를 둘러싸고, 그것과 이웃한 작은 숲이 가로수 길을 더욱 어둡게 만들어 마침내 사방이 완전히 막힌 작은 광장이 된다네. 그곳의 쓸쓸함과 두려움이 등골을 오싹하게 만들지. 어느 환한 대낮에 처음 발을 들여놓았을 때, 얼마나 마음이 차분하게 가라앉았던지 지금도 잊히지 않는군. 당시 나는 그 장소가 나를 위한 축복과 고통의 무대가 되리라는 것을 아주 어렴풋이 예감했다네.

나는 30분쯤, 이별과 재회의 괴롭고도 감미로운 생각에 골똘히 잠겨 있었네. 그때 그들이 테라스를 올라오는 소리가 들리더군. 나는 그들에게로 달려가 약간의 전율을 느끼면서 로테의 손등에 키스했네.

우리가 막 테라스 꼭대기에 올라섰을 때 우거진 언덕 너머로 달이 떠오르더군. 우리 세 사람은 이런저런 이야기를 나누며 어느새 어둑한 정자에 이르렀네. 로테가 먼저 안으로 들어가 자리에 앉았고 알베르트는 그녀 옆쪽에 앉았네. 나도 로테의 옆에 앉기는 했지만 마음이 진정되지 않아 가만히 앉아 있을 수가 없더군. 나는 자리에서 일어나 그녀 앞쪽으로 걸어가 이리저리 서성이다가 다시 자리에 앉았네. 내 마음은 초조하기 짝이 없었지.

로테는 달빛이 너도밤나무 끝에 매달려 우리가 앉아 있는 테라스의 앞을 밝게 비추고 있는 아름다운 모습 쪽으로 주의를 돌렸다네. 우리 주위를 짙은 어둠이 감싸고 있었기 때문에 그 광경은 더욱더 선연한 멋진 풍경이었지. 우리는 한동안 말없이 잠자코 있었네. 잠시 후 그녀가 이야기를 꺼냈네.

"달빛 속을 거닐 때면 내가 아는 돌아가신 분들이 어김없이 떠올라요. 항상 떠올라요. 죽음이라든가 내세에 대해서도 곰곰이 생각하게 되지요. 우리도 언젠가는 죽겠지요!"

그녀는 견딜 수 없을 만큼 깊이 감격한 목소리로 이야기를 계속했다네.

"하지만 베르테르, 저 세상에서 우리가 다시 만나게 될까요? 서로를 알아볼 수는 있을까요? 어떻게 생각하세요? 말씀해 주시겠어요?"

"로테."

나는 그녀에게 손을 내밀며 말했네. 내 눈가에는 어느새 눈물이 가득 고였지.

"로테, 우리는 다시 만나게 될 거예요! 이승에서나 저승에서나 틀림없이 다시 만날 겁니다!"

나는 더 이상 말을 이을 수 없었네. 빌헬름. 하필이면 내가 애절한 이별의 슬픔을 가슴속에 감추고 있을 때, 그녀가 그런 질문을 할 줄 내가 어떻게 알 수 있었겠나!

"우리가 사랑했던 고인들은 우리가 어떻게 지내고 있는지 잘 알고 있을까요?"

로테가 계속해서 말을 했네.

"그분들은 우리가 행복하게 잘 지내는 것을 느낄까요? 우리가 늘 따스한 사랑으로 그분들을 기억하고 있음을 알까요? 내가 고요한 밤에 어머니의 아이들, 아니 나의 아이들과 함께 앉아 있을 때면 그 옛날 어머니의 주위로 모여들었던 것처럼 아이들이 내 주위에 모여 있을 때면 어머니가 내 곁을 맴도는 것 같아요. 그럴 때면 저는 그리움에 눈물을 흘리며 하늘을 올려다보고 소원을 빌어요. 울면서 속으로 이렇게 말하죠. 제발 잠시만이라도 좋으니 어머니가 돌아가실 때 내가 어린아이들의 엄마가 되어 주겠다고 한 맹세를 지키고 있는 내 모

습을 보아 주셨으면 하고 간절히 생각해요. 그리고 저는 감정이 벅차올라 이렇게 외친답니다. 어머니, 제가 만약 어머니가 아이들에게 해 주었던 것만큼 아이들을 돌보지 못하는 것을 용서해 주세요! 하지만 저는 최선을 다하고 있답니다. 아이들에게 옷을 입히고, 맛있는 음식을 챙겨 주며 무엇보다도 정성껏 보살피고 사랑해 주고 있어요. 제발 우리들이 화목하게 잘 사는 모습을 지켜봐 주세요. 아아, 그리운 어머니! 어머니께서 임종하실 때 마지막 쓰라린 눈물을 흘리시며 당신 아이들의 행복을 위해 하나님께 기도를 올리셨지요. 지금 이 모습을 보신다면 틀림없이 하나님께 진심으로 뜨거운 감사의 기도를 올리며 찬양하게 될 거예요."

그녀는 그렇게 말했네! 오, 빌헬름. 그녀가 한 말을 그 누가 똑같이 되풀이할 수 있겠는가! 이토록 차디차게 죽어 있는 문자가 어떻게 그토록 정신의 성스러운 꽃봉오리를 표현해 낼 수 있단 말인가!

알베르트가 점잖게 그녀의 이야기를 가로막았네.

"자꾸 그러면 건강에 좋지 않아요. 사랑하는 로테! 당신의 영혼이 곧잘 그런 생각에 기울기 쉽다는 것은 잘 알지만 제발 부탁이니……."

"오, 알베르트."

그녀가 말했네.

"당신도 그날을 잊지 않고 있죠? 아버지는 여행을 떠나셔서 계시지

않았고 우리는 아이들을 재운 뒤 단둘이서 작고 둥근 식탁에 앉아 있던 그때 말이에요. 당신은 자주 좋은 책을 들고 오긴 했지만 그것을 읽는 일은 거의 없지 않았던가요. 그것은 역시 어머니의 고결한 영혼과 함께하는 것이 다른 그 무엇보다 훨씬 유익하다 여겼기 때문이겠지요? 어머니는 아름답고 다정하고 쾌활한 분이었어요! 잠시도 쉬시는 일이 없었지요. 하나님은 제가 언제나 잠자리에서 하나님을 향해 무릎을 꿇고 어머니 같은 사람이 되게 하여 주십사 하고 기도를 하면서 흘리는 눈물의 의미를 아실 거예요."

"로테!"

나는 그녀의 발치에 무릎을 꿇고 그 손을 움켜잡은 채 하염없이 눈물을 쏟으며 외쳤네.

"로테! 하나님의 은총과 어머니의 영혼이 당신과 항상 함께할 거예요!"

"당신이 제 어머니를 아셨다면⋯⋯."

그녀는 내 손을 꼭 잡으며 말했네.

"우리 어머니는 당신이 알아도 좋을 만큼 훌륭한 분이셨어요!"

나는 정신이 아득해져 오는 것을 느꼈다네. 나에 대해 이보다 더 훌륭하고 더 자랑스러운 말을 하는 소리는 한 번도 들어 본 적이 없었다네.

그녀는 계속 말했지.

"어머니는 막내가 태어난 지 6개월도 안 돼서 그만 돌아가시고 말았어요! 인생이 한창인 나이였지요! 병도 오래 앓지 않으셨어요. 차분하게 운명에 몸을 맡기셨지요. 다만 아이들만을 마음에 걸려 하셨어요. 그중에서도 특히 막내 때문에 마음 아파하셨답니다. 점점 마지막 순간이 다가왔고 어머니는 아이들을 데려와 달라고 제게 말씀하셨어요. 작은아이들은 무슨 일인지 영문도 몰라 했고, 좀 큰아이들은 명한 표정이었어요. 아이들은 침대 주위에 빙 둘러섰고 어머니는 두 손을 모아 아이들의 머리 위에 기도를 하고 하나하나 키스를 해 주고서 내보내셨지요. 그러고는 저에게 '나 대신 네가 저 아이들의 엄마가 되어 다오!' 하고 말씀하셨어요. 저는 어머니에게 손을 내밀었어요. '얘야, 네가 지금 하는 약속은 매우 힘든 일이란다.' 어머니가 말씀하셨어요.

'어머니의 마음과 어머니의 눈을 가져야 한단다. 네가 곧잘 감사의 눈물을 흘리는 것을 보았단다. 그리고 로테 네가 내 말뜻이 무엇인지 잘 알 거라고 생각했단다. 네 동생들에게도 그런 마음을 가지고 어머니처럼 잘 돌봐 주고 아내와 같은 정성과 순종으로 네 아버지를 대하고 잘 위로해 드리도록 해라. 네가 아버지의 위안이 될 거야.'

그렇게 말씀하시고 어머니는 아버지가 어디 계시느냐고 물었어요. 아버지는 견딜 수 없는 고통을 숨기려고 밖으로 나가 계셨어요. 불쌍

한 아버지는 누구보다도 상심이 크셨을 테니까요.

알베르트, 당신은 그때 저와 함께 방에 있었죠. 어머니는 발소리를 들으시고 누구냐고 물으시더니 당신을 곁으로 오라고 하셨어요. 어머니는 당신과 나를 번갈아 가면서 쳐다보셨죠. 그때 어머니의 안도하는 듯한 평온한 눈빛은 우리가 행복할 거라는, 함께 행복하게 잘 살 거라는 것을 아시는 것 같았어요."

알베르트는 그녀의 목을 끌어안고 키스를 하며 큰 소리로 외쳤네.

"물론이에요. 우리는 지금 행복해요! 그리고 앞으로도 그럴 겁니다!"

평상시에는 그토록 침착하던 알베르트도 자제심을 잃었고, 나 자신도 어찌해야 할지 정신이 없더군.

"베르테르."

그녀가 다시 입을 열었네.

"이렇게나 소중한 어머니를 우리는 잃고 만 거예요! 아아, 자기 생애에서 가장 사랑하는 사람을 빼앗긴다는 것에 대해서 가끔 생각해 볼 때마다 어린아이들만큼 사무치게 그것을 느끼는 존재도 없을 거라는 생각이 들어요. 한동안 아이들은 검은 옷을 입은 남자들이 어머니를 데려갔다고 슬퍼했으니까요!"

그녀는 자리에서 일어섰네. 그리고 나는 마음속 깊은 감동과 충격

을 받은 나머지 그녀의 손을 잡은 채로 그 자리에 앉아 있었네.

"이제 갈 시간이에요. 너무 늦었네요."

그녀가 말하더군. 그녀는 내게서 손을 빼려고 했지만 나는 더욱 세게 움켜쥐었네.

"우리는 다시 만날 겁니다."

나는 큰 소리로 말했네.

"다시 보게 될 겁니다. 보고말고요. 어떤 모습으로라도 변해 있더라도 반드시 서로 알아볼 수 있을 겁니다. 나는 기쁘게 떠납니다. 그만 가겠습니다."

그리고 나는 이렇게 덧붙였네.

"기꺼이 떠나겠습니다. 하지만 영원히 헤어진다고 생각하면 나는 참을 수가 없어요. 잘 있어요, 로테! 잘 있어요, 알베르트! 우리 다시 만나도록 합시다."

그러자 로테가 농담하듯 말했네.

"내일 말인가요?"

그 '내일'이라는 말이 어떤 것인지 나는 똑똑히 느꼈네! 그러나 그녀는 내 손에서 자신의 손을 빼내는 순간에도 아무것도 모르고 있었네.

두 사람은 가로수 길을 따라 걸어갔고, 나는 그 자리에 선 채로 달빛 속에 멀어져 가는 그들을 조용히 지켜보았네. 그러고는 땅바닥에

몸을 내던지고 실컷 울었다네. 그러다가 다시 벌떡 일어나 테라스로 달려 올라갔지. 저 아래 키 큰 보리수 그늘 밑으로 그녀의 흰옷이 은빛으로 반짝이며 정원 문 쪽으로 향하는 것을 보았네. 나는 두 팔을 뻗어 보았지만 그녀의 모습은 이미 사라지고 없었네.

젊은 베르테르의 슬픔

2부

1771년 10월 20일

우리는 어제 이곳에 도착했네. 공사(公使)는 몸이 좀 편치 않아 며칠 동안은 바깥출입을 하지 않을 모양이네. 그 사람이 조금만 더 호의적이면 모든 게 다 잘될 텐데. 아무래도 운명은 나를 가혹한 시험에 들게 하려는 모양이군. 그래도 용기를 내야지! 마음을 가볍게 먹으면 모든 것을 견뎌 낼 수 있겠지! 마음을 가볍게 먹는다고? 이런 말까지 쓰게 되다니 정말 우습기 짝이 없군. 내 성격이 조금만 더 밝았더라면 오, 나는 이 세상에서 가장 행복한 사람이 되었을지도 모를 일이지.

이게 다 뭐란 말인가! 다른 사람들은 보잘것없는 능력과 재주를 지니고도 내 앞에서 잘난 체하고 뻐기며 돌아다니는데, 나는 왜 내 능력과 재능에 대해 절망해야 하나?

내게 모든 것을 선사해 주신 자비로운 하나님, 왜 제게 주신 것들 중에서 그 절반은 다시 거두어 가시고 대신에 그 자리에 자신감과 만족감을 선사해 주시지 않으셨습니까?

참자, 참는 거야! 그러면 좋아질 거야! 사랑하는 친구여, 고백하건대 자네 말이 맞았네. 날마다 세상 사람들과 부딪치고 이리저리 떠밀려 다니며 그들이 하는 모든 행실과 수작을 경험하게 된 뒤로 이제는

나도 내 자신과 타협할 수 있게 되었네.

우리 인간이란 존재는 모든 것을 자신과 비교하고, 또 우리 자신을 다른 모든 것과 비교하도록 만들어졌으므로 우리의 행복 또는 불행은 우리와 관련된 것들에 달려 있다네. 또 이런 관점에서 보면 고독보다 더 위험한 것이 없다는 것도 사실이겠지.

우리의 상상력은 본래 높은 단계로 나아가려는 성향을 가지고 있는 데다가 문학의 환상적인 비유와 이미지들로부터 영양분을 취하는 것이 사실이라네. 일련의 존재들 중 우리를 가장 저급한 존재로 추락시키고 우리를 제외한 다른 모든 것은 더 멋지고 완벽하게 보는 경향이 있다네.

이 모든 것은 매우 자연스러운 일이라 할 수 있네. 우리는 곧잘 스스로 부족한 것이 많다고 느끼며, 우리에게 없는 것을 다른 사람은 가지고 있는 것으로 생각한다네. 그리고 바로 그 사람에게 우리가 갖고 있는 것까지 모두 줘 버리고는 그 어떤 이상적인 만족감까지도 덤으로 준 것 같은 생각이 드네. 이렇게 해서 가장 완벽하게 행복한 사람이 만들어지는 것일세. 사실 이건 우리 자신이 만들어 낸 존재에 불과하지.

반면에 우리가 아무리 약하고 또 일이 힘들다 하더라도 우리가 일에 매진해 오로지 앞을 향해 나아간다면, 우리의 걸음이 아무리 느리

고 어슬렁대며 갈지자로 걷는다 할지라도 돛과 노를 갖춘 다른 사람들보다 멀리 나아갈 수 있음을 알게 된다네. 그렇게 해서 다른 사람들과 동등해지거나 아니면 그들보다 앞서 나아감으로써 비로소 진정한 자신감과 존재감을 갖게 되는 걸세.

11월 26일

어쨌든 대체로 나는 이곳에서도 그럭저럭 지낼 수 있을 것 같네. 가장 마음에 드는 것은 이곳에서 할 일이 많다는 거라네. 뿐만 아니라 각양각색의 사람들과 온갖 새로운 인물들이 내 영혼에 다채로운 구경거리를 보여 준다네. 나는 이곳에서 C 백작이라는 분을 알게 되었는데, 이분은 사귈수록 더욱더 존경하고 싶은 인물이라네. 그는 많은 학식을 갖추고 있고 성숙한 판단력을 지닌 분이면서도 성격은 전혀 냉정하지 않더군. 그리고 그분과 사귀고 보니 나는 그분이 우정과 사랑에 대해 아주 풍부한 감수성을 지니고 있음을 알게 되었다네.

그분과 내가 일 관계로 처음 만났을 때 잠깐의 대화를 나눈 적이 있었다네. 그때 그분이 나의 첫 몇 마디를 듣고서 우리가 서로 마음이 잘 통한다는 것과 다른 사람들과는 나누지 못할 이야기도 나와는 나눌 수 있다는 것을 알게 된 다음부터는 나를 아주 높이 사더군.

그가 나를 대할 때 보여 준 솔직한 태도 또한 어떤 말로도 다 표현

하지 못할 정도라네. 자신에게 마음을 열어 보여 주는 위대한 영혼을 마주하는 것보다 더 참되고 따뜻한 기쁨은 이 세상에 없을 걸세.

12월 24일

공사라는 사람은 나를 아주 불쾌하게 대하고 있네. 짐작했던 그대로야. 그는 모든 것에 격식만 따지는, 세상에 둘도 없는 꽉 막힌 인간이라네. 모든 일을 순서대로 처리해야 하는 모양인지 꼭 시어머니처럼 잔소리를 해 댄다네. 자기 자신에 대해서도 결코 만족하지 못하는 인간이지. 그러니 누가 무슨 일을 해 줘도 고마워하는 법이 없다네.

나는 무슨 일이든 재빨리 깨끗하게 처리하기를 좋아하고 한번 끝낸 일은 나중에 반복하지 않는 편이네. 그런데 공사는 내가 제출한 문서를 이런 말과 함께 되돌려 주더군.

"이것도 괜찮긴 하지만 그래도 한 번 더 훑어보게. 좀 더 적절한 표현이나 더 근사한 낱말이 있을 것도 같군."

그럴 때면 나는 정말 화가 머리끝까지 차오른다네. 공사는 '그리고' 같은 접속사도 빠져서는 안 된다는 거야. 게다가 그는 내가 곧잘 쓰는 도치법도 매우 못마땅하게 여긴다네. 문장 구조가 조금이라도 종래의 방법에서 벗어나기라도 하면 그는 거기에 쓰인 낱말 하나도 제대로 이해하지 못하지. 그런 인간을 상대로 일을 해야 한다니 정말 고통이

아닐 수 없네.

C 백작의 신뢰가 있어 그나마 위안이 된다네. 최근에 백작이 그 공사의 일 처리가 너무 느리고 지나치게 꼼꼼하여 마음에 들지 않는다고 나에게 솔직하게 털어놓았다네.

"그런 사람들은 이렇게 해서 자기 자신뿐 아니라 다른 사람들까지도 곤란하게 하죠."

그가 계속 말했네.

"하지만 그 정도는 산을 넘어야 하는 나그네처럼 참고 견뎌야 합니다. 물론 산이 없다면 가는 길이 훨씬 수월하겠지요. 빠르기도 할 것이고요. 그러나 당장 넘어야 할 산이 가로막고 있으니 그 산을 넘어서 갈 도리밖에 없어요!"

백작이 자기보다 나에게 더 호감을 가지고 있다는 것을 그 늙은 공사 양반도 알아차린 모양이야. 그 노인네는 그게 화가 나는지 기회가 닿을 때마다 내 앞에서 백작의 험담을 늘어놓곤 한다네. 나는 당연히 그 말을 반박한다네. 그러다 보니 상황은 더 나빠질 뿐이지.

어제는 나도 완전히 화가 나고 말았다네. 그 공사 노인네가 이런 말을 하면서 나까지 슬쩍 걸고넘어지더군! 백작이 일을 매끄럽게 아주 잘 처리하고 일하는 속도도 빠르고 글도 잘 쓸 줄 알지만, 모든 아마추어들이 다 그렇듯 기본적인 학식이 부족하다는 것이었네. 공사는

그렇게 말하면서 '좀 뜨끔한가?' 하는 표정으로 나를 쳐다보더군. 하지만 그런 빈정거림 따위는 나를 전혀 자극하지 못했네. 나는 그런 식으로 생각하고 행동하는 인간을 경멸하지. 그래서 나도 물러서지 않고 그 노인에게 맞서서 제대로 한 방 먹여 줬다네. C 백작은 인격으로 보나 학식으로 보나 모든 이에게 존경받을 인물이라고 말했지.

"나는 지금까지 그런 분은 만나 본 적이 없습니다."

내가 말했네.

"그분처럼 사고의 폭을 넓혀 그 지식의 범위를 수많은 영역에 적용시킴으로써 지적 활동을 공공 생활을 위해 사용하는 분을 말입니다."

공사 양반 같은 위인이 이 말을 납득할 리 만무하지. 그래서 괜히 쓸데없는 말싸움으로 공연히 내 기분만 나빠질까 걱정되어 슬며시 그 자리에서 나와 버렸다네.

그리고 일이 이렇게까지 된 것은 모두 자네들 잘못이야. 자네들은 듣기 좋은 소리로 나에게 멍에를 뒤집어쓰라고 떠들어 대며 사람은 무릇 바쁘게 살아야 한다고 나를 부추기지 않았나! 활동이란 게 대체 뭔가. 감자를 심고, 시내에 가서 옥수수를 내다 파는 사람이 나보다 더 일할 보람을 느끼지 못한다면 나는 지금 사슬에 묶여 있는 이 노예선에서 앞으로 10년은 더 몸 바쳐 일하겠네.

서로를 곁눈으로 흘겨보며 눈치나 보는 뻔뻔한 인간들의 겉만 번지

르르한 비참함과 그 지루함이라니! 지위에 대한 욕심으로 남보다 한 걸음이라도 더 앞서기 위해 혈안이 되어 달려드는 모습들, 처참하고 가증스럽기 이를 데 없는 그 노골적인 집착들! 한 여인을 예로 들어 보겠네.

그녀는 자기네 귀족 혈통이나 고향 자랑을 만나는 사람마다 붙들고 늘어놓는다네. 사정을 잘 모르는 사람은 그다지 내세울 것도 없는 혈통과 고향 이야기를 뭐 그리 대단한 것이라고 저리도 자화자찬인가 하고 생각할 걸세. 정말 바보 같은 여자가 아닌가. 더욱더 가관인 것은 그 여자가 이곳 근처에 사는 어느 관청 서기의 딸에 지나지 않는다는 점이네. 이보게, 친구. 나는 도무지 자신의 부끄러운 곳을 적나라하게 드러내고도 창피해할 줄 모르는 족속들을 이해할 수 없다네.

친구여, 아무튼 나는 다른 사람을 자신의 기준으로 평가하는 것이 얼마나 어리석은 일인지 날이 갈수록 점점 더 절실히 느끼고 있다네. 게다가 나는 산더미같이 쌓여 있는 내 자신의 일만으로도 무척 바쁘고 나의 마음 또한 이렇게 요동치기 때문에 다른 사람들은 그냥 그들의 길을 가게 놔두고 싶네. 그들이 내가 나의 길을 가도록 놔둔다면 말일세.

나를 가장 화나게 하는 것은 시민의 숙명적인 신분 관계라네. 계급 사회의 신분 차이가 어느 정도는 필요하고 나에게도 그것이 유리하게

작용한다는 것은 나 자신도 누구보다 잘 알고 있네. 하지만 그것이 내가 이 세상에서 약간의 행복을 맛보거나 한 모금의 기쁨을 막 누리려는 그 순간에 내 앞길에 방해물이 되지 않기를 바라네.

얼마 전 나는 산책길에서 B 양을 알게 되었네. 그녀는 이토록 경직된 사고를 강요받는 갑갑한 삶 속에서도 자신의 순수한 마음을 잃지 않고 살아가는 사랑스러운 여자였다네. 대화를 나누다 보니 우리는 서로에게 호감이 생겼다네. 그래서 나는 헤어질 때 그녀의 집을 한번 방문해도 괜찮겠느냐고 물어보았지. 그녀는 조금도 개의치 않고 허락해 주었다네. 나는 방문하기에 적절한 시기까지 기다리느라 조바심이 날 지경이었네.

그녀는 이 고장 출신이 아니며 아주머니 집에서 함께 살고 있었네. 그런데 나는 그 노부인의 인상이 마음에 들지 않았다네. 하지만 나는 예의를 갖추고 그 부인에게 신경을 많이 썼어. 그리고 되도록 그 부인과도 이야기를 나누려고 했네. 나는 30분도 채 지나지 않아서 나중에 B 양이 나에게 털어놓을 몇 가지를 알게 되었지. 그러니까 아주머니는 늘그막에 가진 것이 아무것도 없게 되었다는 것이었네. 딱히 이렇다 할 만한 재산이나 재주가 없어 그저 족보에나 의지하고 있을 뿐이라는 거야. 몸을 숨길 곳이라고는 알량한 신분뿐이라더군. 그리고 그녀의 유일한 즐거움이라고는 2층에서 지나가는 사람들을 내려다보는

것뿐이었지.

그 아주머니도 젊었을 때는 미인이었다네. 빼어난 미모와 변덕스러운 성격으로 많은 청년들을 괴롭히며 세월을 보냈다는군. 그러다 나이가 좀 들어서는 한 늙은 장교에게 순종하며 조신하게 살았다는 거야. 그 장교는 그녀에게 순종과 비싼 생활비를 주는 대가로 그녀와 30, 40대의 세월을 함께 보내다가 세상을 떠났다고 하더군. 이제 그녀는 쉰을 넘긴 채 홀로 사는데, 그 상냥한 조카딸이 그렇게 돌봐 주지 않았다면 조금도 사람대접을 받지 못했겠지.

1772년 1월 8일

이곳 사람들은 정말 한심한 사람들일세! 격식을 차리는 데만 온 신경을 곤두세우고, 몇 년이 걸려도 좋으니 어떻게든 한자리라도 더 상석으로 올라가기 위해 고군분투하는 꼴이란! 이런 인간들이 다 뭐란 말인가. 그들에게는 그것 말고도 해야 할 중요한 일이 태산같이 쌓여 있단 말일세. 이는 사소한 것에 신경 쓰느라 정작 중요한 일들은 돌보지 않았기 때문일세. 지난주에는 썰매를 타기 위해 나들이를 나갔다가 분란이 일어나는 바람에 즐거워야 할 자리가 완전히 엉망진창이 되고 말았다네.

사실 지위 같은 것은 전혀 중요하지 않아. 가장 높은 자리를 차지했

다고 해서 최고의 역할을 하는 것도 아니라는 사실을 알지 못하는 바보들이라니! 많은 왕들이 그들의 장관들에게, 그리고 그 장관들은 그들의 비서들에게 휘둘리는 경우가 얼마나 많은가! 그렇다면 이들 중 제일 윗자리를 차지하는 자는 누구인가? 내가 보기에 가장 높은 자리를 차지하는 사람은 다른 사람들의 마음을 읽고 모든 면을 파악한 후, 그들의 힘과 정열을 자신의 계획을 실행하는 데 발휘할 수 있게 하는 힘과 지략을 가진 사람일세.

1월 20일

사랑하는 로테.

나는 지금 몰아치는 무서운 폭풍우를 피하기 위해 들어온 초라한 시골 민박집에서 당신에게 편지를 씁니다.

쓸쓸하고 우울한 보금자리였던 D 마을에서 내게 낯설게만 느껴지던 사람들 틈에서 살아갈 때는 당신에게 편지를 쓸 여유가 없었습니다. 그러나 창밖으로 눈보라가 치고 우박이 으스러지는 이 쓸쓸하고 조그만 오두막에 들어오고 나니 제일 먼저 떠오르는 것이 당신이었습니다.

그리운 로테. 당신의 모습과 당신과 관련한 예전의 모든 추억이 이곳에 발을 들여놓는 순간 내 눈앞에 떠올랐습니다! 오, 로테. 너무나

성스럽고 그토록 따스한 당신이여! 당신을 처음 보았던 그 행복했던 순간이 다시 떠오릅니다!

나의 그리운 그대여, 당신이 피폐함에 빠진 나의 이 몰골을 보기라도 한다면 뭐라 말할까요. 내 감각은 온통 메말라 버렸습니다! 단 한 순간도 마음의 충만함을 느낄 수 없고 축복의 시간도 전혀 없습니다! 아무것도! 정말 아무것도 느낄 수 없어요!

나는 마치 조그만 사람들과 조랑말들이 바삐 돌아다니고 있는 요지경 속을 들여다보고 있는 것 같습니다. 그래서 혹시 이것이 착시 현상이 아닐까 하고 스스로에게 물어보기도 합니다. 나도 함께 놀이를 해보려 하지만 마치 꼭두각시 인형처럼 누군가한테 놀림을 받으며 조종당하고 있다는 생각이 들곤 합니다. 그러다 가끔은 옆 사람의 나무로 된 손을 붙잡았다가 깜짝 놀라 흠칫 뒤로 물러서기도 합니다.

밤이 되면 다음 날 해돋이를 구경하겠노라 마음먹지만 아침이면 침대에서 일어날 수가 없어요. 또 낮에는 밤의 달빛을 즐기겠노라 마음먹지만 정작 밤이 되면 나는 그냥 방 안에 틀어박히게 됩니다. 내가 왜 잠자리에서 일어나는 건지, 왜 잠자리에 드는지 알 수 없습니다.

그것은 아마도 내 생을 발효시켜 견인차 역할을 해 왔던 효모가 없어져 버렸기 때문일 것입니다. 깊은 밤에는 맑은 정신을 지켜 주었고 아침이면 날 잠에서 깨우며 눈뜨게 해 주었던 그것이 이젠 모두 사라

진 겁니다.

B라는 아가씨는 내가 이곳에서 만난 유일한 여자입니다. 사랑하는 로테, 당신을 닮은 누군가가 존재하는 게 가능하다면 바로 그녀가 그 사람입니다. 당신은 아마 이렇게 말하겠지요.

"아휴! 입에 침도 바르지 않고서 어쩜 이렇게 멋진 칭찬을 하세요!"

그것도 아주 틀린 말은 아니겠지요. 얼마 전부터 나는 무척 예의를 차리게 되었는데, 어쩔 수 없이 그렇게 되더군요. 그랬더니 여자들이 하는 말이 나처럼 칭찬을 그렇게 세련되게 잘하는 사람은 없을 거라 더군요. 내가 이렇게 말하면 당신은 나를 보고 거짓말도 잘하는 사람 이라고 덧붙이겠지요. 거짓말이 아니고서야 그렇게 칭찬을 잘 이어 갈 수 없을 테니까요. 그렇지 않나요?

사실 당신에게 B 양 이야기를 하고 싶었습니다. 그녀는 아주 대단 한 영혼을 가졌답니다. 그녀의 푸른 눈이 그것을 말해 주지요. 그녀가 마음속으로 원하는 소망을 전혀 충족시켜 주지 못하는 그녀의 신분은 그녀에게 짐이 될 뿐입니다. 그녀는 세상의 번잡함에서 벗어나고 싶 어 해요. 그래서 우리는 순수한 행복을 느끼며 시골에서 살아가는 장 면을 몇 시간이고 꿈꾸고는 한답니다. 아! 우리는 당신 이야기도 하지 요. 그럴 때면 그녀는 자주 당신에게 경의를 표하지 않을 수 없게 되 지요. 아니, 경의를 표하지 않을 수 없다는 표현은 맞지 않아요. 그것

은 마음속에서 우러나오는 찬사이니까요. 그녀는 내가 당신 이야기를 하는 것을 좋아하고 또 당신을 흠모합니다.

오, 이 사랑스럽고 친근감 넘치는 작은방 안에서 당신의 발치에 앉아 있을 수 있다면 얼마나 좋을까요. 나를 에워싸고 있는 아이들이 깡충거리며 돌아다니는 모습을 상상해 봅니다. 그러다 아이들이 너무 시끄럽게 굴면 나는 당신을 위해 아이들을 불러 모아 무서운 이야기를 들려주며 조용히 앉아 있게 할 거예요.

태양은 하얀 눈으로 반짝이는 세상을 뒤로 한 채 장엄하게 가라앉고 있습니다. 이젠 거친 폭풍우도 멎었습니다. 나는 새장 속으로 다시 돌아가 스스로를 가두어야 합니다.

잘 있어요! 알베르트는 지금 당신과 함께 있습니까? 그리고 뭘 어떻게……?

이런 질문을 하다니, 나를 하나님께서 용서해 주시기를!

2월 8일

을씨년스러운 날씨가 일주일째 계속되고 있지만 오히려 나는 기분이 좋다네. 왜냐하면 이곳에 온 후로 날이 화창하기만 했다 하면 어김없이 내 기분을 누군가가 언짢게 하거나 그날을 망쳐 놓았기 때문이지. 오히려 비가 내리거나 눈발이 날려 추적대거나 찬 서리가 내려 얼

어붙거나 눈이 녹아 질퍽거리면 '야, 이거 잘됐군! 집에 있는 것도 나쁠 거 없지. 그편이 더 나을지도 몰라.' 하고 생각한다네. 그리고 아침에 해가 떠오르고 화창한 날이 될 것 같으면 나는 이렇게 소리칠 수밖에 없다네.

"이건 정말 하늘의 선물이군. 다들 또 뭔가 차지하려고 으르렁대며 한바탕 야단법석을 떨겠지!"

그들이 서로 가지겠다고 싸우지 않는 대상은 단 하나도 없다네. 건강, 평판, 행복, 휴식 등 모든 것이 그렇지. 대부분 그들은 어리석고 이해심이 부족해서 그런 짓들을 저지른다네. 그런데도 그들은 자신들이 좋은 의도로 그렇게 한다고 말하고 있다네. 때로 나는 그들 앞에 무릎을 꿇고 제발 그렇게 서로의 마음에 무모한 상처를 남기지 말라고 애원하고 싶어지네.

2월 17일

공사와 나 사이의 관계는 더 이상 오래갈 것 같지 않네. 그는 도저히 상종할 수 없는 인간일세. 일을 하거나 업무를 처리하는 방식, 그가 추진하는 업무를 보면 참으로 우스꽝스러워서 나는 그에게 이의를 제기한 후 내 판단에 따라 업무를 내 방식으로 해결할 때가 많다네. 그러면 공사는 그걸 보고 당연히 많이 불쾌했겠지.

232

최근에 공사는 자기의 불만을 궁정까지 들고 가서 불평을 해 댔다네. 그 일로 장관은 나를 문책했지. 물론 가벼운 정도였지만 문책은 문책이었네. 나는 사직서를 제출하려던 참에 그 장관으로부터 개인적인 편지 한 통을 받았네(이 훌륭한 분을 존경하는 마음에서 지금의 이 편지와 뒤에 언급할 또 다른 편지는 이 책에서 제외하기로 했습니다. 왜냐하면 독자들이 아무리 따스한 감사의 마음을 가지고 있다 할지라도 이처럼 경우에 어긋나는 무모한 출판까지 용서받을 수 있다고는 생각하지 않기 때문입니다).

나는 그 편지를 읽고 장관의 편지 앞에 무릎을 꿇지 않을 수 없었어. 그 안에 담긴 그 고매하고 깊은 배려심에 흠모의 마음이 절로 생겨났지. 그분은 지나치게 예민한 내 감수성을 경계하면서, 한편으로는 내가 가진 근면성, 대인 관계, 꼼꼼한 업무 처리 등에 대한 내 패기만만한 생각은 젊은이의 기개로 높이 평가한다고 하셨네. 다만 그런 기개를 없애 버리려 하지 말고 어느 정도는 좀 완화시켜 제대로 사용해 효과를 극대화할 수 있는 쪽으로 유도해 보라고 하셨네. 그래서 나는 일주일 동안 재충전의 시간을 가졌고 마음의 평정을 되찾았다네.

마음의 평정은 정말 멋진 것이며, 그것 자체가 하나의 기쁨이라 할 수 있지. 사랑하는 친구여, 이처럼 아름답고 귀중한 보석들이 쉽게 깨지지 않는다면 얼마나 좋을까!

2월 20일

사랑하는 사람들이여, 하나님께서 그대들에게 축복을 내려 주시고 그분이 내게서 거두어 간 행복한 날들을 그대들에게는 베풀어 주시길 기도합니다.

당신이 나를 속인 것을 고맙게 생각해야겠군요, 알베르트.

나는 당신들의 결혼 소식이 언제 들릴지 이제나저제나 기다리고 있었소. 그날이 되면 로테의 실루엣을 엄숙하게 벽에서 떼어 내어 다른 종이들 틈에 보이지 않게 묻어 둘 생각이었소.

그런데 당신들은 이미 결혼식을 올리고 부부가 되었지만, 그녀의 초상화는 아직 여기 걸려 있소! 이제는 그냥 걸어 두는 편이 낫겠소! 난 이대로 초상화를 걸어 둘 생각이라오. 그러면 나 역시도 당신들과 함께 있는 거요. 그렇게 되면 나는 당신에게 피해를 입히지 않고도 로테의 가슴속에 들어갈 수 있겠지. 그래요, 나는 그녀의 마음속에서 두 번째 자리를 차지하고 있는 셈이고, 그 자리를 계속해서 차지하고 있었으면 좋겠고 또 그래야만 할 것 같소.

오, 혹여 로테가 나를 잊기라도 한다면 나는 미쳐 날뛸 거요. 알베르트, 그건 생각만 해도 지옥이오.

알베르트, 잘 있어요! 잘 있어요, 하늘의 천사! 안녕, 로테!

3월 15일

빌헬름, 나는 최근에 아주 불쾌한 일을 겪었다네. 더 이상 이곳에 머물 수가 없다네. 그 일 때문에 아주 이가 갈릴 지경에 이르렀네! 빌어먹을! 이젠 어쩔 도리가 없어. 그 무엇으로도 보상받을 수 없는 지독한 불쾌감이라네. 이 모두는 자네들의 책임일세! 모두 나에게 달려들어 전혀 생각도 없는 자리에 나를 앉혀 놓고 내게 박차를 가하게 한 것은 자네들이니까. 자네들도 기분이 좋을 리 없겠지! 자네의 입에서 나의 극단적인 생각들이 모든 것을 망쳤다는 말이 나오지 않도록, 사랑하는 친구여, 내 자네에게 마치 연대기 작가가 서술하듯 단순 명료하게 이야기 하나를 들려주겠네.

C 백작이 나를 총애하여 각별히 아껴 준다는 사실은 세상이 다 아는 일이고, 자네에게도 수없이 말한 대로라네. 어제는 그분과 함께 저녁 식사를 했네. 그런데 바로 그날 저녁이 상류 계급의 신사 숙녀들이 그 집에서 정기적으로 모임을 갖는 날이었지. 나는 그런 모임이 있는 줄은 까맣게 몰랐고, 또 우리 같은 하급 공무원들은 그런 모임에 낄 수 없다는 사실도 전혀 몰랐다네. 어쨌든 좋아. 나는 백작과 저녁 식사를 하고, 식사 후에는 거대한 홀 안을 이리저리 거닐며 백작과 이야기를 나누었네. 나중에는 B 대령이 대화에 합류해 함께 이야기를 나누었네. 그러는 사이 파티가 시작될 시간이 점점 다가오고 있었어. 나

는 정말 아무 생각도 하지 못했네. 그때 어쭙잖은 교양미를 드러내기로 유명한 S 부인이 남편과 함께 들어왔네. 그들은 빈약한 가슴을 코르셋으로 조인 갓 부화한 거위 새끼 같은 딸을 데리고 안으로 들어왔네. 그들은 내 곁을 지나가면서 가문 대대로 내려왔을 법한 오만한 눈초리로 나를 쳐다보며 코를 씰룩거렸다네. 나는 그런 인간들의 모습을 보면 역겨워져서 얼른 자리를 뜨려다가 백작이 늘어놓는 시답잖은 수다에서 벗어나기만을 기다렸지.

그때 내가 잘 아는 B 양이 들어왔네. 그녀를 보면 나는 늘 기분이 좋아지는 탓에 그냥 남아 그녀의 의자 뒤로 가서 서 있었네. 얼마나 시간이 지났을까. 나는 그녀가 나와 이야기를 할 때 평소와는 달리 솔직하지 못하고 뭔가 당황스러워한다는 사실을 알아차렸네. 나에게 그런 그녀의 행동은 눈에 띄게 이상스러웠다네. 그녀 역시 다른 사람들과 마찬가지라는 생각에 기분이 상해서 그 자리를 박차고 나가려 했었지. 하지만 나는 그 자리에 좀 더 머물렀다네. 그녀가 그런 모습을 보이는 것을 믿고 싶지 않았지만, 그것보다는 그녀에게서 정겨운 말 한마디라도 듣고 싶었기 때문이었네.

그러는 사이 연회장은 사람들로 가득 찼네. 프란츠 1세 대관식 당시의 옷차림을 한 F 남작, 여기서는 직책상 귀족 대우를 받는 궁정 고문관 R 씨와 그의 귀머거리 부인. 그 밖에도 옛 프랑켄풍 의상의 해진 부

분을 최신 유행하는 헝겊 조각으로 기워 입은 형편없는 옷차림의 J도 잊을 수가 없네. 그런 사람들이 구름처럼 모여들었어. 나는 몇몇 아는 사람들과 이야기를 나누었는데 왜 그런지 모두 말을 아끼는 분위기였네. 나는 오직 B 양에게만 주의를 기울였지. 그래서 나는 홀 한쪽 구석에서 부인들이 귓속말로 소곤소곤 주고받는 이야기가 남자들 사이에도 퍼졌고 결국 S 부인이 백작에게 뭐라고 지껄이게 된 상황을 전혀 눈치채지 못했네(나중에 나에게 B 양이 이 모든 이야기를 들려주었지).

마침내 백작이 나에게 다가오더니 나를 한쪽 창가로 데려갔네.

"이미 알고 계시겠지만, 우리 모임에 말도 안 되는 관례가 있다는 것을 당신도 이젠 눈치를 채셨을 겁니다."

그러고는 이렇게 말문을 열더군.

"당신이 여기 있는 것을 여기 모인 사람들은 탐탁지 않게 여기는 듯합니다. 저는 물론 추호도 그럴 마음이 없지만 말입니다."

"백작님."

내가 그의 이야기를 가로막았네.

"진심으로 용서를 빕니다, 백작님. 실로 제 쪽에서 먼저 분위기를 파악했어야 하는데 말입니다. 백작님께서는 이런 저의 불찰을 용서해주시리라 믿습니다. 사실은 아까부터 자리를 뜨려고 마음먹었는데 뭔가에 홀려서 그만 이렇게 오래 머물게 되었습니다."

나는 웃는 얼굴로 덧붙여 말하고 고개를 숙여 인사했네. 백작은 힘주어 내 손을 잡았는데 거기엔 모든 것을 이야기하려는 듯한 풍부한 감정 같은 것이 깃들어 있더군. 나는 그의 마음을 충분히 헤아릴 수 있었지.

나는 그 고상한 체하는 귀족들의 파티에서 살며시 빠져나와 이륜마차를 타고 M이라는 곳으로 갔네. 나는 그곳 언덕에 서서 해가 지는 광경을 바라보며 나의 호메로스의 책을 펼쳐 오디세우스가 훌륭한 인품의 돼지치기들한테 추한 대접을 받는 멋진 대목을 읽었다네. 그때까지는 모든 것이 다 좋았다네.

그날 저녁 나는 식사를 하기 위해 돌아왔네. 식당에는 아직 손님이 몇 사람 남아 있더군. 그들은 테이블보를 걷어다가 한쪽 구석에서 주사위 놀이를 하고 있었네. 그때 성품이 곧은 아델린이 들어왔네. 그는 내 쪽을 쳐다보며 모자를 내려놓더니 가까이 다가와 낮은 목소리로 말하더군.

"불쾌한 일을 당했다면서요?"

"내가요?"

나는 말했네.

"백작이 당신을 파티장에서 쫓아냈다고 하던데."

"파티 따위는 악마나 가져가라지요! 나는 시원하게 바깥바람이나

쐬는 게 훨씬 좋습니다."

내가 말했지.

"그렇게 생각하신다니 천만다행이군요."

그가 말했네.

"하지만 나는 굉장히 불쾌합니다. 그 소문이 이미 온 마을에 퍼졌기 때문이지요."

새삼스럽게 그 말을 듣고 나니 그때부터 그 일에 화가 나더군. 내가 식사를 하러 왔을 때 나를 흘끔거리며 쳐다보던 사람들이 다 그 일 때문이었다는 생각이 들더군. 이런 생각을 하다 보니 어느새 속이 부글부글 끓어올랐네.

그러더니 오늘은 어디를 가든 사람들이 날 동정하는 거북한 소리만 들려오더군. 게다가 그동안 나를 못마땅하게 여기던 사람들은 의기양양해져서 이렇게들 지껄여 댔지.

"관습이란 관습은 모두 무시하며 그 잘난 머리 하나 믿고 목에 힘이나 주고 오만 방자하게 굴더니 결국 저런 개망신을 당하는 꼴 좀 보게나." 하고 말일세.

그러고도 온갖 중상모략까지 일삼으며 아무 말이나 다 해 대니 난 차라리 내 심장에 칼을 꽂고 싶은 심정이었네. 그런 너저분한 족속들이 뭔가 약점을 잡아서 자신을 몰아붙이는 걸 참아 낼 사람은 아마 없

을 걸세. 자기의 소신이 중요하다고는 하지만 이런 걸 참는 사람이 도 대체 어디 있겠나. 그런 자들이 지껄이는 험담이 아무런 근거 없이 떠 도는 뜬소문에 불과하다면 차라리 그냥 가볍게 넘어갈 수 있겠지만 말일세.

3월 16일

모든 것이 나를 힘들게 만드네. 오늘은 가로수 길에서 우연히 B 양 을 만났는데 그녀에게 말을 걸고 싶어서 견딜 수가 없더군. 그래서 그 녀의 일행에게서 약간 거리를 둔 채 얼마 전 그녀의 행동으로 인해 내 가 입은 마음의 상처에 대해 말했다네.

"오, 베르테르."

그녀는 정색을 하며 이야기를 꺼냈네.

"제 마음을 잘 아시는 당신이 난처했던 제 입장을 어떻게 그런 식 으로 받아들일 수 있나요? 저는 홀에 들어서던 순간부터 당신으로 인 해 얼마나 곤혹스러웠는지 몰라요. 무슨 일이 벌어질지 이미 짐작하 고 있었기에 백번도 넘게 당신에게 귀띔이라도 하고 싶어 몇 번이나 망설였는지 몰라요. 당신과 같은 파티장에 있으니 S 부인과 T 부인은 차라리 남편과 함께 그 자리를 뜨고 싶어 했다는 것을, 그리고 백작은 그들과의 친분 관계를 저버릴 수 없었다는 것도 저는 잘 알고 있었어

요. 그래서 급기야 그런 소란까지 벌어진 거예요!"

"소란이라니. 그게 무슨 말이죠?"

나는 놀라움을 감추면서 그렇게 말했네. 그 순간 엊그제 아델린이 나에게 했던 모든 말들이 마치 끓는 물처럼 내 핏줄 속으로 치달아 들어오는 듯했네.

"그로 인해 저는 충분히 괴로움을 느껴야만 했어요!"

그렇게 말하는 그 사랑스러운 여인의 두 눈은 눈물을 가득 머금었다네. 나는 더 이상 마음을 가누지 못하고 그녀의 발치에 엎드리고 싶은 심정이었네.

"그게 무슨 뜻인지 나에게 말씀해 주세요!"

나는 큰 소리로 외쳤네. 그녀의 두 뺨을 타고 눈물이 흘러내렸지. 순간 나는 제정신이 아니었다네. 그녀는 애써 눈물을 감추려 하지도 않고 그저 닦아 내고 있었네.

"제 아주머니를 당신도 아시죠."

그녀는 말을 시작했네.

"아주머니도 그 자리에 계셨다가 그 모든 것을 똑똑히 다 보신 거예요. 오, 베르테르. 아주머니가 당신을 바라보는 눈초리가 어땠는지 모르실 거예요. 저는 어젯밤은 물론이고 오늘 아침까지도 당신과 사귀는 문제를 두고 설교를 들어야 했어요. 그리고 저는 당신을 경멸하고

모욕하는 소리를 가만히 듣고 있어야만 했고요. 당신을 두둔하는 말은 거의 할 수 없는 상황이었고, 그런 말을 제가 하도록 놔두지도 않으셨어요."

그녀가 나에게 하는 말 한 마디 한 마디가 마치 칼날처럼 내 가슴을 찔렀네. 그녀는 그 모든 것을 말하지 않는 것이 내게 더 큰 자비를 베푸는 일임을 모르는 듯했어. 그러고도 그녀는 계속 말을 이었네. 앞으로 사람들이 또 무슨 말을 떠들어 댈지 모르며, 어떤 사람들은 그렇게 된 것에 대해서 통쾌해할 것이라는 말도 덧붙이더군. 지나치게 거드름을 피우며 남을 얕본다고 나를 비난해 온 사람들이 내가 드디어 그 대가를 치르게 되었다고 얼마나 고소해할지에 대해서도 말이야.

빌헬름. 이 모든 이야기를 그녀에게서, 그것도 연민으로 가득 찬 그녀의 목소리로 듣게 되다니. 나는 완전히 기진맥진하여 아직도 분노가 치밀어 오른다네. 차라리 누군가 내 면전에서 당당하게 나를 헐뜯었으면 좋겠네. 그러면 당장이라도 그자의 몸을 단검으로 꿰뚫어 버릴 수 있을 것 같아. 피를 보고 나면 그래도 기분이 좀 나아지지 않을까. 아, 이 답답한 가슴에 숨통을 틔우기 위해 나는 수백 번도 더 칼을 움켜잡았네.

혈통이 좋은 말에 대해서 이런 이야기를 들은 적이 있네. 그 말은 너무 과도하게 달리거나 혹사당하면 본능적으로 자신의 핏줄을 물어뜯

어 스스로 숨통을 틔운다는 거야. 나 역시도 그런 생각을 할 때가 많다네. 그렇게 핏줄을 열어 내 자신에게 영원한 자유를 선물하는 거지.

3월 24일

나는 궁정에 사직서를 제출했고 잘 수리될 것으로 기대하고 있네. 사전에 자네들에게 허락을 구하지 못해서 미안하게 생각하네. 나는 이제 이곳을 떠날 수밖에 없는 상황이라네. 나를 이곳에 그냥 머물러 있게 하려고 자네들이 나에게 무슨 말을 할지 미루어 짐작하고 있네. 내 어머니께는 알아서 잘 얘기해 주게나. 지금 나는 내 몸 하나 제대로 주체하기 어려우니, 어머니의 충격을 조금이나마 줄여 드리려고 내가 이렇게 한다는 것을 아시면 이해하실 걸세. 물론 그게 어머니의 마음을 아프게 할 것임은 분명하네. 추밀 고문관이나 공사를 목표로 삼고 매진하던 아들의 멋진 인생길이 갑자기 멈추어 작은 짐승과 함께 외양간으로 되돌아오는 것을 보게 되다니 말일세!

자, 아무튼 이 문제에 대해서는 자네들 원하는 대로 해석해 보게나. 내가 이곳에 남거나, 남아야 할 경우의 수에 대해서 헤아려 보는 것은 자네들 자유일세. 어쨌거나 나는 이곳을 떠날 걸세. 자네들은 내가 어디로 가는지 궁금해하겠지.

이곳에는 모 후작이 있는데 그분이 나와 어울리는 것을 아주 좋아

한다네. 그분이 내 생각을 듣고 자기네 정원으로 가서 그곳에서 자기와 함께 아름다운 봄을 보내자고 제안하더군. 무엇이든 내가 하고 싶은 대로 하도록 전혀 간섭하지 않고 배려하겠다고 약속도 해 주었다네. 게다가 우리는 어느 지점까지는 서로를 잘 이해할 수 있는 사이이기 때문에 나는 모든 걸 행운에 맡기고 그와 함께 가기로 했다네.

4월 19일

소식을 전하며.

자네가 보낸 두 통의 편지 고맙게 잘 받았네. 내가 답장을 하지 않았던 까닭은 궁정에서 내 사직서를 수리해 줄 때까지 이 편지를 보내지 않고 그대로 간직하고 있었기 때문일세. 게다가 행여 나의 어머니께서 장관과 접촉해 내 계획을 방해하지나 않을까 걱정이 앞섰기 때문이기도 하다네. 그러나 다행히 일이 잘 풀려서 나의 사직서는 수리되었다네. 궁정 측에서 내 사직서를 수리하는 것을 무척이나 내키지 않았다는 것과 장관이 나에게 쓴 편지의 내용에 대해서는 말하지 않겠네. 그러면 자네들은 또다시 비통한 마음으로 이런저런 말을 늘어놓을 테니까. 황태자께서는 내게 눈물이 날 정도로 감동적인 편지와 함께 퇴직 전별금으로 25두카텐을 보내 주셨다네. 덕분에 얼마 전 내가 어머니께 부탁드린 돈은 필요하지 않게 되었어.

5월 5일

내일이면 이곳을 떠나네. 내가 태어난 고향이 여기서 불과 6마일 떨어진 곳에 있다네. 가는 길에 그곳에 들러 행복하게 꿈꾸며 보냈던 옛 추억에 잠깐 잠겨 볼까 하네. 그곳 성문을 통해서 들어가려 한다네. 아버지가 돌아가신 후 어머니가 나를 마차에 태우고 그 사랑스러운 정든 고장을 떠나 지금의 이 지긋지긋한 도시로 향할 때 지나쳐 왔던 바로 그 성문 말일세. 그럼 잘 있게, 빌헬름. 나의 행선지에 대해서는 또 소식 전하겠네.

5월 9일

나는 성지 순례자와 같은 경건한 마음으로 고향 순례를 마무리 지었다네. 정말 뜻하지 않은 여러 가지 감정이 북받쳐 올라오더군. 커다란 보리수는 S 도시 방향으로 15분가량 떨어진 곳에 서 있는데 나는 그 보리수 아래에 마차를 세웠네. 직접 길을 걸으면서 옛날의 기억들을 이 가슴으로 하나하나 생생하게 반추해 보고 싶었거든. 나는 보리수 아래에 서 보았네. 이 나무는 내 어린 시절 산책의 목적지이자 경계선이었다네.

정말 많이 달라졌더군. 지난날, 아무것도 몰라서 외려 행복했던 그때 나는 미지의 세계를 동경하고는 했어. 그 세계에 가면 열망과 동경

에 목말라 했던 이 가슴을 가득 채워 주고 만족시켜 줄 풍부한 영양분과 기쁨들을 찾을 수 있을 것이라고 생각했네. 하지만 나는 그 넓은 세계에서 이렇게 되돌아왔지.

오, 나의 친구여. 얼마나 많은 나의 희망과 얼마나 많은 나의 계획이 물거품이 되어 버렸는가! 나는 내 앞에 펼쳐져 있는 거대한 산을 바라보고 있다네. 지난날 수천 번이 넘도록 내 소망의 대상이 되어 주었던 그 산을 말일세. 그 옛날 몇 시간이고 이곳에 앉아 나는 그 산 너머 먼 세상을 그리워하곤 했지. 나는 뜨거운 마음으로 다정하고 어슴푸레한 기운이 감도는 그곳의 숲과 계곡을 바라보고는 했다네. 그러다가 날이 저물어 집으로 다시 돌아가야 할 때면 나 얼마나 이 정겨운 자리를 떠나기가 싫었던가!

나는 그 도시에 점점 더 가까워졌고, 옛날의 낯익은 정자들이 나타나자 반가운 마음으로 하나하나씩 인사를 건넸네. 하지만 새로 지은 것들은 어쩐지 마음이 가지 않더군. 내가 없는 사이에 생긴 집들도 하나같이 불쾌감을 주었다네. 성문 안으로 들어서자마자 나는 완전히 옛날로 돌아간 나를 마주하게 되었네. 친구여, 이 모든 감정을 구구절절 다 이야기하고 싶지는 않다네. 내게는 그토록 매혹적으로 보였던 것들을 이야기로 풀다 보면 너무 단조롭게 변해서 그만 별것 아닌 것처럼 될 것 같으니 말일세.

나는 그 옛날 우리 집 바로 옆에 있는 시장 쪽에 숙소를 정했네. 지나는 길에 보니 그 당시 나이 많고 고지식하던 여선생이 우리의 어린 시절을 우리에 넣듯 가두어 놓았던 교실이 지금은 잡화상으로 바뀌어 있더군. 그 소굴 같던 곳에서 견뎌 낸 초조와 눈물, 막막함과 불안이 떠올랐네. 발걸음을 옮길 때마다 옛 기억이 하나둘 떠올랐고 마음에 들지 않는 것이 하나도 없었지.

성지를 도는 순례자라 할지라도 나처럼 많이 종교적인 기억으로 가득 찬 유적들을 만나지는 못할 것이며, 그의 마음 역시 이처럼 성스러운 감동으로 벅차오르지는 않을 것이네.

수없이 많은 이야기 중 하나의 예만 들어 보겠네. 나는 강줄기를 따라 어느 농장까지 걸었다네. 예전에 내가 즐겨 걸었던 길로, 이어서는 또 조그만 터가 나온다네. 그곳은 당시 소년이었던 우리가 납작한 돌로 물수제비를 뜨던 곳이었지. 가끔 그곳에 서서 놀라운 예감을 가슴속 가득 품고서 흐르는 강물을 쫓아갔던 일이 지금도 눈에 선하다네. 그리고 물이 흘러가는 곳에는 또 얼마나 멋진 마을이 있을지에 대해 신비한 상상을 하였던가. 나의 상상력이 너무나 빨리 끝나 버리기는 했지만 그래도 강물은 계속해서 흘러갔고, 더 멀리 흘러갔다네. 그러면 나도 보이지 않을 만큼 아득히 먼 곳을 그려 보느라 온통 정신을 잃었었지.

생각해 보게나, 친구. 우리의 훌륭한 조상들은 그렇게 좁았던 세상에 살면서도 얼마나 큰 행복을 느끼고 살았던가! 그들의 감정과 문학은 그러한 천진함을 가지고 있던 것이라네! 측량할 수 없는 바다와 무한히 펼쳐진 육지에 대해 오디세우스가 말한 이야기는 매우 참되고 인간적이며, 그토록 진지하고, 친밀하며 신비스럽기까지 한 것이었네. 지금 내가 어린 학생들에게 지구는 둥글다고 따라 하라고 한들 그것이 다 무슨 소용이 있겠나? 인간은 땅 위에서 살아가기 위해서는 약간의 흙만 있으면 되고, 땅속에서 잠들기 위해서는 이보다 더 적은 양의 흙만 있으면 된다네.

나는 지금 지난번에 말했던 그 후작의 수렵관에 머물고 있네. 그분은 성품이 진실하고 소탈해서 나는 그분과 불편 없이 잘 지낼 수 있을 것 같네. 그런데 그분의 주변에는 내가 전혀 이해할 수 없는 괴짜들이 많다네. 이들은 나쁜 사람들 같지는 않지만 성실한 사람 같지도 않다네. 가끔 성실해 보이기도 하지만 그렇다 해도 나는 어쩐지 그들을 믿을 수 없다네. 유감스러운 것은 그 후작은 주로 남에게서 들었거나 책에서 읽은 것들을 이야기한다는 점인데, 그것도 그 이야기를 한 사람과 똑같은 관점에서 말일세.

그리고 그는 내 마음보다는 나의 이성과 재능을 더 높이 평가한다네. 하지만 내 마음만이 나의 유일한 자랑이고, 내 마음만이 모든 힘과

모든 행복, 그리고 모든 불행의 근원일세.

아, 내가 아는 것은 누구나 다 알 수 있으니 내가 유일하게 내 것이라 할 수 있는 것은 이 마음뿐이라네.

5월 25일

나에게는 한 가지 계획이 있었다네. 이것을 실행에 옮기기 전까지 자네들에게 절대 말하지 않으려 했네. 그러나 지금은 그게 다 소용없어졌으니 아무래도 상관없겠지.

사실 나는 전쟁터에 나갈 생각이었다네. 이건 내가 오랫동안 마음에 품어 왔던 생각이야. 무엇보다 바로 그 때문에 후작을 따라 이곳까지 온 걸세. 그분은 사실 모 부대 소속의 장군일세. 그런데 그분께 산책길에 내 의중을 털어놓았더니 나를 말리더군. 그가 제시한 이유들에 대해 내가 귀를 기울이려 하지 않았다면 그건 아마도 어떤 변덕이나 망상이라기보다는 내가 지닌 정열 때문이었을 것이네.

6월 11일

자네가 뭐라 하든 나는 더 이상 이곳에 머무를 수 없네. 내가 여기에서 대체 뭘 하겠나? 시간이 길어진 것처럼 모든 게 지루할 뿐이네. 후작은 나를 아주 극진히 대접해 주지만 이곳은 내가 있을 곳이 아니라

는 생각이 들어. 사실 생각해 보면 근본적으로 우리 두 사람에게는 아무런 공통점이 없네. 후작은 지성인이긴 하지만 그렇다고 그것이 대단한 것은 아니네. 그는 세속적인 지성인이라고 할 수 있을 정도라네. 그와 사귀는 것은 잘 쓰인 책 한 권을 읽는 것보다 나을 게 없지. 일주일쯤 더 머문 뒤 나는 발길 닿는 대로 다시 길을 떠날 생각이라네.

이곳에서 내가 가장 잘한 것은 그림을 그린 거라네. 후작은 예술에 대한 감각이 있다네. 다만 그 멋없는 지식이나 무미건조한 전문 용어를 구사하지만 않는다면 예술에 대해 좀 더 깊이 다가갈 수 있었을 거네. 가끔은 참을 수 없이 분통이 터질 때가 있다네. 내가 온갖 상상력을 동원해서 그를 자연과 예술의 세계로 이끌려고 하면 그는 갑자기 뭔가 대단한 일이라도 하는 양 뻔한 예술 용어를 들먹이며 모든 것을 정리하려 드니 말일세.

6월 16일

그래, 나는 그저 나그네에 불과하다네. 이 세상을 떠도는 순례자에 지나지 않지! 그런데 자네들이라고 그 이상의 존재라 말할 수 있는가?

6월 18일

어디로 갈 작정이냐고? 자네에게만 슬쩍 말해 주겠네. 앞으로 2주 정도 더 이곳에서 머무르다 모 지역의 광산을 찾아갈 생각이라네. 바보 같은 생각이지만 그건 겉으로 보이는 모양새일 뿐, 실은 오로지 로테 곁으로 가까이 가고 싶은 마음뿐이네. 이러는 나 자신을 비웃으면서도 결국 나는 마음이 시키는 대로 하고 있다네.

7월 29일

아니야, 괜찮아! 모든 것이 아주 좋아! 내가 그녀의 남편이라면!

오, 하나님. 저를 창조하신 하나님! 당신께서 그런 축복을 저에게 베풀어 주셨다면 저의 인생은 평생 그 자체로 쉼 없는 기도가 되었을 것입니다. 당신과 시비를 가리려고 이러는 게 아닙니다. 이 눈물을 용서해 주십시오. 저의 이런 헛된 소망을 용서해 주십시오! 그녀가 내 아내라면! 태양 아래 가장 사랑스러운 그녀를 내 품에 안을 수 있었더라면! 알베르트가 그녀의 가냘픈 몸을 끌어안는 걸 생각하면! 오, 빌헬름. 내 온몸에 소름이 끼친다네.

이런 말을 해도 될까? 안 될 이유도 없겠지, 그렇지 빌헬름? 로테가 그가 아닌 나와 결혼했다면 훨씬 더 행복했을 것이네! 오, 알베르트는 그녀가 마음에 품고 있는 모든 것을 전부 들어줄 인물이 못 되네. 그

에게는 감수성이 부족해. 그래, 그게 부족하다네. 아니, 그 점에 대해서는 자네가 생각하고 싶은 대로 생각하게나. 말하자면 이렇다네. 알베르트의 마음은 그녀의 심장과 조화를 이루지 못한다네. 로테와 내가 좋아하는 책을 함께 읽을 때, 그 대목에서 그녀와 나의 마음은 하나가 되어 뛰지만 그는 그렇지 못해. 제삼자의 행동을 보고서 그녀와 내가 공감의 탄성을 질러 댈 때도 그는 그러지 못한다는 말이네. 사랑하는 빌헬름! 하지만 그는 온 마음을 바쳐 그녀를 사랑한다네. 그런 사랑이라면 무슨 보답인들 못 받겠나.

달갑지 않은 인간이 찾아와 편지 쓰는 걸 방해했네. 나의 눈물은 말라 버렸고 마음도 어수선해졌네. 잘 있게, 친구여!

8월 4일

나만 이렇게 불행한 것은 아닐 테지. 어느 누구든 자신이 가졌던 희망에 속고 자신이 걸었던 기대에도 배신당하게 되어 있으니 말일세.

나는 보리수 아래 사는 그 마음씨 착한 부인을 찾아갔다네. 맏이 녀석은 나를 맞으러 달려 나왔고, 나를 본 녀석이 기뻐서 환호성을 질러 대더군. 그 바람에 아이의 엄마도 덩달아 달려 나왔는데 그녀는 겉보기에도 초췌한 빛이 역력하더군.

"아이고, 선생님, 우리 한스가 죽었어요!"

이것이 그녀가 내뱉은 첫마디였네. 알다시피 한스는 그녀의 막내아들일세. 그 말을 들은 나는 아무 말도 하지 못했다네.

"그리고 남편은……."

그녀가 말을 이었네.

"스위스에서 돌아오긴 했는데 유산을 전혀 받지 못해 빈손이었어요. 게다가 오는 길에 열병에 걸렸는데 좋은 사람들의 도움이 없었더라면 길바닥에서 구걸까지 할 뻔했대요."

나는 그들에게 아무런 위로의 말을 해 줄 수 없어서 만이 녀석에게 약간의 돈을 줬을 뿐이네. 그녀가 사과 몇 개를 내주며 가져가라고 하기에 그것을 받아 들고 나는 슬픈 기억으로 그곳을 떠나왔다네.

8월 21일

손바닥 뒤집듯 내 기분은 수시로 바뀐다네. 가끔은 내 삶에 즐거운 빛이 비칠 것만 같은 예감이 들기도 한다네. 그러나 아주 잠깐, 잠깐 동안만 말일세! 내가 이렇게 아련한 꿈속 같은 기분에 젖을 때면 이런 생각을 피할 길이 없네. 만약 알베르트가 죽는다면? 그러면 내가! 그래, 그녀는……. 나는 그런 망상의 실을 따라 마구 달려가다가 갑자기 심연 앞에 이르게 되고, 그제야 움찔 놀라 뒤로 물러선다네.

내가 로테를 처음으로 무도회에 데려가기 위해 마차를 타고 달렸던

길을 따라 성문 밖으로 걷다 보니 그새 많이도 달라졌더군. 그 모든 것이 사라져 버렸다네! 지나간 세계를 떠올리게 하는 것은 아무것도 남아 있지 않고, 그 당시에 느꼈던 감정의 맥박도 멈춰 버렸어!

일찍이 인생의 황금기를 풍미한 영주가 한창때에 온갖 장식으로 호화롭게 꾸며 놓은 성이 있었다네. 그는 임종 직전 사랑하는 아들에게 그 성을 안심하고 물려주었는데, 그가 혼령이 되어 돌아와 보니 그 성은 불에 다 타고 폐허가 되어 자신이 생전에 보았던 그 모습은 온데간데없었지. 그걸 바라보는 망령의 심정이 바로 이런 기분일 걸세.

9월 3일

나는 가끔 정작 다른 남자가 그녀를 사랑할 수 있다는 것을 이해할 수 없다네. 내가 그녀를 이토록 사랑하고 있는데, 나는 오직 그녀만을 진심으로, 이렇게 넘치는 애정으로 마음속 깊이 흠모하고 있는데. 이 세상 다른 그 무엇도 아닌 그녀 말고는 아무도 알지 못하며, 그녀 말고는 아무것도 가진 게 없는데 말일세!

9월 4일

그래, 다 그런가 보네. 자연이 가을로 기울듯, 내 마음속에도 그리고 내 주변에도 모두 가을이 왔다네. 내 마음속 나뭇잎들은 모두 노랗게

물들고, 주변의 나뭇잎들도 지고 말았네. 내가 언젠가 자네에게 한 농가의 젊은 머슴에 대해 이야기하지 않았던가? 내가 이곳에 도착해서 얼마 지나지 않았을 때 말일세. 나는 발하임에 간 김에 그 머슴에 대한 소식을 수소문해 보았다네. 그는 일하던 집에서 쫓겨났다고 말하는데, 그 후의 소식을 아는 사람은 없었다네. 그런데 어제 내가 다른 마을로 가는 길에 우연히 그를 만났다네. 내가 말을 걸었더니 그는 그간의 이야기를 들려주더군. 내가 자네에게 그 이야기를 들려주면 자네는 금방 이해하겠지만, 그의 이야기는 두세 배 더 나를 감동시켰다네. 하지만 나는 대체 왜 이 이야기를 하려는 걸까? 그렇게도 나를 불안하게 하고 내 마음을 아프게 하는 이야기를 왜 가슴속에 묻어 두지 못하는 걸까? 무엇 때문에 나는 자네의 마음까지도 우울하게 하려는 걸까? 무엇하러 나는 자네에게 나를 동정하고 또 질책할 기회를 주려한단 말인가? 이 모든 것 또한 나의 숙명일 테지.

처음에 그 청년은 우수에 젖은 표정으로 머뭇거리더니 이내 차분하게 내 물음에 대답했다네. 그러나 그는 그 자신과 나의 인간성을 알아차린듯 금방 솔직한 태도로 자신이 저지른 잘못에 대해 고백하고 자신의 불운을 한탄하더군.

친구여, 그가 나에게 들려준 한 마디 한 마디를 자네의 판단에 맡길 수만 있다면 얼마나 좋을까! 그는 이렇게 고백했네. 아니, 옛 기억을

다시 떠올리는 것에 희열을 느끼고 행복해하듯이 이야기를 시작했네. 여주인을 향한 그의 마음속 열정은 나날이 더해 가면서 마침내는 자신이 어떻게 해야 할 지, 그의 표현대로라면 고개를 어디로 돌려야 할지 몰랐다고 하더군. 아무것도 먹을 수도 마실 수도 없었던 것은 물론이고, 잠도 잘 수가 없었다고 했네. 목구멍에는 무언가 걸린 듯 꽉 잠겨 버렸고, 해서는 안 될 일을 했고, 해야 할 일은 잊어버렸다네.

그러던 어느 날, 그녀가 위층 방에 있는 것을 알고 마치 귀신에라도 홀린 듯 뒤따라 올라갔다는군. 아니, 그녀에게 이끌렸다고 하는 게 맞을 걸세. 그런데 그녀가 자신의 간청을 들어주려 하지 않자 완력을 사용해 겁탈하려 했다는군. 그는 어쩌다가 그런 일이 벌어졌는지 자신도 잘 모르겠다고 말했네. 그녀를 향한 그의 마음은 언제나 정직했으며, 그가 진심으로 바랐던 것은 오직 그녀와 결혼해서 남은 생을 함께 보내는 것이었으므로 하나님께 맹세해도 좋다고 했네.

한동안 그렇게 이야기하던 그는 마치 할 말은 더 남아 있지만 그것을 시원스레 털어놓기 난감한 듯 말을 더듬기 시작했네. 마침내 그는 쑥스러워하면서 고백하더군. 그녀는 어느 정도 그가 보내는 정감의 표시를 받아 주었으며 그가 그녀 곁에 가까이 가는 것도 묵인해 주었다고 말일세. 그는 두세 번 말을 끊었다가 다시 이으며 나를 납득시키려는 듯이 구구한 변명을 거듭 늘어놓더군. 그의 표현대로라면 자신

은 그녀를 헐뜯기 위해 이런 말은 하는 것이 결코 아니며, 자신은 예전과 다름없이 그녀를 존중하고 사랑한다는 것이었네. 이런 말을 자기 입으로 입 밖에 낸 적이 없으며 지금 이렇게 말을 하는 까닭은 자기가 도리도 모르는 모자란 사람이 아니라는 것을 내게 확신시켜 주고 싶었기 때문이라더군.

나의 사랑하는 친구여, 여기서 내가 언제까지고 불러 댈 나의 옛 노래를 다시 시작해야겠네. 나는 아마도 이 노래를 영원히 부를 걸세. 아, 내 앞에 서 있던 이 젊은이의 모습을, 이를테면 지금 내 앞에 서 있는 모습 그대로 자네에게 그려 보일 수만 있다면! 내가 왜 그런 운명에 동정심을 느끼는지, 왜 그럴 수밖에 없는지를 자네가 생생하게 느낄 수 있도록 모든 것을 제대로 전달할 수 있다면 좋으련만! 하지만 꼭 그럴 필요는 없을지도 모르지. 어쩌면 이 정도로 충분할지도 모르네. 자네는 나와 내 운명을 잘 알기 때문이네. 자네는 내가 왜 그런 불행한 사람들에게, 특히 이 불행한 청년에게 끌리는 건지 너무나도 잘 알고 있겠지.

이 편지를 다시 읽어 보니 그 이야기의 결말을 들려주지 않았더군. 그러나 자네라면 추측하기 그리 어렵지 않았을 걸세. 그녀는 그를 완강히 거절했다네. 그리고 때마침 그녀의 오빠가 나타났지. 그녀의 오빠는 그 젊은이를 이미 오래전부터 못마땅하게 여기고 그를 쫓아낼

궁리를 하고 있었네. 그는 아이가 없는 누이동생의 유산을 자기 자식들이 상속받을 것이라 기대했기 때문이라네.

그런데 만약 그 여동생이 재혼이라도 하게 되면 그렇게 기대하고 있던 그는 모든 것이 수포로 돌아갈까 두려워 그 자리에서 그 집의 머슴인 젊은이를 내쫓아 버린 것이지. 그러고는 그 일을 동네방네에 떠들고 다녔다네. 행여나 그 여주인이 스스로 원하게 되더라도 그 청년을 다시 불러들일 수 없도록 말일세. 지금 그녀는 다른 머슴을 구했다고 하더군. 그런데 사람들 말로는 새 머슴 문제로도 그녀와 오빠 사이가 틀어졌다는 걸세. 들리는 이야기로는 그녀가 틀림없이 새 머슴과 결혼할 거라고 하는데 정작 그녀의 오빠는 절대 그렇게 되도록 가만히 지켜보고만 있지는 않을 거라는 거지.

내가 지금까지 자네에게 들려준 이야기는 추호의 과장이나 꾸며 낸 부분은 단 한 곳도 없네. 그래, 오히려 사실을 축소하여 담담하게 이야기했다고 말할 수 있겠어. 게다가 우리에게 전해지는 구태의연한 도덕적인 말들을 가지고 이야기하다 보니 좀 투박한 느낌마저 들 걸세.

이런 사랑, 이런 지조, 이런 열정은 결코 문학적으로 어울리는 소재가 아니네. 이런 사랑은 살아 있네. 이런 사랑은 우리가 교양이 없다고, 미개하다고 말하는 계급 안에 오히려 가장 순수한 모습으로 살아 있다네. 우리 교양인들이란……. 우리는 오히려 그릇된 교육을 받은

별 볼 일 없는 존재일 뿐이라고 해야 할 걸세!

사랑하는 내 친구여, 부탁이네만 이 이야기를 부디 진지한 마음으로 읽어 주길 바라네. 오늘은 앉아서 이런 편지를 쓰다 보니 마음이 차분해지는군. 그건 내 필체를 보면 알 수 있겠지. 여느 때처럼 아무렇게나 휘갈겨 쓴 구석이 없을 테니 말일세.

친구여, 이 이야기를 읽으면서 생각해 주게나. 이 이야기 또한 자네 친구의 이야기라는 것을. 그래, 나는 지금껏 그렇게 살아왔고 앞으로도 그런 삶을 살 것이네. 나는 쓰디쓴 실연을 맛본 그 불쌍한 하인이 보여 준 용기와 결심에 반도 미치지 못하는 사람일세. 그러니 그와 비교하는 것은 엄두도 낼 수 없을 일이라네.

9월 5일

로테는 남편인 알베르트에게 간단한 편지를 썼네. 그는 업무상 시골에서 머무르고 있기 때문이지. 그 편지는 이렇게 시작된다네.

"이 세상에서 가장 멋지고, 가장 사랑하고 보고 싶은 당신. 할 수 있는 한 빨리 돌아오세요. 저는 더없이 벅찬 기대감으로 당신이 돌아오기만을 손꼽아 기다립니다."

그런데 내게 들른 한 친구가 와서는 알베르트가 여러 가지 특별한 사정 때문에 그렇게 빨리 돌아오지 못할 것 같다는 소식을 전해 주었

네. 그렇게 해서 그 편지는 부칠 수 없었고, 그저 책상 위에 놓여 있을 뿐이었지. 그리고 그 편지는 저녁 무렵 내 손에 들어왔네. 내가 편지를 읽으며 빙그레 미소를 지었다네. 그녀는 왜 웃느냐고 나에게 묻더군.

"인간의 상상력은 정말이지 하나님이 주신 값진 선물입니다."

나는 큰 소리로 말했네.

"나는 잠깐이나마 이 편지의 수신인이 바로 나라고 상상해 보았답니다."

그녀는 하던 일을 멈추고 갑자기 입을 다물어 버렸네. 내 대답에 그녀는 기분이 언짢아진 것 같았네. 그리고 나도 아무 말도 하지 않고 잠자코 있었다네.

9월 6일

로테와 처음으로 춤을 추었을 때 입었던 수수한 푸른색 연미복을 더 이상 입지 않기로 결심했네만 그건 결코 쉽지 않은 일이었다네. 하지만 그 옷은 이제 볼품이 없어졌어. 너무 낡아 버렸거든. 그래서 나는 전과 똑같은 연미복을 새로 맞추었다네. 옷깃과 소맷부리까지 전과 똑같이 말일세. 물론 거기에다 노란 조끼와 바지까지 말일세.

까닭은 잘 모르겠지만 전과 같은 분위기가 나지 않아 그렇게 썩 마음에 들지는 않네. 시간이 흐르면 이 옷에도 차츰 정이 들게 될 거라

고 생각하네.

9월 12일

알베르트를 마중하기 위해 로테는 며칠 여행을 다녀왔다네. 오늘 그녀의 집에 들렀더니 마침 그녀가 나를 반기며 맞이해 주더군. 나는 너무나도 기쁜 나머지 그녀의 손에 입을 맞추었네.

카나리아 한 마리가 화장대 거울 쪽에서 날아오더니 그녀의 어깨 위에 앉더군.

"새로운 친구예요."

그녀는 그렇게 말하면서 자기 손 위에 새가 앉도록 유인했네.

"아이들을 위해서 가져왔답니다. 보세요! 아주 귀여워요! 빵 조각을 주면 날개를 파닥이며 앙증맞게 콕콕 쪼아 먹어요. 이것 좀 보세요, 내게 키스도 한답니다!"

이렇게 말하며 그녀가 작은 새를 향해 입을 내밀자 새는 그 작은 부리로 그녀의 달콤한 입술을 사랑스럽게 누르는 게 아닌가. 그 새가 마치 커다란 행복을 느낄 수 있다는 듯이 말일세.

"당신도 키스를 받아 보세요."

그녀는 새를 나에게 건네주며 그렇게 말했네. 그 작은 부리가 그녀의 입술에서 내 입술로 방향을 돌렸네. 앙증맞은 카나리아가 내 입술

을 쪼아 댈 때의 촉감은 마치 사랑의 숨결이나 혹은 앞으로 다가올 기쁨의 예감과도 같았지.

"이 새의 키스는 말이오."

내가 말했네.

"누구든 쉽게 알 수 없는 욕망이 느껴지는군요. 먹잇감을 찾다가 공허한 애무에 만족하지 못하고 돌아서는 것 같거든요."

"제가 입으로 주는 먹이도 잘 받아먹는답니다."

그녀가 말했네. 그러더니 그녀는 입술로 작은 빵 조각을 물고 새에게 내밀었고, 공감에서 우러나오는 천진난만한 사랑의 기쁨이 환한 미소를 만들어 냈다네.

나는 고개를 돌려 눈길을 거두었다네. 그녀는 그런 행동을 하지 않았어야 했다네. 그녀는 천사같이 순수하고 그처럼 행복한 모습으로 나의 상상력을 자극하여 삶에 대한 무관심이 잠재워 둔 나의 마음을 흔들어 깨우지 말았어야 했다네! 그러나 왜 그러면 안 된단 말인가? 그녀는 그토록 나를 신뢰하고 있고 내가 얼마나 그녀를 사랑하는지 알고 있는데!

9월 15일

빌헬름, 이 세상에 존재하는 것들 중 아직 가치가 있는 몇 안 되는

것들을 알아볼 줄도, 느낄 줄도 모르는 인간들이 존재한다는 사실이 나를 정말 미치게 만든다네.

자네는 지난번에 내가 S 마을의 그 덕망 있는 목사를 찾아갔다가 로테와 내가 함께 앉았던 호두나무들을 기억할 걸세. 장엄한 호두나무들은 나의 마음을 세상에서 가장 큰 기쁨으로 가득 채워 주었었네. 이는 하나님이 증인이 되어 주실 걸세. 그 나무들은 목사관 앞마당을 얼마나 아늑하게 만들었던가! 얼마나 우리를 시원하게 해 주었던가! 그리고 그 가지들은 또 얼마나 흐드러져 있었던가! 그리고 우리의 추억은 아주 오래전에 그 나무들을 심은 목사님들에게로까지 거슬러 올라간다네. 학교 선생님은 자신의 할아버지에게 전해 들었다면서 그분들중 한 분의 이름을 기회가 날 때마다 우리에게 말씀해 주셨네. 그분은매우 훌륭한 분이셨다고 했네. 나는 그 나무 아래에서 마음속으로 그분의 모습을 상상해 보는 것만으로도 거룩한 느낌이 들곤 했지. 어제우리 대화의 화제가 그 호두나무에 대한 이야기에 이르자 선생님의눈에 눈물이 가득 맺혔다네. 사람들이 그 호두나무를 베어 버렸다는걸세! 그 생각을 하자 나는 정말 미칠 노릇이었네. 나는 맨 처음 나무에 도끼를 휘두른 그 나쁜 자식을 당장에라도 죽여 버리고 싶었을 정도였네. 집 정원에 있는 여러 나무 중 한 그루가 늙어 죽는다 해도 한없이 슬픔에 잠길 내가, 그런 내가 그냥 가만히 두 손 놓고 쳐다보고

있을 수밖에 없다니!

사랑하는 친구, 뜻하지 않은 사건 하나가 이 무렵에 불거졌다네. 이 사건 하나가 위안이 되었지. 인간의 감정이란 참 묘한 것이라네. 마을 전체가 이 일에 대해서 화를 내고 난리가 난 것이라네. 나무를 베게 한 당사자는 새로 온 목사의 부인이었다는군(우리의 늙은 목사님은 세상을 떠났다네). 목사 부인이 버터나 계란 그리고 그 밖의 인사치레로 들어오는 선물의 양이 줄어든 걸 보고서라도 자기가 이 마을에 얼마나 큰 상처를 입혔는지 깨닫기를 바라네.

그 부인은 마르고 병색이 짙은 여인인데, 세상 사람들은 그녀에게 관심이 없었으니 그녀 자신도 세상에 무관심해질 수밖에 없었겠지. 그 어리석은 여인은 짐짓 배운 척하며 성서를 뒤적이고, 새로 유행하는 기독교에 대한 도덕 비판적인 개혁 운동에 많이 관여하며, 라바터(스위스의 광신적인 신학자)의 광신주의를 업신여기기도 한다네. 그러다 건강이 완전히 망가져 버려서 하나님이 내려 주신 세상의 어떠한 즐거움도 느끼지 못하는 사람이 된 걸세. 그런 여자였으니 소중한 호두나무들을 베고도 남지 않았겠는가.

나는 도무지 이해할 수 없네, 이 충격에서 벗어날 수가 없어! 생각해 보게. 떨어지는 나뭇잎들 때문에 자기 집 마당이 지저분해지고 축축하게 된다는군. 그리고 무성한 나무들은 그녀의 햇빛을 가리고 호두

열매가 익으면 동네 꼬마들이 그걸 따기 위해 돌멩이를 던져 댈 테니 그녀는 신경이 거슬린다는 걸세. 그러니 케니콧(영국의 신학자)과 젬러 (독일의 프로테스탄트 신학자), 미하엘리스(독일의 프로테스탄트 신학자) 를 비교 연구할 때면 자신의 깊이 있는 성찰을 방해할 거라는 거야.

나는 마을 사람들, 특히 나이 든 사람들이 불만스러워하는 것을 보고 물어보았네.

"할아버지들은 왜 가만히 지켜보기만 하셨어요?"

"이 마을 면장이 원하는 일이면 우리는 어찌할 도리가 없다네."

그들은 이렇게 대답하더군.

그런데 일이 제대로 벌어졌네. 평소에 자기 마누라의 바보 같은 망상 때문에 넌더리가 났던 목사는 면장과 짜고서 마누라의 그 점을 이용하여 나무를 판 돈을 반반씩 나누어 갖기로 작당한 걸세. 그때 산림청에서는 그 정보를 입수했고 그들에게 이렇게 통지했다네.

"나무를 산림청으로 가져오라!"

왜냐하면 그 호두나무들이 뿌리를 내리고 있던 목사관 땅 일부에 대한 관할권을 여전히 산림청이 소유하고 있었기 때문이지. 그리고 산림청은 호두나무를 최고 입찰자에게 팔았다네.

아무튼 중요한 건 호두나무들이 쓰러졌다는 사실이네! 만일 내가 영주라면! 목사 부인, 면장 그리고 산림청 할 것 없이……. 그냥 내가

영주라면! 내가 정말 영주라면, 내 관할 안에 있는 나무들 정도야!

10월 10일

나는 그녀의 검은 눈동자만 바라보고 있어도 기분이 좋아진다네. 한 가지 나를 화나게 만드는 것은 알베르트가 자신이 바라는 것만큼 또는 내가 그럴 것이라 믿는 것만큼 그렇게 행복해 보이지 않는다는 것일세. 사실 나는 이런 표현을 썩 좋아하지는 않지만 여기서는 달리 표현할 수가 없군. 나는 이것만으로도 충분히 명백하다고 생각한다네.

10월 12일

오시안이 내 마음속에서 호메로스를 몰아내고 말았네. 이 위대한 시인이 끌어들이는 세계는 정말이지 기막힌 곳일세!

짙은 안개가 피어올라 어스름한 달빛 속에서 나는 조상들의 혼령을 이끌고 가는 폭풍 소리가 윙윙거리는 소리를 들으며 광야를 방황한다네. 숲을 가로지르는 시냇물의 포효 소리에 끊어질 듯 끊어질 듯 희미한 혼령들의 신음이 들려온다네. 이끼와 풀로 뒤덮인 고결하게 전사한 애인의 네 개의 묘석 주위에는 숨이 넘어가도록 애통해하는 소녀들의 통곡이 들려오기도 하지.

그런가 하면 드넓은 황야에서 선조들의 발자취를 찾아 헤매다가 그

들의 묘석을 찾아내고는 비탄에 빠져 구슬피 흐느끼며 거세게 물결치는 바다 저편으로 몸을 숨기는 백발이 성성한 음유 시인이 눈앞에 나타나 정겨운 저녁 별을 바라보기도 한다네. 지난 세월은 이 영웅의 마음속에서 생생히 되살아나니, 그 시절의 따뜻한 햇살이 위험한 길을 떠나는 용사들의 길을 비춰 주고, 달빛은 승리를 거두고 꽃으로 둘러싸여 돌아오는 배를 밝혀 주던 그 시절이 아니겠는가. 내가 만일 그의 이마에 새겨진 짙은 고통을 읽는다면, 마지막으로 버려진 영웅이 기진맥진한 채 무덤을 향해 비틀대며 걸어가는 모습을 본다면, 그러다 앞서 세상을 뜬 자들의 맥없이 다가오는 혼령을 대하기라도 한다면! 그 영웅은 또다시 새롭고 고통스럽게 벅차오르는 기쁨을 들이마시고 차가운 대지와, 바람에 휘날리는 키 큰 수풀을 내려다보며 이렇게 외치겠지!

"나그네는 오리라, 오리라, 아름답던 나의 모습을 기억하는 그 나그네는 와서 물으리라. '그 음유 시인은, 핑갈의 훌륭한 아들은 어디에 있는가?' 그의 발자국은 나의 무덤을 넘어 지나가리라. 그는 이 지상에서 나를 찾기 위해 이 세상을 부질없이 헤맬 것이다."

오, 친구여! 나는 당장 이 고결한 용사처럼 칼을 뽑아 들고 서서히 죽어 가는 생의 미칠 듯이 가혹한 고통으로부터 나의 영웅을 해방시켜 주고 싶네. 그리고 나의 영혼을 해방된 그 반신(半神)에게 따라 보

내고 싶네.

10월 19일

아, 이 공허함! 여기 이 가슴에서부터 느껴지는 이 지독한 공허함! 나는 자꾸만 이런 생각을 한다네. 그녀를 한 번만, 단 한 번만이라도 안아 볼 수만 있다면, 이 공허함은 완전히 메워질 텐데.

10월 26일

그래, 정말이라네. 나는 확신하네. 사랑하는 친구여, 내 확신은 시간이 흐르면서 점점 더 분명해진다네. 인간이라는 존재는 정말로 대수로운 존재가 아니라네.

로테의 집에 그녀의 여자 친구가 찾아왔네. 나는 책을 가지러 옆방으로 들어갔다가 도무지 책을 읽을 수가 없었네. 그러다 나는 글을 써보려고 펜을 들었다네. 그때 두 사람이 조용히 나누는 대화 소리를 들었네. 그녀들은 시시콜콜한 소식들과 마을에서 생긴 일들에 대해서 이야기하더군. 이번엔 누가 결혼을 하고, 또 누가 아픈지, 정말 죽을병에 걸렸다든지 하는 이야기 말일세.

"그 여자는 마른기침을 끊임없이 하는 모양이야. 얼굴엔 뼈만 앙상하고, 가끔 실신까지 한다더라. 아무래도 가망이 없는 모양이야."

로테의 친구가 말했네.

"N 씨도 상태가 몹시 좋지 않다더라."

로테가 말을 받더군.

"응. 벌써 온몸이 퉁퉁 부어올랐다나 봐."

친구가 말했네.

나의 상상력은 그 불쌍한 사람들의 병상으로 나를 끌어다 놓았네. 그러자 아주 생생하게 그들을 관찰할 수 있게 되더군. 내 눈에 그들이 이생과 이별하는 것을 매우 애통해하는 모습이 보였네. 그들이 얼마나……. 빌헬름! 그러나 우리의 아가씨들은 마치 모르는 사람이 죽어가는 것처럼 아주 태연히 이야기하더군.

나는 주위를 둘러보았네. 방 안을 여기저기 살펴보니 내 주위엔 로테의 옷가지들과 알베르트의 서류들 그리고 이제는 나와 정이 많이 들어 버린 가구들, 그리고 이제는 잉크병까지도 친숙하다네. 그러고는 나는 이렇게 생각해 보았어. '이 집에서 네가 과연 어떤 존재인지를 정확히 직시하라! 너의 두 친구들은 너를 높이 평가한다. 너는 자주 그들에게 즐거움을 선사하며 너의 마음 또한 만약 그들이 없다면 네 자신도 존재하지 못할 것이라고 느끼고 있다. 그런데 네가 그들을 떠난다면, 네가 이 친숙한 이들과 이별하게 된다면? 그들은 너의 부재로 인해 운명 속에 생겨난 공허함을 얼마나 오랫동안 느끼게 될까?

대체 얼마나 오랜 시간?'

아, 인간이란 이처럼 덧없는 존재라네. 자신의 존재가 아주 확실한 곳에서조차, 자신의 존재를 진실하고도 유일하게 심어 줄 수 있는 곳에서조차 인간은 사라져야 하는 법이야. 그래, 사랑하는 사람들의 기억과 마음속에서 흔적도 없이 소멸하여 버리지 않으면 안 되는 거라네. 그것도 순식간에!

10월 27일

인간관계가 이토록 냉정하고, 서로 마음이 통할 수 있는 사람이 거의 없다는 걸 생각하면 나는 가끔 내 가슴을 찢어 버리고 나의 뇌를 칼로 찌르고 싶을 때가 한두 번이 아니라네. 아아! 사랑도, 기쁨도, 우정과 즐거움도 내가 먼저 남에게 베풀지 않는다면, 상대방도 그것들을 나에게 주지 않는다네. 그리고 내 마음이 아무리 행복으로 가득 차 있더라도 내 앞에 서 있는 그 사람이 냉정하고 무관심하다면 나는 그 사람을 행복하게 해 줄 수 없다네.

같은 날 저녁

나는 가진 것이 이렇게나 많지만 그녀를 향한 그리움이 모든 것을 다 빼앗아 간다네. 나는 가진 것이 이렇게나 많네. 그러나 그녀가 없으

면 그 모든 것은 아무것도 없는 것과 다를 바가 없다네.

10월 30일

나는 이미 수백 번도 더 그녀의 목덜미를 끌어안으려고 했었네! 그토록 사랑스러운 여인이 자기의 눈앞에 어른거리는 것을 보면서도 움켜잡을 수 없는 사람의 마음이 어떨지는 위대하신 하나님만이 아실 거라네. 손을 내밀어 무엇인가를 잡는 것은 우리 인간이 가진 한없이 자연스러운 본능이 아니던가. 어린아이들은 자기들 마음에 드는 것이 있으면 언제든, 무엇이든 붙잡지 않는가? 그런데 나는?

11월 3일

하나님만은 진실을 아실 걸세! 내가 종종 다시는 눈뜨지 않게 되기를 바라면서, 아니 가끔은 그렇게 되리라는 기대감으로 잠자리에 든다는 사실을 말일세. 그러다 아침에 눈을 뜨고 또다시 태양을 바라보면 나는 비참한 심정이 된다네. 아! 차라리 나의 마음이 변덕스러워 모든 것을 날씨 탓으로 돌리거나 아니면 제삼자를 탓하거나, 실패한 계획의 책임을 물을 수 있다면 내 마음속 참을 수 없는 울분을 절반으로 줄일 수 있을 텐데.

모든 잘못이 나에게 있음을 난 너무나 잘 알고 있으니 정말 유감이

라네! 아닐세, 잘못이 아닐 수도 있지. 지난날 내 모든 행복이 그러했 듯, 내 모든 슬픔의 근원 역시 내 마음속 깊은 곳에 있음은 두말할 나 위가 없다네. 나는 여전히 그 사람이지 않는가? 그러나 이 마음은 이 제 죽어 버렸다네. 이 마음에서는 더 이상 온 세상을 넘치는 사랑으로 보듬으려는 기쁨도 흘러나오지 않고, 충만한 감정으로 걸음걸이마다 낙원이 뒤따라 열리지 않고, 나의 눈은 단지 메말라 버렸을 뿐이라네. 그런 마음은 이제 생명을 다해 더 이상 기쁨이 샘솟지 않는다네. 이 젠 마음에 생기를 불어넣어 주는 눈물로도 원기를 되찾지 못하는 나 의 감각은 불안스레 내 이마만을 찡그리게 만들 뿐이네. 나는 지금 너 무나도 괴로워. 내 생의 유일한 기쁨을, 그래 내가 가지고 있던 주위에 새로운 세계들을 만들어 주던 그 성스러운 생명력을 잃어버렸기 때문 이라네. 그 힘이 사라졌다네!

창가에 서서 멀리 산등성이를 바라보고 있노라면, 산마루에 올라앉 은 아침 해가 안개를 젖히며 조용한 초원을 비추고, 유유히 흐르는 강 물이 버드나무 사이를 헤치며 나를 향해 꾸불대며 다가오는 것을 바 라보고 있노라면! 오! 이 멋진 자연도 다만 내 눈앞에서는 마치 에나 멜을 칠한 조그마한 그림처럼 굳은 모습으로 서 있을 뿐이라네. 이 모 든 기쁨도 나의 마음에서 내 뇌 속으로 단 한 방울의 행복조차 길어 올리지 못한다네!

마치 바짝 말라 버린 샘물처럼, 깨져 버린 물통처럼 이 사지 멀쩡한 몸뚱이는 하나님 앞에 서 있는 꼴이라네. 땅바닥에 수시로 엎드려 눈물을 흘릴 수 있게 해 달라고 애원했네. 자기 머리 위의 하늘이 마치 청동 빛을 띠고, 주위의 온 대지가 메말라 죽어갈 때 비를 갈구하는 농부가 애원하듯이 말일세.

아! 그러나 나는 우리가 아무리 처절히 애원하더라도 하나님은 비와 햇빛을 내려 주지 않으리라는 것을 느낀다네. 지금은 머릿속에 떠올리기만 해도 고통스러운 그 시절은 왜 그리도 성스러우리만큼 행복했을까. 그것은 내가 하나님의 성령을 참을성 있게 기다렸기 때문이고, 또 하나님이 내게 내려 주는 기쁨을 온 마음으로 감사하게 받아들였기 때문이 아닐까.

11월 8일

로테는 나의 무절제함을 나무랐네! 아, 그것도 아주 한없이 다정스럽게 말일세! 나의 무절제함이란 한 잔의 포도주로 시작해서 한 병을 다 비워 버리는 것을 말한다네.

"그러지 마세요!"

그녀가 말했네.

"로테를 생각해서라도요!"

"생각하라고요?"

내가 말했지.

"그런 말은 할 필요가 없어요. 당연히 생각하고 말고요! 아니, 생각하지 않습니다! 당신은 늘 제 영혼 앞에 서 있으니까요. 저는 오늘도 당신이 일전에 마차에서 내렸던 그 자리에 앉아 있었답니다."

그녀는 더 이상 내가 이 문제에 대해 깊이 들어가지 않게 하기 위해 화제를 다른 곳으로 돌렸네. 사랑하는 친구여, 나는 더 이상 내가 아닌 것이나 마찬가지라네. 그녀는 나를 마음이 내키는 대로 할 수 있다네.

11월 15일

빌헬름. 내 일에 진심으로 신경 써 주고 좋은 조언까지 해 주니 정말 고맙네. 하지만 너무 걱정하지는 말게. 나 혼자 견뎌 내는 모습을 그냥 지켜봐 주게나. 난 지금 몹시 지쳐 있네. 이건 사실이지만 헤쳐 나갈 힘은 충분하다네. 자네도 알다시피 나는 종교를 존중한다네. 종교가 지친 사람들에게는 지팡이가 되어 주고, 고통스럽게 죽어 가는 사람들에게는 소생할 힘을 길러 준다는 것도 나는 잘 알고 있네. 그런데 종교가 모든 사람에게 그렇게 할 수 있고 또 그래야만 하는 걸까? 이 넓은 세상을 생각해 보면 설교를 들었든 듣지 못했든 상관없이 종교의 영향을 받지 않았고, 또 앞으로도 그런 영향을 받지 못할 수많은

사람들을 보게 될 걸세. 그런데 내가 그런 종교의 효과를 얻을 수 있을까? 하나님의 아들조차 자기 주변에 몰려드는 사람들을 그의 아버지인 하나님이 보내 주신 것이라고 스스로 말하지 않는가? 그런데 내가 만약 그에게 보내진 사람이 아니라면? 내 마음이 나에게 말해 주듯, 하나님이 나를 당신 곁에 붙들어 두려 하신다면? 부디 이 말을 오해해서 받아들이지는 말게나. 이 사심 없는 말속에 조롱이 들어 있다고는 생각하지 말란 말이네. 이는 단지 내 심정을 그대로 드러내 보여 주는 것뿐일세. 그렇지 않았다면 나는 그냥 가만히 있으며 입을 열지 않았을 것이네. 나 역시 다른 사람들과 마찬가지로 아는 것이 별로 없는 문제들에 대해서는 가급적이면 말을 아끼고 싶기 때문이라네.

자기에게 주어진 한계를 견뎌 내면서 자신의 술잔을 끝까지 비우는 것이 인간의 운명이 아니겠는가? 하늘에 계신 하나님의 잔에 담긴 술이 인간 예수의 입술에도 쓰디쓴 것이라면, 왜 굳이 내가 허세를 부려 가며 달콤한 척 마셔야겠는가? 내 모든 존재가 삶과 죽음의 갈림길에서 바르르 떨고, 과거는 어두운 미래의 심연 위에서 번갯불처럼 번쩍이고, 그리고 나를 둘러싼 모든 것이 가라앉으며 나와 함께 세계가 멸망하는 이 끔찍한 순간에 왜 내가 무엇 때문에 주저하고 두려워해야 하는가? 이것은 내면의 힘이 고갈된 채 속수무책으로 추락해 가는 상황에서 아무리 기어오르려고 애를 써도 그것이 헛된 수고가 되어 버

리는 깊은 내면의 계곡에 빠진 채 "나의 하나님! 나의 하나님! 어찌하여 저를 버리시나이까?" 하고 울부짖고, 궁지에 몰린 인간의 목소리가 아닌가? 그리고 그렇게 내뱉은 말을 도대체 내가 왜 부끄러워해야 한다는 말인가? 마치 천으로 둘둘 말듯 하늘을 둥글게 말았다는 그분조차 피하지 못했던 순간을 왜 내가 두려워해야 하는가?

11월 21일

로테는 깨닫지도, 느끼지도 못하는 사이에 자신과 나를 파멸시킬 독약을 스스로 준비하고 있다네. 그런데도 나는 그녀가 나의 죽음을 위하여 내미는 술잔을 서슴없이, 오히려 즐거워하며 받아 마신다네. 그녀가 나를 자주 아니, 자주는 아니지만 이따금 보내는 그 다정한 눈빛, 나도 모르는 사이 기분 내키는 대로 아무 표정이나 지어도 그걸 받아 줄 때의 그녀의 배려심, 그리고 내 슬픔에 대한 연민이 드러나는 그녀의 얼굴빛은 대체 무엇을 의미한단 말인가!

어제는 내가 떠나려고 하는데 그녀가 내게 손을 내밀며 말했네.

"잘 가요, 사랑하는 베르테르!"

사랑하는 베르테르! 그녀가 나에게 '사랑하는'이라는 말을 한 것은 이번이 처음이었다네. 그 말이 내 뼈에 사무쳤다네. 나는 이 말을 수백 번도 더 되뇌어 보았다네. 어젯밤 잠자리에 들 때도 혼잣말로 중얼댄

끝에 "잘 자요, 사랑하는 베르테르!"라는 말이 튀어나왔네. 그러자 나는 이러고 있는 내 자신이 우스워서 도저히 웃지 않을 수 없었네.

11월 22일

나는 기도할 수 없다네. "그녀를 제게 맡겨 주십시오!" 하고 기도할 수는 없다네. 하지만 나는 때론 그녀가 내 사람이라는 생각이 든다네. "그녀를 제게 주십시오!" 하고 나는 기도할 수도 없네. 그녀는 다른 남자의 사람이니까. 나는 지금 나 자신의 괴로움을 가지고 계속해서 장난을 친다네. 이 놀이를 계속하다가는 온갖 대구들의 끝없는 기도들이 되풀이될 걸세.

11월 24일

그녀는 내가 무엇을 꾹꾹 참고 있는지, 내가 얼마나 괴로워하는지 잘 알고 있네. 오늘따라 그녀의 눈길은 내 마음속 깊은 곳까지 꿰뚫었다네. 그녀의 집에 찾아갔더니 그녀는 혼자 있더군. 나는 아무 말도 하지 않았고, 그녀는 나를 그저 바라만 보았네. 나는 이제 그녀에게서 단아한 아름다움이나 뛰어난 정신의 번득임 같은 것을 보려하지 않네. 그런 것들은 내 눈앞에서 사라져 버렸어. 나를 쳐다보는 그녀의 눈길은 훨씬 매력적인 것이었다네. 거기엔 진심에서 우러나오는 관심과

더없이 감미로운 연민으로 가득 차 있었네. 왜 나는 그녀의 발치에 쓰러지면 안 되는가? 왜 그녀를 끌어안고 수천 번의 키스로 답하면 안 된단 말인가?

그녀는 피아노가 있는 곳으로 슬그머니 몸을 피해 피아노를 연주하면서 달콤한 목소리로 속삭이듯 노래를 불렀네. 그녀의 입술이 그토록 매혹적으로 보인 것은 처음이었네. 그 입술은 피아노에서 흘러나오는 감미로운 소리를 빨아들이려는 듯 열려 있었네. 그리고 그 순결한 입에서는 나직한 반향(反響)만이 되울려 나오는 듯했네. 이 모습을 자네에게 그대로 전해 줄 수만 있다면 좋으련만!

나는 더 이상 견딜 수 없는 심정이 되어 고개를 숙여 맹세했다네.

'성스러운 입술이여, 하늘의 영이 감도는 저 입술에 결코 입을 맞추려 하지 않을 것이다.'

그럼에도 하고 싶으니 아아! 그런 생각이 내 영혼 앞에 장벽처럼 서 있다네. 이런 행복을 속죄하기 위해서라면 나는 파멸해 버린다 해도 죗값을 치를 것이네. 그러나 그것이 정녕 죄란 말인가?

11월 26일

가끔 나는 내 자신에게 이렇게 말한다네.

"너의 운명은 유례가 없을 정도로 이 세상에서 하나뿐이라 할 수 있

다. 다른 사람들을 행복하다고 칭송해도 좋다. 지금껏 이토록 고통을 받은 자는 세상에 없었으니.”

그러고는 옛 시인의 시를 읽는다네. 그러면 마치 내 자신의 마음을 들여다보는 것 같다네. 나는 그토록 숱한 고통을 견뎌 내야 하네! 아, 이 세상에 일찍이 나보다 더 불행한 사람이 존재했을까?

11월 30일

나는 아무래도 내 자신을 찾지 못할 것 같네. 도무지 평상심을 회복할 수가 없어! 어디를 가든 나를 당혹스럽게 하는 일에만 부딪힌다네. 오늘만 해도 그랬지! 아, 운명이여! 아, 인간이여!

나는 오늘 점심 무렵 개울가를 따라 산책을 하고 있었네. 점심을 먹고 싶은 생각은 전혀 없었어. 모든 것이 황량하게만 느껴졌고 차갑고 축축한 저녁 바람이 불어왔네. 그리고 잿빛 비구름이 골짜기를 향해 몰려들었지.

그때 멀리서 초록빛의 남루한 옷차림을 한 사내를 보았네. 그는 암벽 사이를 기어 다니며 약초라도 찾는 듯 보였어. 내가 다가가자 발소리를 들었는지 그가 얼굴을 돌렸는데 그 인상이 내 흥미를 끌었다네. 얼굴 전체에 잔잔한 슬픔이 배어 있었지만 그 밖에는 정직하고 선량할 것 같은 천성이 엿보였다네. 검은 머리는 두 가닥으로 말아서 핀을

꽂았고, 나머지 머리카락은 굵게 땋아 묶어서 등 뒤로 드리우고 있었네. 그의 차림새로 보아 신분이 낮아 보였으므로 그에게 뭘 하고 있는지에 대해 물어보아도 언짢게 여기지 않을 것 같았네. 그래서 나는 그에게 무엇을 찾고 있느냐고 물어보았네.

"꽃을 찾고 있습니다."

그는 이렇게 말하고는 깊은 한숨을 내쉬더군. 그러더니 계속 말을 이었다네.

"그런데 한 송이도 찾을 수가 없네요."

"그야 제철이 아니니까 그럴 수밖에요."

나는 웃으면서 말했네.

"꽃에도 여러 종류가 있지요. 꽃은 얼마든지 많이 있습니다."

그는 내가 있는 곳으로 성큼 내려오면서 이렇게 말했네.

"우리 집 정원에는 장미와 인동덩굴 이렇게 두 종류가 있습니다. 그중 하나는 아버지가 주셨는데 둘 다 잡초처럼 무성하게 자랐습니다. 저는 벌써 이틀째 그 꽃들을 찾아다니고 있는데 도통 눈에 띄지 않습니다. 저 바깥에도 꽃은 늘 피어 있답니다. 노란 꽃, 파란 꽃, 붉은 꽃 등 가지각색의 꽃들이지요. 그리고 용담초꽃도 무척 아름답답니다. 그런데 전혀 찾을 수가 없군요."

나는 어쩐지 섬뜩한 기분이 들어 슬쩍 물어보았네.

"꽃은 무엇에 쓰려고 하십니까?"

그의 얼굴은 묘하게 실룩대며 이상한 웃음을 지으며 대답했네.

"이건 다른 누구에게도 이야기하면 안 됩니다."

그는 손가락을 입술에 갖다 대었네.

"저는 애인에게 꽃다발을 주기로 약속했습니다."

"그것 참 근사한 일이군요."

나는 말했네.

"그녀에게는 다른 물건도 많습니다. 부자거든요."

"그래도 당신이 주는 꽃다발을 아주 마음에 들어 할 겁니다."

"오!"

그가 계속 말했네.

"그녀는 보석과 왕관도 가지고 있습니다."

"그런데 그녀의 이름이 무엇인가요?"

"네덜란드 정부가 내 돈을 떼먹지만 않았더라면!"

갑자기 그가 엉뚱한 말을 했네.

"내가 이런 꼴이 되지는 않았을 거예요. 그래요. 내가 지금은 이렇게 보여도 좋은 때가 있었지요. 하지만 이젠 틀렸어요. 이제 나는……."

하늘을 올려다보는 그의 눈은 촉촉이 젖어 있었고 그것이 모든 것을 말해 주었네.

"예전에는 무척 행복하셨군요?"

내가 물었지.

"네, 다시 한 번 그 시절로 돌아갔으면 좋겠어요. 그때는 물속의 고기처럼 한없이 행복하고 즐겁고 신바람이 났었거든요"

"하인리히!"

그때 한 노부인이 길을 따라 우리 쪽으로 다가오면서 소리쳤네.

"하인리히, 대체 어디 있었니? 사방을 찾아 헤맸잖니. 어서, 밥 먹으러 가자."

"아드님이신가요?"

그녀 쪽으로 다가가며 내가 물었네.

"맞아요, 불쌍한 내 아들이지요!"

그녀가 대답했네.

"하나님께서는 제 어깨에 무거운 십자가를 지워 주셨지요."

"저렇게 된 지 얼마나 된 것인가요?"

내가 물었네.

"저렇게 얌전해진 지는 반년쯤 되었답니다."

그녀가 대답했네.

"그래도 그만한 게 다행이지요. 전에는 1년 내내 미쳐서 날뛰었거든요. 정신 병원에 들어가 사슬에 묶여 지내야 했답니다. 지금은 그 누구

에게도 해를 끼치지 않아요. 다만 허구한 날 자나 깨나 왕이나 황제들 이야기만 하지요. 원래는 착하고 온순한 아이였어요. 집안 살림도 거들어 주고, 글씨도 참 잘 썼답니다. 그런데 어느 날 갑자기 우울증 증세를 보이며 지독한 열병을 앓았어요. 열병을 앓고 나자 그만 미쳐 버리고 말더군요. 그리고 지금은 당신이 보는 것처럼 이렇게 된 것입니다. 이런 일을 다 말씀드리자면, 선생님…….”

나는 줄기차게 쏟아져 나오는 그녀의 말을 막으려 다음과 같은 질문을 했다네.

“아드님께서는 자신이 행복하고 좋았다고 자랑하던 시기가 있던데, 그것은 언제를 말하는 건가요?”

“바보 같은 녀석!”

노부인은 동정 어린 미소를 지으며 말하더군.

“한참 정신이 나가 있을 때를 말한답니다. 그걸 언제나 자랑 삼아 이야기하고는 해요. 정신 병원에 있을 때여서 자기 자신에 대해 아무것도 모르던 시절의 이야기지요.”

그녀의 그 말이 천둥처럼 내 마음을 울렸네. 나는 그녀의 손에 약간의 돈을 쥐어 주고는 서둘러 그곳을 떠났네.

나는 시내를 향해 잰걸음으로 걸어가면서 한바탕 소리쳤네.

그때가 넌 행복했다고! 그때 너는 물 만난 물고기처럼 행복했다고!

하늘에 계신 하나님! 당신은 인간의 운명을 왜 이렇게 만들어 놓으신 건가요! 이성을 갖기 전이나 이성을 다시 잃어버린 후가 아니면 우리 인간이 행복을 느끼지 못하도록 말입니다.

불행한 사람아! 하지만 나는 자네의 그 우울증과 자네를 잠식해 들어가는 그 정신 착란이 오히려 부럽다네. 자네는 기대감에 잔뜩 부풀어 한겨울에도 밖으로 나가 자네의 여왕에게 꽃을 꺾으러 다니질 않는가. 꽃을 찾지 못하면 슬퍼하면서도 정작 그 이유는 모르지. 그런데 나는, 나는 아무런 기대도 희망도 목적도 없이 밖으로 나갔다가, 나갔을 때와 별 다를 것 없는 모습으로 그대로 집에 돌아온다네. 자네는 네덜란드 정부에서 자네에게 돈을 지불해 주었더라면 자신이 어떤 사람이 되었을지 엉뚱하게나마 상상하지. 자신이 행복해질 수 없는 이유를 세상의 장애물 탓으로 돌릴 줄 아는 자넨 축복받은 사람이네! 자네는 느끼지 못하겠지. 산산이 부서진 마음속에, 자네의 부서진 정신 속에 자네의 불행이 자리하고 있음을 자네는 느끼지 못하겠지. 자네의 그 불행은 세상의 어떤 왕이라도 도와줄 수 없음을 깨닫지 못하겠지.

자신들의 병을 오히려 악화시키고 여생을 더 고통스럽게 만들지도 모를 머나먼 우물을 향해 여행하는 환자들을 비웃는 인간이나, 양심의 가책에서 벗어나고 마음의 번뇌를 떨쳐 버리기 위하여 그리스도의 무덤을 향해 고난의 순례를 떠나는 영혼들을 멸시하는 자는 비참한

최후를 맛보아야 하네.

아무도 간 적 없는 길을 걷다가 발바닥에 상처를 입어도 그 한 걸음 한 걸음은 괴로움에 시달리는 영혼을 위한 한 방울의 진통제가 될 걸세. 그리고 하루하루의 고행을 끝까지 견뎌 낸 만큼 마음속 고통도 가라앉는다네.

그런데도 당신들이, 편한 소파에 앉아서 글이나 끼적대며 사전이나 뒤적이는 탁상 공론가들이 감히 그것을 망상이라 부를 텐가! 망상! 오, 하나님 당신은 이 눈물이 보이시지요! 당신은 이 세상의 모든 존재들 중 인간을 그토록 가련한 존재로 창조하시고는 그것도 모자라 그에게서 얼마 되지 않는 가난과 당신을 향한 얼마 안 되는 믿음마저 앗아 갈 형제들까지 만들어 놓으셔야 했나요! 바로 당신을 향해 품은 그의 신뢰마저도 말입니다!

만물을 사랑하는 분이시여! 나무뿌리의 치유력이나 포도즙이 지닌 효험을 신뢰하는 것은 바로 당신에 대한 신뢰입니다. 우리를 둘러싸고 있는 만물에 우리가 수시로 필요로 하는 치유와 진정의 힘을 심어 놓으신 바로 당신에 대한 신뢰입니다!

제가 알지 못하는 아버지시여! 지난날에는 제 영혼을 가득 채워 주시더니 지금은 제게서 얼굴을 돌려 버리신 아버지시여, 저를 당신 곁으로 불러 주십시오! 더 이상 침묵만 지키고 있지 마세요! 당신의 침

묵은 이 목마른 영혼을 견딜 수 없게 합니다. 도대체 어느 아버지가 예기치 않게 다시 돌아온 아들이 자신의 목을 껴안으면서 이렇게 외치는데 화를 낼 인간이, 괘씸하게 여길 아버지가 있을까요.

"제가 돌아왔습니다, 아버지. 아버지의 뜻에 따라 더 오래 참고 견뎌 냈어야 할 여행을 중간에 멈추고 돌아왔다고 해서 너무 노여워하지 마십시오. 세상은 어디를 가나 똑같습니다. 수고와 노동이 있어야 보수와 기쁨이 있습니다. 하지만 그런 것이 제게 무슨 의미가 있단 말입니까? 저는 오직 아버지가 계신 곳에서만 행복할 수 있습니다. 저는 이곳 아버지 앞에서 괴로움이든 즐거움이든 함께하고 싶습니다."

하늘에 계신 아버지, 이런 아들을 부디 물리치지 마옵소서.

12월 1일

빌헬름. 내가 지난번에 자네에게 편지에서 언급했던 그 행복하고도 불행한 남자는 로테의 아버지 밑에서 일했던 서기였다네. 그 남자를 미치게 만든 것은 로테를 향한 마음이었어. 그 사람은 그녀를 남몰래 흠모해 오다가 마침내 그 마음을 털어놓았는데, 그 바람에 직장에서 해고당했고 급기야는 미쳐 버렸던 거야. 지금 내가 쓰고 있는 메마른 몇 마디 글만으로도 이 이야기가 나에게 얼마나 큰 충격을 주었을지 느낄 수 있기를 바라네. 알베르트는 나에게 그 이야기를 차분하게

들려주었는데, 아마 자네도 이 편지를 태연하게 읽고 있겠지.

12월 4일

나도 어쩔 도리가 없네. 여보게, 부탁이네만 제발 나를 이해해 주게. 더 이상 참을 수가 없단 말일세!

오늘 나는 그녀와 함께 앉아 있었네. 나는 그저 앉아 있었고, 그녀는 피아노를 연주했지. 여러 곡을, 그것도 자신의 모든 감정을 담아 아주 표현력 넘치게 말일세! 정말이지 전부! 전부를 말이야! 자네가 원하는 감정까지도 말이야!

그녀의 어린 여동생은 내 무릎 위에 앉아서 인형의 옷을 입혀 주고 있었네. 내 눈에 순간 눈물이 고여 버렸어. 그래서 고개를 약간 수그렸지. 그러자 그녀의 결혼반지가 눈에 띄었고 눈물이 솟구쳐 오르더군. 그런데 그때 그녀가 갑자기 달콤하기 그지없는 옛 멜로디를 연주하기 시작했다네. 아주 갑자기 말이야. 내 마음속에 위안과 지난날의 추억이 가득 차올랐네. 이 노래를 즐겨 들었던 그때의 기억들, 로테의 곁을 떠나 우울하고 어두컴컴했던 날들에 대한 생각, 그리고 결국 빗나가 버린 나의 희망의 기억들 말일세. 나는 방 안을 이리저리 서성였지만 내 마음은 밀려오는 격렬한 감정 때문에 숨이 막힐 지경이었네.

"제발."

나는 치밀어 오르는 감정을 억누르지 못하고 그녀 쪽으로 달려가며 말했네.

"제발 그만 멈추시오!"

그녀는 연주를 멈추고 내 얼굴을 한참이나 바라보았다네.

"베르테르."

그녀는 미소를 지어 보이며 나에게 말했어. 그 미소는 내 영혼을 꿰뚫어 보듯 내 영혼 깊숙한 곳까지 스며들었네.

"베르테르, 당신 몸이 너무 안 좋아 보여요. 평소에 그렇게도 좋아하던 곡인데 마다하는 걸 보니 말이에요. 당신 요새 좋아하는 음식도 잘 소화시키지 못했잖아요. 그만 집으로 돌아가는 게 좋겠어요! 부탁이에요. 제발 안정을 취하도록 하세요."

나는 그녀의 손길을 뿌리치고 나왔네. 하나님! 내 고통이 어떤지 당신은 모든 것을 헤아리실 테죠. 그렇다면 이제 나의 고통에 종지부를 찍어 주십시오.

12월 6일

내가 어디를 가든 그녀의 모습이 나를 따라다닌다네. 내가 잠들어 있거나 깨어 있거나 그녀의 모습은 내 영혼을 온통 사로잡는다네! 두 눈을 감으면 여기, 마음의 눈이 눈을 뜨는 여기 머릿속에 그녀의 검은

눈동자가 어른거린다네. 바로 여기지! 그걸 어떻게 설명해야 할지 모르겠군. 내가 눈을 감는 순간 그녀의 모습이 나타난다네. 마치 바다처럼, 심연과도 같은 그녀의 눈동자는 내 앞에, 내 안에 자리를 잡고 나의 머릿속을 가득 채워 버린다네.

반신(半神)이라고 일컫는 인간이란 도대체 무엇일까! 자신이 가장 힘을 써야 할 순간에 정작 쓸 수 있는 힘이 남아 있지 않으니 이건 도대체 무슨 경우란 말인가? 날아갈 듯 기쁨에 겨울 때든 슬픔에 깊이 잠겨 있을 때든 인간은 그 감정을 충실히 참아 내질 못하네. 무한한 충만함 속으로 한껏 녹아들어 가기를 갈망하는 그 순간에도 인간이란 발목이 잡혀 차디찬 의식 속으로 다시 끌려오지 않는가.

편집자가 독자에게

나는 우리의 친구 베르테르의 주목할 만한 그 마지막 며칠과 관련해 자신이 직접 작성한 유고들이 가능한 많이 남아 있기를 내심 바랐습니다. 그래야만 애써 나의 설명을 끼워 넣으면서까지 그가 남긴 편지의 맥을 끊지 않아도 될 테니까요.

나는 그와 관련한 개인적인 일을 잘 알 만한 사람들의 입을 통해 정확한 정보를 수집하기 위해 노력했습니다. 그리고 그와 관련된 이야기들은 그리 복잡하지 않았습니다. 몇몇 사소한 부분을 제외하고는 거의 모든 설명들이 대동소이했습니다. 단지 베르테르와 관련한 이야기에 등장하는 사람들의 성격에 대해서는, 사람들의 의견이 서로 달랐고 평가도 다양했습니다.

그러므로 이제 우리에게 남은 방법은 여러 경로를 통해 각고의 노력으로 얻어 낸 사실들을 성실하게 이야기하고, 고인이 남긴 편지들을 삽입하고, 또 그동안 발견한 것은 사소한 쪽지라도 소홀히 하지 않는 것입니다. 왜냐하면 특히 평범하지 않은 사람의 경우 그 사람이 어떤 특정한 행동을 했을 때 그 행위의 본질적이고 진정한 동기를 찾아내기란 매우 어려운 일이기 때문입니다.

베르테르의 마음속에서는 불만과 슬픔이 갈수록 깊이 뿌리를 내리게 되었습니다. 결국 그 두 감정은 서로 얽히고설켜 그의 존재를 송두리째 흔들어 버렸고, 그의 정신적 조화는 완전히 깨져 버렸습니다. 마

음속의 흥분과 격정은 그가 가진 본성의 모든 힘을 뒤죽박죽 엉망으로 만들어 버려 가장 최악의 결과를 낳았으며 결국 이 모든 것은 그를 탈진 상태에 빠지게 만들었습니다.

그는 이 상태에서 빠져나오기 위한 과정에서 과거부터 지금까지 그 어떠한 불행과 싸웠을 때보다 더 처절하고 비장한 각오로 애써야 했습니다. 게다가 그의 마음속 불안은 그에게 남아 있는 날카로운 통찰력은 물론 정신력과 활력까지 잠식해 버렸습니다. 그는 타인과 함께할 때도 우울한 사람이 되어 갔으며 갈수록 불행해졌고, 불행해지면 불행해질수록 그만큼 더 타인에게도 그릇된 행동을 하게 되었습니다. 알베르트의 친구들은 그렇게 말하고 있습니다. 그들의 말에 따르면 알베르트는 순수하고 차분한 사람이며, 오랫동안 소망하고 있던 행복을 마침내 손에 쥐었고 이렇게 얻은 행복을 앞으로도 계속 잘 유지하려 노력하는 사람이라는 것입니다. 이에 반해 베르테르는 거의 매일 자신의 에너지를 낭비하고, 밤이 되면 비참함 속에서 괴로워하는 인간이었다는 것입니다. 이런 베르테르가 알베르트를 제대로 평가하기란 어려운 일이었다는 것이 그들의 주장이었습니다.

그들은 또한 이렇게 말했습니다. 알베르트는 그처럼 짧은 시간 동안 변해 버릴 사람이 아니며, 베르테르가 알베르트를 처음 만났을 때 그토록 존중하고 높이 평가했던 그 모습 그대로의 인간이라고 했습니

다. 알베르트는 로테를 그 누구보다 사랑했고 그녀를 자랑스러워했으며 누구에게나 로테가 세상에서 가장 훌륭한 여인으로 인정받는 모습을 보고 싶어 했다는 겁니다.

그런 알베르트가 조그만 의심의 기미를 보이지 않았다고 해서, 그리고 그 시점에서 그의 가장 소중한 보물을 아무리 순진한 방법이라고 해도 그 누구와도 공유하고 싶어 하지 않았다고 해서 그를 비난할 수 있을까요? 알베르트의 친구들은 이렇게 진술하고 있습니다. 알베르트는 베르테르가 로테와 함께 있을 때면 종종 그녀의 방에서 나와 버리고는 했는데, 그것은 친구를 증오하거나 혐오해서가 아니라 자신이 그곳에 함께 있으면 베르테르가 불편해할까 봐 그랬다는 것입니다.

로테의 아버지는 몸이 많이 좋지 않아 방 안에서 꼼짝할 수 없었습니다. 그래서 그는 마차를 보내 로테를 불렀고 그녀는 그 마차를 타고 아버지에게로 향했습니다. 어마어마하게 많이 내린 첫눈이 온 마을을 뒤덮은 눈부신 겨울날이었지요.

베르테르는 다음 날 아침 그녀의 뒤를 따라나섰습니다. 알베르트가 데리러 오지 않으면 자신이 그녀를 집까지 데려올 생각이었습니다.

날씨는 매우 화창했지만 베르테르의 울적한 기분은 나아지지 않았습니다. 가슴에는 뭔가 묵직한 것이 걸린 듯 먹먹했고 머릿속에는 슬픈 영상들이 자리를 잡은 지 오래였습니다. 그리고 그의 마음은 괴로

운 상념에서 또 다른 고통스러운 생각으로 옮겨 갈 뿐이었습니다.

그렇게 늘 자기 자신과 불화하며 살아온 베르테르에게는 다른 사람들의 상태도 불안하고 혼란스러워 보였습니다. 그는 알베르트와 로테의 아름다운 관계도 자신이 깨뜨렸다는 생각에 스스로를 책망했습니다. 그렇지만 그런 자책 속에는 그녀의 남편에 대한 은밀한 반감도 어느 정도 섞여 있었습니다. 그의 생각은 온통 길을 가는 와중에도 그 불만에 쏠려 있었습니다.

"그래, 맞아. 그렇고말고."

그는 남몰래 이를 갈면서 혼잣말을 중얼거렸습니다.

"흥, 이것이 친절하고 부드러운 마음씨가 깃든, 모든 것을 함께 나누는 성실한 애정이란 말인가! 그래, 무엇에나 관심을 보이는 척하고 절대 마음이 변하지 않을 것처럼 행동하지! 그건 오히려 권태와 무관심의 표현이란 말이다! 그 친구는 소중하고 아름다운 자신의 아내보다 온갖 시시콜콜하고 하찮은 일에 더 마음이 쏠려 있어. 그가 자신의 행복이 얼마나 값진 것인지 알기나 할까? 자신의 아내에게 맞는 존중을 표현할 줄이나 알겠어? 그래, 좋아. 그녀는 그의 것이야. 그의 소유지. 너무나 잘 알고 있는 사실이야. 나는 이미 그런 생각에 익숙해져 있어. 하지만 그 생각이 나를 미치게 만들고 죽일 것만 같아. 과연 나에 대한 그의 우정은 계속되어 온 것일까? 그는 내가 로테에게 보이

는 애정을 보고 자신의 권리를 침해하는 것으로 생각하지는 않을까? 그리고 그녀에 대한 나의 관심을 두고 자신을 향한 암묵적인 비난이라고 받아들이지는 않을까? 나는 잘 알아. 다 느끼고 있다고. 그는 내가 나타나는 걸 달가워하지 않아. 내가 멀리 떠나기를 바라는 거지. 내가 있는 것이 그는 신경 쓰이는 거야."

몇 번이고 베르테르는 빠르게 걷던 걸음을 멈추고 가만히 그 자리에 서 있었습니다. 그 모양이 꼭 발길을 돌려 오던 길을 되돌아가고 싶어 하는 듯했지요. 하지만 그는 그때마다 다시 앞으로 걸음을 내디뎠습니다. 그는 생각에 잠겨 혼잣말을 하면서 어느덧 수렵관에 도착했습니다.

그는 문 안으로 들어서면서 로테의 아버지와 로테의 안부를 물었습니다. 그런데 어딘가 모르게 집 안이 좀 소란스러웠습니다. 맏이가 와서 말하기를 저쪽 발하임에서 불상사가 생겼는데 농부 하나가 살해되었다는 것이었습니다. 그러나 맏이의 말은 베르테르의 마음을 별로 움직이지 못했습니다.

베르테르는 방에 들어섰을 때 로테가 노인을 설득하느라 여념이 없는 것을 보았습니다. 노인은 몸이 편찮은데도 불구하고 그 현장에 가서 사건을 직접 조사하겠다고 고집을 부리고 있었습니다. 범인은 아직 밝혀지지 않은 상태였고, 피살당한 사람은 그날 아침 그 집 대문

앞에서 발견되었습니다. 다만 이런 추측만 나와 있는 정도였는데, 그 피살자는 어느 과부의 하인이라는 것이었습니다. 그 과부는 전에는 다른 하인을 고용했었는데, 그 하인은 그 집에서의 불화로 쫓겨났다는 것이었습니다.

베르테르는 그 이야기를 듣자마자 자리를 박차고 일어났습니다.

"그럴 가능성이 있겠어!"

그는 소리쳤습니다.

"그곳으로 가 봐야겠어요. 잠시도 머뭇거릴 시간이 없어요."

베르테르는 서둘러 발하임을 향해 발걸음을 재촉했습니다. 온갖 기억들이 생생히 되살아났습니다. 베르테르는 그동안 여러 번 만나 이야기했고 소중하게 생각했던 그 사내가 범행을 저질렀음을 조금도 의심치 않았던 것입니다.

시신이 있다는 주막으로 가려면 보리수들을 통과해야 했습니다. 전에는 그토록 사랑했던 그 장소가 이제는 섬뜩한 장소로 변하고 말았습니다. 예전에는 이웃 아이들이 그토록 자주 와서 놀았던 문턱이 피로 물들어 있었습니다. 사랑과 신뢰라는 가장 아름다운 인간의 감정이 폭력과 살인으로 바뀌고 말았던 것입니다. 아름드리나무들은 나뭇잎이 다 떨어진 모습으로 서리에 덮여 있었고, 교회 뜰의 낮은 담장을 감싸고 있던 아름다운 덤불의 잎도 모두 떨어져서 그 틈 사이로 눈에

덮인 묘비들이 내다보였습니다.

그는 온 마을 사람들이 모여 있는 주막 앞으로 발걸음을 옮기고 있는데, 갑자기 비명 소리가 들리며 한바탕 소동이 벌어졌습니다. 저 멀리서 한 무리의 무장한 사람들이 보였는데, 사람들은 그들이 범인을 잡아서 끌고 오고 있다고 소리쳤습니다. 베르테르는 사람들이 말하는 쪽으로 고개를 돌려 바라보았습니다. 모든 것은 더 이상 의심의 여지가 없었습니다. 맞았습니다. 범인은 바로 그 과부를 몹시도 사랑했던 하인이었습니다. 얼마 전에 베르테르가 만났던, 마음속에 남몰래 분노와 절망을 삭이고 떠돌아다니던 바로 그 사내였습니다.

"도대체 이 무슨 짓이란 말인가. 이 불행한 사람아!"

베르테르는 붙잡혀 온 사내 쪽으로 다가서며 소리쳤습니다. 그 사내는 베르테르를 조용히 바라보며 아무 말도 하지 않더니, 이윽고 침착하게 대답했습니다.

"그 누구도 그녀에게 손댈 수 없어요. 그녀 역시 어떤 남자와도 함께 살 수 없을 겁니다."

사람들은 그 사내를 주막 안으로 데리고 들어갔고, 베르테르는 급히 그곳을 떠났습니다.

이 처절하고 충격적인 사건을 본 그는 너무 놀라 마음속에 담아 두고 있던 모든 것이 송두리째 흔들릴 수밖에 없었습니다. 그는 잠시나

마 자신의 슬픔과 불만, 냉소적인 체념 따위에서 벗어날 수 있었습니다. 그 사내를 향한 밀려오는 동정심을 주체할 수 없었고, 그 사람을 구하고 싶다는 생각에 온통 사로잡혔습니다. 베르테르는 그 사내가 불행한 사람이라는 생각이 들었습니다. 물론 그가 범인이기는 하지만 죄가 없다는 생각이 들었던 것입니다. 베르테르는 그의 입장이 되어 깊이 생각해 보고 다른 사람들에게도 그의 무고함을 이해시킬 수 있을 것이라 확신했습니다. 그는 그 사내를 위해 변호를 맡고 싶었으며 어느새 호소력 짙은 변론이 입 밖으로 새어 나왔습니다. 그는 수렵관을 향해 발걸음을 재촉하면서도 행정관 앞에서 자신이 진술하려는 생각을 나지막하게 소리 내어 말하지 않을 수 없었습니다.

방에는 알베르트가 와 있었습니다. 베르테르는 그 모습을 보고 잠시 기분이 언짢았습니다. 하지만 그는 곧 평정을 되찾고 행정관을 향해 자신의 견해를 열의를 다해 피력했습니다. 행정관은 베르테르의 의견을 듣고 머리를 수차례 내저었습니다. 베르테르는 사내를 변호하기 위해 자신의 열의와 정열을 기울여 정직하게 할 수 있는 모든 말을 다 했지만 행정관은 그의 말에 조금도 흔들리는 기색이 없었습니다. 오히려 그는 베르테르의 발언을 끝까지 듣지 않고 가로막는가 하면 강하게 반박하고 살인범을 비호하려 한다고 비난까지 했습니다. 행정관은 그런 식으로 하다가는 모든 법이 무용지물이 되고 국가의 안녕

은 모두 깨져 치안 부재 상태가 될 것이라고 말했습니다. 그러면서 자신은 이런 경우에 최고 책임자로서 모든 일을 규정과 절차에 따라 처리하는 것 외에는 달리 방법이 없다고 말했습니다.

베르테르는 이런 그의 말에도 물러서지 않고 그 사내가 도망칠 수 있도록 했을 경우 부디 눈감아 달라고 부탁했습니다. 행정관은 그 부탁마저도 거절했습니다. 마침내 그들의 대화에 끼어들게 된 알베르트도 그 늙은 행정관의 편을 들었습니다. 베르테르는 다수결에서도 물러설 수밖에 없었습니다.

"그건 안 되는 일이네. 그자의 목숨을 구할 방법이 없어!"

행정관이 몇 번이고 말하자 베르테르는 감당할 수 없는 끔찍한 번뇌를 안고 길을 떠났습니다.

이 말이 그에게 얼마나 큰 상처를 주고 마음에 깊이 새겨졌는지는 그의 서류 뭉치 중에 섞여 있던 한 장의 쪽지를 통해 알 수 있습니다. 이 쪽지는 같은 날 쓰인 것이 분명합니다.

자넨 구원받을 수 없네, 이 불행한 사람아! 우리 모두가 구제되지 못할 것이라는 사실을 나는 잘 알고 있네.

알베르트가 행정관 앞에서 범인과 관련해 말했던 마지막 의견은 베

르테르의 기분을 몹시 상하게 만들었습니다. 그 말속에는 은근히 자신을 겨냥한 몇몇 과민한 반응들이 들어 있다고 느꼈기 때문입니다. 조금만 더 곰곰이 생각해 봤다면 그 총명한 머리로 두 남자의 이야기가 옳다는 것을 모를 리 없었지만, 그걸 시인하고 인정했다가는 그의 가장 깊은 내면의 본질을 부정하는 결과가 만들어지지 않을까 두려웠던 것입니다.

우리는 이 일과 관련된 짧은 메모 하나를 그의 서류들 틈에서 찾아냈습니다. 이것은 어쩌면 알베르트와 그의 관계를 적나라하게 밝혀 줄 수 있을 것일지도 모릅니다.

그 사람이 점잖고 훌륭하며 선량한 사람이라고 속으로 몇 번이고 되뇐들 이것이 다 무슨 소용이겠는가. 이 사실을 생각하면 내 내장은 모두 끊어지는 것 같다. 나는 공정해질 수가 없다.

날씨도 풀리기 시작해 온화한 저녁이었습니다. 로테는 알베르트와 함께 걸어서 돌아가기로 했습니다. 도중에 그녀는 주위를 이리저리 둘러보았는데, 베르테르가 없는 것을 무척 아쉬워하는 것 같았습니다. 알베르트는 베르테르의 이야기를 꺼내면서 그의 판단이 공정하지 못하다고 꼬집었습니다. 그러나 베르테르의 불행한 열정도 충분히 이

해하고 있기 때문에 가능하다면 그와 거리를 두었으면 좋겠다고 말했습니다.

"우리를 위해서도 그렇게 하는 것이 바람직하다고 생각해요. 그래서 당신에게 부탁하는 건데……."

그가 말했습니다.

"당신이 신경을 좀 써서 베르테르가 당신에 대한 태도를 좀 바꿀 수 있었으면 좋겠소. 그리고 그가 너무 자주 방문하는 것도 삼갔으면 좋겠고. 우리들에게 사람들의 이목이 쏠리고 있어요. 여기저기서 수군대는 소리도 들린다오."

이 말을 들으며 로테는 아무 말도 하지 않았는데, 알베르트는 그녀의 침묵이 마음에 걸린 것 같았습니다. 적어도 그때부터는 로테에게 베르테르에 관한 어떤 이야기도 꺼내지 않았습니다. 그리고 행여 로테가 베르테르의 이야기를 꺼내도 그는 잠자코 있거나 대화를 중단시켰고, 화제를 다른 방향으로 돌리고는 했습니다.

그 불행한 사내를 구하려고 애써 기울인 베르테르의 헛된 노력은 꺼져 가던 촛불의 불길이 마지막으로 활활 타오르는 것과 같은 것이었습니다. 이때부터 베르테르는 한층 더 깊은 고통과 무력감 속으로 떨어지고 말았습니다. 게다가 그 사내는 이제 와서 범행을 부인하는 상황이었기 때문에, 자신이 그 사내의 반대 증인으로 소환될지도 모

른다는 소리를 듣고는 거의 미칠 지경이 되었습니다.

지난날 그가 현실에서 맛본 모든 불쾌한 일들, 공사관에서 근무할 때 겪었던 굴욕적인 일들, 실패했거나 그의 마음을 아프게 했던 모든 일들이 그의 마음속을 휘저었다가 다시 사라지고는 했습니다. 이 모든 일들이 그가 아무 일도 하지 않는 것을 정당화해 주는 것 같았습니다. 그는 앞날에 대한 모든 희망에서 단절되어 버린 듯했으며, 남들처럼 일상적인 생활을 하려 해도 스스로 동기를 부여하지 못했습니다. 그래서 그는 끝내 자신의 남다른 감수성과 사고방식, 끝없는 열정에 모든 것을 맡기고, 사랑하는 여인과의 단조롭고 슬픈 만남을 지속하고자 했습니다. 자신 때문에 그녀의 안정된 삶과 마음의 평화가 깨진다 해도 말입니다. 결국 아무런 목적도, 목표도 없는 일에 자신의 모든 힘을 소모하면서 점점 더 슬픈 종말을 향해 가까이 다가가고 있었던 것입니다.

이제 다시 그가 남긴 몇 통의 편지를 소개하고자 합니다. 그의 정신적 혼란과 열정, 끝없는 추진력과 노력, 삶의 권태 등에 대해서 가장 확실한 증거가 될 것이기 때문입니다.

12월 12일

사랑하는 나의 친구, 빌헬름. 나는 지금 악령에 사로잡혀 시달린다

고 여기는 불행한 사람들과 같은 그 상태에 처해 있다네. 이따금 나를 옥죄어 오는 것은 불안도 아니고 욕망도 아니라네. 그것은 내 가슴을 쥐어뜯고 목을 죄려 한다네. 내 속의 알 수 없는 미칠 듯한 충동일세. 고통스러워! 정말 견디기 어렵다네! 그럴 때면 나는 더 이상 그 자리에 있지 못하고 이 끔찍한 계절의 을씨년스러운 밤 풍경 속을 헤매곤 한다네.

어젯밤에도 나는 밖으로 나가지 않을 수 없었다네. 갑자기 해빙기로 접어들면서 강물이 제방 위로 넘치고 시냇물들이 모두 불어나 발하임에서부터 시작해 내가 좋아하는 아래쪽 계곡에 이르기까지 온통 물에 잠겼다는 말을 들었네! 나는 밤 11시가 넘어서 밖으로 뛰쳐나갔다네. 그러고는 바위 위에 서서 저 아래로 거센 물줄기가 달빛을 받으며 소용돌이치는 광경을 바라보았어. 정말 끔찍한 광경이었네. 물은 어느새 밭과 목장, 산울타리까지 모든 것을 삼켜 버렸어. 그 넓은 계곡이 온통 위아래 할 것 없이 요동치는 거친 바다로 변해 있었네! 그러다 검은 구름 속에 가려 있던 달이 얼굴을 내밀자 끝없이 일렁이던 물바다가 내 앞에서 섬뜩하리만치 달빛을 반사하면서 요란하고 무서운 물소리를 울려 대며 흘러갔네. 순간 왠지 모를 전율과 그리움이 나를 엄습했다네! 나는 양팔을 활짝 벌리고 심연을 향해 서서 심호흡을 했다네.

'뛰어내려! 아래로! 저 아래로!'

나의 고통과 번민이 저 아래로 휩쓸려 떠내려가는 희열에 숨이 가빠 왔네. 저 물결들처럼 저 아래로 쏜살같이 흘러가거라! 그러나 오! 너는 네가 서 있는 바닥에서 발을 떼어 내어 모든 고통을 끝내지 못하는구나! 나는 나의 시간이 끝나지 않았음을 느낀다네! 오, 빌헬름! 나 정말로 저 폭풍우가 되어 구름을 갈기갈기 찢어 버리고, 이 두 손으로 강물을 낚아챌 수만 있다면 이 한목숨이라도 바칠 수 있다네! 아아! 어쩌면 감옥에 갇혀버린 이 영혼도 언젠가 그런 환희를 맛볼 수 있지 않을까?

무더웠던 어느 여름날 산책을 하며 로테와 함께 잠시 앉아 쉬던 그 버드나무가 있는 아담한 장소를 찾아보려 했으나 그곳 또한 물에 잠겨 버드나무의 흔적조차 찾아볼 수 없었다네. 내 마음이 얼마나 아프던지! 오, 빌헬름! 그렇다면 그녀가 사는 초원은? 나는 문득 그녀의 수렵관은 어찌되었을지 생각에 잠겼네. 우리의 정자도 저 거친 격류로 인해 모든 것이 망가져 버렸겠지! 그리고 마치 감옥에 갇힌 죄수의 꿈에 가축 떼와 목장과 명예 관직을 얻는 광경이 나타나듯, 지난 세월의 햇살이 내 머리 위를 비추었네. 나는 그 자리에 그대로 서 있었네! 그리고 나는 스스로 목숨을 끊어 버릴 용기를 가지고 있으니 굳이 나 자신을 꾸짖지도 않았네. 그럴 수만 있다면. 그래서 나는 지금 아무런 낙

이 없고, 꺼져 가는 삶을 한순간이라도 더 연장하려 하고, 생활고를 덜기 위해 울타리에서 땔감을 구하고 이 집 저 집을 다니며 먹을 것을 구걸하는 노파처럼 이렇게 여기에 앉아 있는 것이네.

12월 14일

이게 어찌된 영문인지 모르겠네. 사랑하는 친구여, 나도 나 자신이 놀라울 뿐이네! 로테를 향한 나의 사랑은 더없이 성스럽고 더없이 순수하며 그야말로 남매간의 그런 사랑이 아니었나? 내가 언제 한 번이라도 벌받을 만한 욕망을 마음속에 품어 본 적이 있었던가? 하지만 나는 맹세까지 할 생각은 없네. 어쨌든 꿈이라는 것도 있으니까. 꿈이라니! 그렇게 모순된 작용들의 원인을 자신과는 관계없는 낯선 힘의 탓으로 돌리려 했던 사람들은 얼마나 참된 것인가! 지난밤이었네! 이 말을 하는 것조차 내 몸을 떨리게 하는군. 나는 그녀를 내 두 팔로 안아 가슴에 꼭 끌어안은 채, 사랑을 속삭이는 그녀의 입술에 끝도 없이 키스를 퍼부었다네. 나의 두 눈동자는 사랑에 취한 그녀의 눈동자 속에 녹아들고 말았네. 하나님! 그때의 행복감을 지금도 여전히 느낀다면, 진실한 애정으로 다시 떠올리려 한다면 정녕 저는 벌을 받아야 하나요? 로테! 로테!

나는 이제 모든 것이 끝장난 것 같네! 감각이 혼란스럽고 정신이 혼

미한 것이 벌써 일주일째라네. 무엇이든 제대로 생각할 수 없고, 나의 눈에는 눈물이 가득 고여 있다네.

그 어디에 있어도 마음이 편치 않고, 또 어디에 있다 해도 상관없다네. 난 이제 더 이상 아무것도 원하지 않는다네. 차라리 떠나는 것이 현명한 선택이 아닐까 싶네.

이 무렵 베르테르는 세상을 떠나고자 하는 결심을 이런 상황 속에서 더욱 확고히 했던 것 같습니다. 로테에게 돌아온 후 이와 같은 생각은 그에게 언제나 마지막 희망이자 최후의 바람이었습니다. 하지만 그는 마음속으로 너무 성급하고 조급하게 행동할 일이 아니며 최대한 확신을 가지고 침착하고 단호하게 그 마지막 발걸음을 떼어야 한다고 스스로에게 다짐했습니다.

그가 이런 행동을 함에 있어서 주저와 그 자신과의 싸움이 어느 정도였는지는 한 메모에서 잘 드러납니다. 그것은 아마도 빌헬름에게 쓴 편지의 서두인 듯했습니다. 이 메모는 날짜가 적히지 않은 채 그의 다른 서류 뭉치 사이에서 발견되었습니다.

늘 내 앞에 살아 숨 쉬는 그녀의 모습과 그녀의 운명, 그리고 내 운명을 향한 그녀의 연민은 다 타 버린 내 마음에서 아직도 마지막 남은

눈물을 짜낸다네.

커튼을 걷고 그 안으로 걸어 들어가면 모든 것은 그것으로 끝장이야! 그런데 왜 무엇 때문에 이렇게 주저하고 망설이는가? 커튼 뒤의 모습이 어떻게 생겼는지 몰라서? 아니면 다시는 돌아올 수 없어서? 우리가 그 무엇도 확실하게 알지 못하는 것에 대해서는 모든 것이 혼란이고 암흑만 있을 것이라 여기는 게 우리 인간들의 본성이겠지.

마침내 베르테르는 이런 우울한 생각에 익숙해졌고 날이 갈수록 더 깊이 빠져들었습니다. 죽음에 대한 그의 결심은 더욱 확고해졌고 되돌릴 수 없는 지경에 이르렀습니다. 이에 대해서는 그가 친구에게 쓴 아래의 모호한 편지가 잘 말해 주고 있습니다.

12월 20일

고맙네, 빌헬름. 나의 말을 그렇게 사랑하는 마음으로 받아 주어서 정말 고맙네. 그래, 자네 말이 옳아. 내가 떠나는 것이 더 현명한 일인 듯하네. 하지만 자네들이 있는 곳으로 돌아오라는 제안은 썩 내키지가 않는군. 나는 좀 더 먼 길로 돌아가야 할 것 같네. 그때쯤이면 서리가 내려 날씨도 계속해서 춥고, 또 도로 사정도 좋지 않을 테니까 말일세. 물론 자네가 나를 데리러 오겠다니 나로서는 그것보다 더 기쁠

게 없지. 하지만 보름만 더 기다려 주게. 그리고 더 자세한 소식을 담은 편지를 보낼 테니 기다려 주게나. 과일은 무르익기 전에 성급하게 따지 않는 것이 좋다네. 보름 정도의 시간이 빠르냐 늦느냐에 따라서 큰 차이가 생긴다네. 어머니께는 아들을 위해서 기도해 달라고 전해 드리게. 그리고 그동안 기쁘게 해 드렸어야 할 분에게 오히려 너무 많은 심려를 끼쳐 드려 죄송하다고도 말씀드려 주게나. 이것도 내 운명이었나 보네. 잘 있게, 나의 가장 소중한 친구여! 하늘의 모든 축복이 자네 위에 있기를 바라네! 잘 있게!

이 무렵에 로테의 심정이 어떠했는지, 자신의 남편과 불행한 친구에 대한 생각은 어떠했는지에 대해서는 말로 표현하기가 어렵습니다. 단지 우리가 익히 알고 있는 그녀의 성격으로 미루어 짐작해 볼 뿐입니다. 그리고 또 아름다운 영혼을 가진 여성이라면 그녀의 입장이 되어 그녀의 심경을 들여다보고, 그녀의 마음에 공감을 할 수도 있을 것입니다. 하지만 우리가 그것을 똑같이 느낄 수는 없는 일입니다.

그러나 우리가 한 가지 확실하게 말할 수 있는 것은 그녀가 베르테르와 거리를 두기 위해 나름대로 모든 노력을 기울이기로 굳게 결심했다는 사실입니다. 그동안 그녀가 머뭇거렸던 것은 자신의 친구를 진심으로 아끼는 배려심 때문에 그랬던 것입니다. 그녀는 그와 거리

를 두는 것으로 인해 베르테르가 얼마나 힘들게 될지, 그리고 결국 그는 그렇게 하지 못할 것임을 잘 알고 있었습니다. 하지만 그 무렵이 되자 그녀는 확고한 태도를 취하지 않을 수 없는 입장에 놓이게 되었습니다. 그녀가 이러한 관계에 대한 이야기를 입 밖으로 내지 않았듯이, 그녀의 남편 또한 둘 사이의 관계에 대해서 일절 언급을 하지 않았기 때문입니다. 그럴수록 그녀는 남편을 사랑하는 자신의 마음이 남편의 그것과 다르지 않다는 것을 행동으로 보여 주어야 한다고 생각하게 되었습니다.

여기에 마지막으로 삽입된 편지를 베르테르가 친구에게 쓴 날은 크리스마스 직전의 일요일이었습니다. 바로 그날 저녁에 그는 로테를 찾아갔고, 때마침 그녀는 혼자 있었습니다. 그녀는 어린 동생들을 위해서 마련한 크리스마스 선물용 장난감을 정리하느라 정신이 없었습니다. 베르테르는 아이들이 무척 좋아하겠다고 말하면서 자신의 어린 시절 이야기를 꺼냈습니다. 문이 갑자기 열리며 초와 사탕, 사과 등으로 장식한 크리스마스트리가 나타나면 기뻐서 하늘을 날듯이 황홀해하던 시절 말입니다.

"당신도 말이에요."

로테는 당혹스러운 마음을 다정한 미소로 감추면서 말했습니다.

"당신도 얌전하게 말을 잘 들으면 선물을 받을 거예요. 긴 양초나

그 밖의 다른 것도요."

"얌전하게 말을 잘 들으라니, 대체 무슨 뜻입니까?"

그가 큰 소리로 말했습니다.

"어떻게 하면 되나요? 어떻게 하면 그럴 수 있죠, 로테?"

"목요일 저녁이······."

그녀가 말했습니다.

"크리스마스이브예요. 그날 저녁에 아이들은 물론이고 아버지도 오시기로 했어요. 그날 모두 선물을 받을 테니 당신도 그때 오세요. 하지만 그전에 오시면 안 돼요."

베르테르는 흠칫 놀랐습니다.

"부탁이에요, 베르테르."

그녀가 말을 이었습니다.

"언젠가 한 번은 이렇게 말씀드리지 않을 수 없어요. 제 마음이 편치 않아서 이런 부탁을 드리는 거예요. 이런 상태로는 안 돼요. 계속 이런 식으로 갈 수는 없어요."

베르테르는 그녀에게서 눈길을 돌린 채 방 안을 이리저리 서성이면서 "계속 이런 식으로 갈 수는 없다." 하고 혼잣말처럼 웅얼거렸습니다. 자신의 말 한마디가 베르테르를 얼마나 끔찍한 절망 속으로 몰아넣었는지 알아챈 로테는 그에게 이런저런 질문을 하면서 그의 생각을

다른 방향으로 돌려 보려 했지만 아무 소용이 없었습니다.

"알겠어요, 로테."

그가 외쳤습니다.

"다시는 당신을 찾아오지 않겠습니다!"

"그게 무슨 말씀인가요?"

그녀가 대꾸했습니다.

"베르테르, 당신은 우리를 다시 만날 수 있고 또 만나야 해요. 제 말은 그저 조금만 자제해 달라는 거였어요. 당신은 왜 무슨 일이든 한번 시작하면 그렇게 그 일에 정신을 못 차릴 정도로 끝을 보려는 성품을 가진 걸까요. 왜 그렇게 격한 성격을 가지고 태어났나요! 제발 부탁이에요."

그녀는 그의 손을 잡으며 하던 말을 계속했습니다.

"조금만 자제해 주세요! 당신의 정신, 당신의 학식, 당신의 재능이 가져다줄 많은 즐거움을 생각해 보세요! 제발 사나이답게 생각하세요. 당신을 안타깝게 생각하는 것 말고는 아무것도 해 줄 수 없는 저를 향한 당신의 그 슬픈 사랑을 다른 곳으로 돌려주세요."

베르테르는 이를 악문 채 슬픈 표정으로 그녀를 바라보았습니다. 로테는 다시 그의 손을 잡았습니다.

"부탁이에요. 마음을 가다듬고 생각해 보세요, 베르테르!"

그녀가 말했습니다.

"당신은 자신을 속이면서까지 의도적으로 파멸의 길로 들어서려 한다는 것을 모른다고 할 건가요? 베르테르, 왜 하필이면 저를, 이미 다른 남자의 몸이 된 저 같은 여자를? 저는 두려워요. 정말 두려워요. 저를 가질 수 없다는 사실이 당신의 그런 소망을 더욱 자극하는 건 아닐까 해서요."

그는 그녀의 손에서 자신의 손을 슬며시 빼내면서 몹시 언짢은 듯 굳어 버린 표정으로 로테를 바라보았습니다.

"현명하십니다!"

베르테르는 큰 소리로 말했습니다.

"정말 현명해요! 그 말은 알베르트가 했나 보군요! 정치적이로군요! 매우 정치적입니다!"

"그런 말쯤이야 누구나 할 수 있지 않나요?"

로테가 대꾸했습니다.

"그리고 이 넓은 세상에 당신의 마음속 소망을 채워 줄 아가씨가 설마 단 한 명도 없을까요? 마음을 단단히 먹고 적극적으로 찾아보세요. 장담하건대 당신은 좋은 분을 분명히 찾아낼 거예요. 막다른 상황에 스스로를 몰아넣는 당신이 오래전부터 저는 늘 마음에 걸렸답니다. 이런 당신의 일은 당신 자신이나 우리 모두에게 걱정스러운 일이 아

닐 수 없어요. 자신감을 가지세요. 여행이라도 다녀오면 마음이 좀 풀릴 거예요. 당신의 마음에 꼭 드는 소중한 사람을 찾아서 돌아오세요. 그런 후에 우리 진정한 친구로서 우정을 나누며 행복하게 지내도록 해요."

"그런 말은……."

베르테르는 차갑게 웃으며 말했습니다.

"인쇄를 해서 모든 가정 교사들에게 읽어 보라고 돌리면 좋겠군요. 사랑하는 로테! 조금만 더 나를 이대로 내버려 둬요. 그러면 곧 모든 일이 좋아질 테니까요."

"좋아요, 베르테르. 하지만 제발 부탁이에요. 크리스마스이브 전에는 찾아오시면 안 돼요!"

베르테르가 대답하려는 순간 마침 알베르트가 응접실로 들어왔습니다. 그들은 서로 차갑게 저녁 인사를 나눈 후 어색한 분위기 속에서 방 안을 이리저리 서성였습니다. 베르테르는 하나 마나 한 이야기를 시작했다가 곧 중단해 버렸으며 알베르트도 마찬가지였습니다. 그러던 알베르트는 로테에게 일전에 몇 가지 해 놓으라고 부탁했던 일은 어떻게 되었느냐고 물었습니다. 그는 아직 다 끝내지 못했다는 로테의 말을 듣고는 다시 그녀에게 몇 마디 말을 더 던졌습니다. 베르테르에게는 그의 말이 너무 차갑게, 심지어 너무나 가혹하게 들렸습니다.

베르테르는 당장이라도 그 자리에서 떠나오고 싶었지만 그것도 여의치 않아 8시까지 그냥 머뭇거리고 있었습니다. 그의 불만과 불쾌감은 점점 더 커지기만 했습니다. 결국 베르테르는 저녁 식사가 준비되었을 무렵이 되어서야 모자와 지팡이를 집어 들었습니다. 알베르트는 베르테르에게 좀 더 있다 가라고 말했지만 이 말은 베르테르에게 겉치레에 불과한 인사말로 다가왔습니다. 그는 냉정하게 예의를 표하고 밖으로 나와 버렸습니다.

베르테르는 집으로 돌아왔습니다. 하인이 등불로 그의 발길을 밝혀 주려 했으나 베르테르는 등불을 그의 손에서 빼앗아 들고 혼자서 방으로 들어가 버렸습니다. 그러고는 이내 큰 소리로 우는가 싶더니 격분해서 혼잣말로 중얼거리기도 하고, 사나운 발걸음으로 방 안을 왔다 갔다 서성이다가 급기야는 옷도 벗지 않은 채로 침대에 쓰러졌습니다. 밤 11시경에 하인이 조심스레 방으로 들어가 장화를 벗겨야 할지 물어보았습니다. 그는 장화를 벗기도록 두고는 내일 아침에 자기가 별도로 부르기 전에는 절대 방에 들어오지 말라고 단단히 일렀습니다.

12월 21일 월요일, 아침 일찍 베르테르는 로테에게 다음과 같은 편지를 썼습니다. 이 편지는 그가 죽은 뒤 봉인된 채로 그의 책상 위에서 발견되어 로테에게 전해졌습니다. 여러 가지 정황으로 미루어 볼

때, 그가 어떤 상태에서 이 편지를 썼는지 분명하게 전하기 위해 듬성듬성 작성된 편지 중 한 부분을 여기에 소개하고자 합니다.

로테, 나는 이미 결정했어요. 나는 죽으려 합니다. 나는 지금 이 편지를 낭만적 과장 없이 단지 침착하게 쓰고 있어요. 당신을 마지막으로 만나게 될 날 아침에 쓰고 있습니다.

사랑하는 로테.

당신이 이 글을 읽을 때쯤이면, 인생의 마지막 순간까지 당신과 대화를 나누는 것 외에는 다른 즐거움을 알지 못했던, 늘 고통에 시달려 불행하고 불안했던 한 사내의 굳어 버린 육체 위를 서늘한 무덤이 덮고 있을 겁니다.

나는 참혹하기만 한 하룻밤을 보냈습니다. 그렇지만 한편으로는 자비로운 밤이기도 했습니다. 내가 결정을 하고 단단히 결심을 하게 된 밤이었으니까요. 어제 극도로 흥분한 상태에서 당신의 손을 뿌리치고 나와 이 모든 것들이 내 마음에 사무쳐 왔습니다. 당신 곁에 붙어 있기에 나는 아무런 희망도 기쁨도 없는 존재라는 생각을 하게 되자 내 존재가 처참하고도 차갑게 나를 옥죄어 왔습니다. 간신히 방 안에 들어오자마자 나는 정신없이 무릎을 꿇었어요.

오, 하나님! 당신은 마지막 위안으로 나에게 쓰디쓴 눈물을 흘릴 수

있도록 허락해 주셨습니다! 수많은 생각과 수많은 희망들이 마음속에서 몸부림치고 있었지만, 결국 단 하나의 생각이 아주 확고하게 자리 잡았습니다. 내 마지막 유일한 생각, 바로 죽음의 생각이!

나는 자리에 누웠어요. 그리고 다음 날 아침, 차분한 마음으로 조용히 잠에서 깨어났을 때에도 그 생각은 여전히 확고하게 남아 있었습니다. 나는 죽고 싶다! 그래요. 이 마음속에서 이 생각이 너무나도 확고했습니다. 그것은 절망이 아니라 모든 것을 끝까지 참고 견딘 내가 이젠 당신을 위해 나를 바치겠다는 확신이었습니다. 그래요 로테! 내가 뭣 하러 그걸 숨기겠습니까? 우리 셋 중 하나는 사라져야만 하는데, 내가 그 사람이 되려는 겁니다! 아아, 내가 진정으로 사랑하는 사람이여! 나의 이 상처 난 가슴속에 늘 미친 듯 날뛰며 맴도는 생각이 있었습니다. 그것은 바로 당신의 남편을 죽이고 싶은 생각! 아니면 당신을! 그것도 아니면 나 자신을! 그런 건 아무래도 상관없습니다.

어느 화창하고 아름다운 여름날 저녁, 당신이 산에 오르게 되면 지난날 그토록 자주 이 골짜기를 오르던 내 모습을 기억해 주십시오. 그리고 무성하게 자란 석양 속 키 큰 풀들이 햇빛을 받으며 이리저리 바람에 나부낄 때, 교회의 묘지 저편에 있는 내 무덤도 한번 바라봐 주십시오.

이 편지를 쓰기 시작했을 때만 해도 내 마음은 고요했었는데, 지금

나는 어린아이처럼 눈물짓고 있습니다. 이 모든 장면이 너무나도 생생하게 떠오르기 때문입니다.

밤 10시경에 베르테르는 하인을 불렀습니다. 그러고는 하인에게 옷을 입으면서 자신은 며칠 뒤에 여행을 떠날 생각이니 옷가지를 손질해 놓고 짐을 꾸릴 수 있도록 모든 준비를 해 두라고 일렀습니다. 또한 그는 하인에게 모든 빚 관계를 정리하고 빌려 준 책들도 다 찾아올 것이며, 매주 몇몇 형편이 어려운 사람들에게 얼마씩 나눠 주던 돈은 두 달치 액수를 미리 챙겨 주라고 지시했습니다.

베르테르는 음식을 방으로 가져오라고 했고, 식사를 마친 후에는 말을 타고 곧장 행정관을 만나러 갔지만 때마침 행정관은 집에 없었습니다. 그는 깊은 생각에 잠긴 채 정원을 이리저리 거닐었습니다. 마치 그 모습은 슬픈 기억의 조각들을 하나하나 차곡차곡 쌓아 두려는 듯 보였습니다.

어린아이들은 한동안 베르테르를 가만히 내버려 두지 않았습니다. 그의 꽁무니를 쫓아다니며 몸에 매달리기도 하고, 내일, 모레, 그리고 또 하룻밤을 자고 나면 로테의 집으로 가서 크리스마스 선물을 받을 거라고도 했습니다. 그러고도 아이들은 쉴 새 없이 얼마나 놀랄 만한 선물이 기다리고 있을지, 그 어린 상상력에 어울리는 기적 같은 선물

에 대해서 마음껏 재잘거렸습니다.

"내일!"

베르테르는 큰 소리로 말했습니다.

"모레! 그리고 또 하룻밤 자고 나면!"

그러고 나서 베르테르는 아이들 하나하나에게 마음에서 우러나온 애정 어린 키스를 해 주고 막 돌아서려는데 한 아이가 그에게 다가와 뭔가를 귀에 속삭였습니다. 그 아이는 형들이 멋진 연하장을 아주 큼직하게 써 놓았다고 알려 주었습니다. 한 장은 아빠에게, 또 한 장은 알베르트와 로테에게, 그리고 나머지 한 장은 베르테르 아저씨에게 썼는데, 그걸 새해 첫날 아침에 전해 주려 한다는 것이었습니다. 아이의 말에 베르테르는 가슴이 뭉클해졌습니다. 그는 아이들에게 돈을 조금씩 나눠 주고는 말에 올랐습니다. 아버지에게 안부를 전해 달라고 말하고는 두 눈에 눈물이 가득 고인 채 그곳을 떠났습니다.

베르테르는 5시쯤 집으로 돌아왔습니다. 하녀에게 난롯불을 잘 살펴보라고 말하며 밤중까지 꺼지지 않게 신경을 쓰라고 일렀습니다. 하인에게는 책과 내의를 여행 가방 아래쪽에 잘 넣고 다른 옷가지들은 보자기에 잘 싸서 꿰매 두라고 했습니다. 그러고는 로테에게 보낸 마지막 편지의 다음 구절을 쓴 것으로 보입니다.

설마 내가 올 것이라 여기고 나를 기다리는 것은 아니겠지요! 당신은 내가 당신이 말한 대로 크리스마스이브에나 다시 찾아갈 것이라고 믿고 있겠죠. 오, 로테! 그러나 오늘이 아니면 우리는 영원히 만나지 못할 것입니다. 당신은 크리스마스이브에 이 편지를 손에 들고 온몸을 떨면서 당신의 사랑스러운 눈물로 이 편지를 적실 것입니다. 나는 죽기를 원합니다. 꼭 그렇게 해야만 합니다! 마음을 굳히고 나니 이리도 편안해지는군요.

그사이 로테는 이상한 기분에 사로잡혔습니다. 지난번 베르테르와 마지막으로 대화를 나눈 뒤로 그녀는 그와 헤어지는 것이 자신에게 얼마나 힘든 일인지, 또 베르테르가 그녀와 떨어지는 것을 얼마나 괴로워할 것인지를 분명하게 느꼈던 것입니다.

그녀는 알베르트가 있는 자리에서 지나가는 말로 베르테르가 크리스마스이브 전에는 찾아오지 않을 거라고 말했습니다. 알베르트는 이웃에 있는 한 관료를 찾아 말을 타고 나갔습니다. 처리해야 할 일이 있어서 그곳에서 하룻밤 묵으며 상의를 해야 했기 때문이었습니다.

그래서 그녀는 혼자 앉아 있었습니다. 동생들도 어디를 갔는지 주위에는 아무도 없었습니다. 그녀는 차분히 자신이 처해 있는 상황을 되짚어 보며 사랑하는 사람들과의 관계에 대해 곰곰이 생각했습니

다. 그녀는 자신이 남편과 영원히 맺어져 있다고 생각했고, 그의 사랑과 진심을 잘 알고 있었습니다. 그렇기에 그녀도 남편을 진정으로 사랑했습니다. 남편이 지닌 차분하고 믿음직한 성격은 한 착실한 여자가 그 토대 위에서 인생의 행복을 쌓을 수 있도록 하늘이 정해 준 것 같았습니다. 그녀는 그가 자기 자신과 아이들에게 언제까지나 그러한 존재로 남으리라는 점을 느끼고 있었습니다.

그러나 다른 한편으로는 베르테르도 그녀에게 매우 소중한 존재가 되었습니다. 처음 서로를 알게 된 그 순간부터 그들의 마음은 완벽에 가까울 정도로 일치했으며, 베르테르와 오랜 시간을 함께 교제하면서 경험할 수 있었던 수많은 일들이 그녀의 마음에 지울 수 없는 인상을 남겼습니다. 그녀가 지적 호기심을 가지고 흥미를 느끼거나 생각했던 일들은 어느 것이나 늘 그와 함께 나누는 데 익숙해져서 만일 그와 헤어지게 된다면 그녀 존재 자체에 다시는 채울 수 없는 구멍이 생길 것만 같았습니다. 오, 이 순간 그를 오빠로 삼을 수만 있다면 얼마나 행복할까! 그를 자신의 여자 친구들 중 하나와 결혼시킬 수만 있다면, 그래서 그와 알베르트의 관계도 원래대로 완전히 회복될 수 있다면 얼마나 좋을까!

로테는 자기 친구들을 하나하나 떠올려 보았지만 그때마다 뭔가 부족하다는 느낌만 들었을 뿐 베르테르에게 어울릴 만한 친구는 한 명

도 찾아내지 못했습니다.

이런저런 생각에 잠겨 있는 사이 뭐라고 분명하게 꼬집어 말할 수는 없지만, 그녀는 그를 자기 사람으로서 곁에 간직하기를 진심으로 바라고 있다는 것을, 처음으로 마음속 깊이 느꼈습니다. 그러면서도 자신은 그를 붙잡을 수 없으며 붙잡아서도 안 된다고 스스로를 타일렀습니다. 평소에 무슨 일이든 해맑고 긍정적인 태도로 해결책을 잘 찾아내던 그녀의 순수하고도 아름다운 마음도 이젠 행복에 대해 희망을 가질 수 없다는 우울한 감정에 시달리게 된 것입니다. 그녀의 마음은 무언가에 짓눌린 것처럼 답답했고, 두 눈에는 짙은 먹구름이 잔뜩 덮였습니다.

6시 30분이 되었을 때 그녀는 베르테르가 계단을 올라오는 소리를 들었습니다. 그녀는 그의 발걸음 소리, 그녀가 집에 있는지를 묻는 그의 목소리를 금세 알아챘습니다. 순간 그녀의 가슴은 마구 방망이질 쳤습니다. 그가 그녀의 집을 방문했을 때 이렇게 가슴이 두근거린 것은 아마도 거의 처음이라고 하는 편이 옳은 것 같았습니다. 그녀는 자신이 집에 없는 것처럼 속여서라도 그와의 만남을 피해야 할 것 같았습니다. 그래서 그가 방 안으로 들어왔을 때, 그녀는 당황한 나머지 넋이 나간 사람처럼 격정적으로 소리쳤습니다.

"당신은 약속을 어기셨군요!"

"나는 아무것도 약속한 적이 없어요."

그가 대답했습니다.

"그렇다 하더라도 최소한 제 부탁을 들어주셨어야죠."

그녀가 대꾸했습니다.

"저는 우리 두 사람의 마음의 평안을 위해 부탁했던 거예요."

그녀는 베르테르와 단둘이 있는 상황을 피하기 위해서 몇몇 여자 친구들을 불러오라고 사람을 보냈을 때에도, 자신이 무슨 말을 하고 있는 것인지 무슨 행동을 하고 있는 것인지 제대로 알지 못했습니다. 베르테르는 자신이 가지고 온 책들을 내려놓으며 다른 가족들의 안부를 물어보았습니다. 그녀는 마음속으로 친구들이 와 주기를 바라면서도 다른 한편으로는 오지 않기를 바라기도 했습니다. 이윽고 하녀가 돌아왔고, 그녀의 친구 둘 다 올 수 없다는 말을 전했습니다.

로테는 하녀에게 일거리를 들려서 옆방에 보내려고 하다가 이내 생각을 달리했습니다. 베르테르가 이리저리 방 안을 서성이고 있었고 그동안 로테는 피아노 쪽으로 갔습니다. 그녀는 미뉴에트를 연주하기 시작했지만 제대로 칠 수 없었습니다. 그녀는 마음을 가다듬고 침착하게 베르테르의 옆으로 가서 앉았습니다. 그는 평소와 다름없이 소파에 자리를 잡고 앉아 있었습니다.

"뭐 읽으실 게 없나요?"

그녀가 말했습니다. 그에게는 읽을 만한 것이 아무것도 없었습니다.

"그렇다면 저기 제 서랍 안에……"

그녀가 말하기 시작했습니다.

"당신이 번역한 오시안의 노래 몇 편이 있어요. 저는 아직 그걸 읽지 못했어요. 사실 당신이 읽어 주는 것을 듣고 싶었거든요. 하지만 그동안 그럴 기회가 없었고, 그런 기회를 만들려고 하지도 않았어요."

베르테르는 미소를 지으며 그 노래들의 원고를 꺼내 왔습니다. 그는 원고를 손에 드는 순간 온몸이 떨려 왔고, 두 눈에는 눈물이 가득 솟아올랐습니다. 그는 소파에 자리를 잡고 원고를 읽기 시작했습니다.

어스름한 밤하늘의 별이여, 그대는 서쪽 하늘에서 찬란하게 반짝이는구나. 그대는 빛나는 얼굴을 구름 밖으로 내밀어 당당하게 언덕 위를 거니는구나. 그대는 무얼 찾으려고 황야를 내려다보는가?

거센 폭풍우 잠잠해지고 멀리서 시냇물 흐르는 소리가 들려오는구나. 바위를 희롱하는 파도가 저 멀리서 일렁이며 불나방 떼의 윙윙거리는 소리가 들판 위를 맴도는구나. 아름다운 빛이여, 그대는 어디를 바라보는가? 그대는 그저 미소를 지으며 지나치려 하지만 물결은 기쁜 마음으로 반갑게 그대를 감싸 안고 네 사랑스러운 머리카락을 감겨 주는구나. 잘 있어라, 고요한 빛이여. 네 모습을 드러내어라! 오시

안의 영혼이 깃든 숭고한 빛이여!

드디어 그 찬란한 빛이 강렬하게 나타나고, 나와 헤어진 친구들의 모습이 보이는구나. 지난날 그랬던 것처럼 그들은 다시 로라로 모여드네. 핑갈은 축축한 안개 기둥처럼 다가오고, 그의 용사들이 그를 둘러싸네. 자, 보아라! 노래하는 시인들을. 백발의 울린! 위풍당당한 리노! 사랑스러운 가수 알핀! 그리고 그대, 고요히 탄식하는 미노나여! 나의 친구들이여, 셀마 축제 이후에 그대들은 얼마나 변했는가. 언덕 너머 불어오는 봄바람이 나직이 속삭이는 풀잎을 어루만지듯 우리는 노래로써 명예를 겨루지 않았던가.

그때 아름다운 미노나가 어여쁜 자태를 드러내고 한 발짝 앞으로 나섰도다. 눈물이 그렁그렁한 눈을 아래로 내리뜨고, 언덕 위에서 몰아치는 거센 바람에 머리카락이 나부꼈지. 그녀가 청아한 목소리로 노래를 부르자, 용사들의 마음은 슬픔에 잠겼다. 그들은 자주 살가르의 무덤도 보았고, 창백한 콜마의 불 꺼진 집도 보아 왔기 때문이라. 감미로운 목소리를 가진 콜마는 언덕 위에 홀로 남았노라. 살가르는 반드시 돌아오겠다고 약속했지만, 어느새 사방은 어두운 밤이 내리고 말았네. 저기 언덕 위에 쓸쓸히 앉아 있던 콜마의 목소리를 들어 보라.

콜마

밤이 되었네! 나는 홀로 폭풍우 몰아치는 언덕을 헤매고 있다네. 바람은 사납게 산중에서 불어 대고 냇물은 울부짖으며 바위를 타고 흘러내리네. 폭풍우 몰아치는 언덕에서 외로이 버림받은 나에게 비를 막아 줄 오두막 한 채 없네.

오, 달이여. 구름을 뚫고 나오너라! 밤하늘의 별들이여, 모습을 드러내어라! 한 줄기 빛이라도 좋으니, 부디 사랑하는 이가 사냥에 지쳐 쉬고 있는 곳으로 나를 인도해 다오! 활은 시위가 풀려 내 연인의 곁을 지키고, 사냥개들은 가쁜 숨을 몰아쉬며 주위를 맴돌고 있을 테지. 그러나 나는 여기, 무성한 수풀로 우거진 강가 바위에 홀로 앉아 있어야 하다니. 사납게 날뛰는 강물과 요란스러운 폭풍우 소리에 사랑하는 그대의 목소리를 들을 수 없네.

나의 살가르는 왜 주저하며 오지 않는가? 자신의 약속을 잊은 것일까? 저편에 바위와 나무가 그대로 있고, 여기 가까이에 넘실거리며 흐르는 강물도 그대로 있는데. 어둠이 찾아오면 반드시 이곳으로 찾아오겠다고 그대가 약속하지 않았던가. 아아! 나의 살가르는 어디서 길을 잃고 헤매는 걸까? 나의 잘난 아버지와 오라버니를 버리고 그대와 함께 달아나려 했건만! 그대의 집안과 우리의 집안은 오래전부터 숙적이었지만, 우리 두 사람은 원수가 아니지 않은가. 오, 살가르!

바람이여. 잠시만 침묵을 지켜다오! 강물이여, 잠깐만 가만히 있어다오! 내 목소리가 골짜기 사이로 울려 퍼져 나의 헤매는 연인이 들을 수 있도록. 살가르! 나예요, 내가 지금 그대를 부르고 있어요! 여기 나무와 바위가 있는 곳에서요! 살가르! 사랑하는 그대여! 나 여기에 있는데 그대는 무엇을 망설이기에 오기를 주저하고 있나요?

보라. 달빛이 떠오르고, 골짜기의 강물은 반짝이고, 언덕 위에는 잿빛 바위가 우뚝 솟아 있도다. 그러나 사랑하는 이의 모습은 이 높은 산 위에서도 보이지 않네. 그보다 개들이 먼저 달려와 사랑하는 이가 온다고 알리지도 않으니 이곳에 나 홀로 앉아 있을 수밖에 없네.

그런데 저 아래 황야에 쓰러져 있는 자들은 누구인가? 내가 사랑하는 사람인가? 나의 오라버니인가? 오, 친구들이여, 말 좀 해다오! 그러나 그들은 대답하지 않네. 내 마음이 어찌 이리도 불안하단 말인가. 아아, 그들은 이미 숨을 거두었다네! 그들의 칼은 결투로 인해 붉게 물들었다네! 오, 오라버니여, 나의 오라버니여, 어찌하여 살가르의 목숨을 앗았나요? 오, 살가르, 그대는 어찌하여 나의 오라버니를 죽인 것인가요? 두 사람 모두 내게는 그토록 소중했건만! 오, 그대는 언덕 위의 수많은 용사들 가운데서 가장 빼어났건만! 그토록 서로 처절하게 싸웠단 말인가. 내 말에 대답해 주세요. 나의 사랑하는 사람들아! 내 말 좀 들어 봐요. 그러나 그들은 말이 없네. 영원히 침묵을 지키려 하

네! 그들의 가슴은 흙처럼 차갑다네!

오, 언덕의 바위에서, 폭풍우 몰아치는 산꼭대기에서 말해다오. 죽은 이들의 혼이여! 말해다오! 나는 조금도 두렵지 않으니! 그대들은 어디서 쉬고 있나요? 첩첩산중 어느 동굴에서 그대들을 찾을 수 있나요? 아무리 귀를 기울여도 희미한 목소리 하나 바람결에 들려오지 않고, 폭풍우 휘몰아치는 언덕에서는 아무런 대답도 실려 오지 않는구나.

나는 비탄에 빠져 눈물을 흘리며 아침이 오기만을 기다리네. 그대 죽은 자들의 친구들이여, 무덤을 파헤쳐다오. 그리고 내가 갈 때까지는 무덤을 다시 흙으로 덮지 말아다오. 나의 인생이 꿈처럼 사라지니, 내 어찌 여기에 홀로 남아 살겠는가! 나 또한 여기 머무르며, 물살이 바위에 부딪치며 울어 대는 이곳 강변에서 사랑하는 친구들과 더불어 살리라. 언덕에 밤이 찾아오고 바람이 황야를 스칠 때, 나의 영혼은 바람과 함께 맴돌며 친구들의 죽음을 애도할 것이네. 사냥꾼이 정자에서 슬퍼하는 나의 목소리를 듣는다면, 두려워하면서도 그 목소리를 사랑하게 될 것이네. 사랑하는 친구들을 애도하는 내 목소리가 감미롭게 들릴 것이기에. 내 친구, 그 두 사람은 나에게 그토록 소중하였기에!

오, 미노나여, 수줍은 듯 살며시 얼굴을 붉히는 토르만의 딸이여. 그대는 이렇게 노래하였지. 우리는 콜마를 애도하며 눈물을 흘렸고, 우

리의 마음 또한 슬픔에 잠겼네.

울린이 하프를 들고 등장하여 알핀의 노래를 들려주었네. 알핀의 목소리는 다정하였고, 리노의 영혼은 뜨거운 불꽃같았네. 그러나 그들은 이미 좁은 무덤 속에서 휴식을 취하며 잠들었고, 그들의 목소리는 셸마에서 사라졌다네. 위대한 용사들이 죽기 전 언젠가, 사냥에서 돌아온 울린은 언덕 위에서 벌이는 그대들의 노래 경연을 들은 적이 있었네. 그들의 노래는 부드러우면서도 애잔했네. 최고의 용사 모라르의 죽음을 애도하는 노래였네. 그의 영혼은 핑갈의 영혼과 같았고, 그의 장검은 오스카르의 장검 같았네. 그러나 모라르는 쓰러졌고, 그의 아버지는 통곡하며 비탄에 빠졌네. 용맹스럽게 장렬한 모라르의 여동생 미노나의 눈에 눈물이 홍수처럼 솟구쳐 넘쳐흘렀다네. 울린의 노래가 흘러나오기 전에, 아름다운 얼굴을 구름 속에 숨기며 폭풍우를 예고하는 서편의 달처럼 미노나는 뒤로 물러났네. 나는 울린과 함께 그 구슬픈 노래에 맞추어 하프를 연주하였네.

리노

비구름이 잦아든 후 맑게 갠 한낮의 하늘에는 구름들이 흩어지네. 변화무쌍한 태양은 발 빠르게 움직이며 언덕을 비추고, 산속의 여울물은 붉게 물들어 골짜기를 타고 흐르네. 여울물이여, 너의 속삭이는

목소리도 감미롭지만, 내 귓가를 울리는 목소리는 더욱더 달콤하다
네. 그것은 죽은 자들을 애도하는 알핀의 목소리라네. 그의 머리는 늙
어 구부러지고 눈물에 젖은 두 눈은 붉게 충혈되었네. 알핀, 타고난 가
인(歌人)이여, 그대는 어찌하여 언덕 위에 홀로 있는가? 어찌하여 숲
속에 몰아치는 돌풍처럼 비통해하는가? 어찌하여 저 머나먼 해안에
일렁이는 파도처럼 슬피 우는가?

알핀

리노여, 내 눈물은 죽은 자들을 위한 것이며, 내 목소리는 무덤에 묻
힌 자들을 위한 것이라네. 언덕 위에 서 있는 그대의 모습은 훤칠하
고, 황야의 아들들 중에서도 단연 아름다운 자태로다. 그러나 그대 또
한 모라르처럼 쓰러질 것이고, 그대 죽음을 서글퍼하는 자가 그대의
무덤 위에 와 앉으리라. 언덕은 그대를 잊을 것이고, 시위가 풀린 그대
의 활은 홀로 팽개쳐져 나뒹굴리라.

오, 모라르, 그대는 언덕을 누비는 노루처럼 날쌔었고, 밤하늘에 치
솟는 불꽃처럼 매서웠도다. 그대의 분노는 폭풍우 같았으며, 그대의
칼은 전장에서 번득이며 황야를 비추는 번갯불 같았도다. 그대의 목
소리는 비 내린 뒤 숲 속의 계곡물 소리와 같았고, 먼 언덕을 울리는
천둥소리와 같았도다. 많은 이들이 그대의 손에 목숨을 잃고 쓰러졌

으며, 그대 안의 타오르는 분노의 불꽃이 그들을 삼켜 버렸노라. 그러나 그가 전장에서 돌아왔을 때, 그대의 얼굴은 더없이 평화로웠다네. 그대의 얼굴은 폭풍우가 지나간 후의 태양 같았고, 고요한 밤하늘의 달빛 같았으며, 그대의 가슴은 사나운 바람이 가라앉아 잔잔해진 호수처럼 고요했다네.

이제 그대의 안식처는 옹색하고 그대의 잠자리는 어둠에 싸여 컴컴하도다! 오, 과거에는 그토록 위대했건만, 그대 무덤의 폭은 고작 세 걸음에 불과하다네! 오로지 이끼로 둘러싸인 네 개의 묘석만이 그대를 추모하는 유일한 기념물이라네. 앙상한 한 그루의 나무와 바람에 나부끼는 무성하게 키 큰 풀들만이 용맹했던 모라르의 무덤을 사냥꾼에게 알려 주네. 그대의 죽음을 애통해하며 눈물을 흘려 줄 어머니도 없고, 그대를 위해 사랑의 눈물을 흘려 줄 애인도 없다네. 그대를 낳아 준 어머니는 이미 세상을 떠났고, 모르글란의 딸들도 이미 목숨을 잃고 쓰러졌도다.

그런데 저기 지팡이를 짚고 몸을 의지한 자는 누구인가? 흐르는 세월에 머리는 하얗게 세고, 두 눈에는 눈물이 고여 붉게 충혈된 저 자는 누구란 말이냐? 오, 모라르, 그분은 바로 그대의 아버지, 오로지 세상에 그대 하나만을 아들로 둔 아버지라네. 그분은 그대가 전쟁터에서 명성을 떨친 이야기도 들었고, 혼비백산 뿔뿔이 흩어져 도망친 적

들의 이야기도 들었네. 그는 모라르의 찬란한 명성도 들었네! 아아! 하지만 아들의 부상 소식은 듣지 못했네. 울어라, 모라르의 아버지여, 절규하라! 그러나 그대의 아들은 당신의 울음소리를 듣지 못하리라. 죽은 자들의 잠은 깊고, 그들이 베고 누운 흙 베개는 낮다네. 그대의 아들은 당신의 목소리에 귀 기울이지 않으니, 아무리 불러 보아도 그대의 부름에 결코 깨어나지 않으리라. 오, 무덤의 아침은 언제 찾아와 깊이 잠든 이를 부르며 깨어나라고 일러 줄 것인가!

편히 쉬어라, 인간들 가운데 가장 고결한 자여, 전장의 정복자여! 그러나 두 번 다시 전쟁터에서 그대의 모습은 보이지 않을 것이고, 어두운 숲도 그대 장검의 번득이는 빛으로 밝게 비춰지지 않으리라. 그대는 후손 하나 남기지 않았지만, 그대의 이름은 이 노래로 길이길이 남으리라. 후손들은 그대의 이름을 들으리라. 전장에서 전사한 모라르의 이야기를 두고두고 들으리라.

용사들의 탄식 소리 드높았고, 그 가운데서도 아르민의 애절하고도 비통한 한숨 소리가 제일 드높았도다. 이는 젊은 나이에 전쟁터에서 목숨을 잃은 아들이 떠올랐기 때문이라네. 명성이 자자한 갈말의 제후 카르모르가 아르민 곁에 다가가 앉았네.

"아르민의 탄식 소리가 어찌 이리 구슬피 들리는가?"

그가 말했네.

"이곳에 무슨 슬피 울어야 할 연유가 있는 것인가? 영혼을 감동시키고 마음을 즐겁게 해 주는 노랫소리가 울려 퍼지고 있지 않은가? 노랫소리는 골짜기 위로 피어오르는 호수의 은은한 안개와도 같아서, 그 촉촉함이 활짝 핀 꽃들을 흠뻑 적셔 활기차게 하리라. 그러나 태양이 힘을 얻어 다시 솟아오르면 안개는 다시 사라지는 법이라네. 호수에 에워싸인 고르마의 통치자 아르민이여, 어찌하여 그대는 애통해하며 비탄에 빠져 있는가?"

애통하도다! 참으로 가슴 아프도다! 내 슬픔의 이유는 결코 사소한 것이 아니라네. 카르모르! 그대는 아들을 잃어 묻어 본 적도, 꽃처럼 어여쁘게 피어나는 딸도 잃어 본 적이 없지 않은가. 용맹스러운 콜가르는 살아 있고, 견줄 데 없이 아름다운 미모를 자랑하는 안니라도 살아 있지 않은가. 오, 카르모르, 그대 집안의 가문은 무성하게 번성하리라. 그러나 아르민의 가문은 내가 마지막 후손이라네. 오, 다우라! 네 침실은 어둠에 싸여 있고, 네가 잠든 무덤 속은 얼마나 답답하더냐. 너는 언제 아름다운 목소리로 노래를 부르며 깨어나려 하는가? 불어라, 가을바람이여! 어서 불어다오! 어두운 황야를 거세게 휘몰아쳐라! 숲속의 거센 계곡물아, 사납게 흘러라! 폭풍우여, 떡갈나무 우듬지에서 뒤흔들며 울부짖어라! 오, 달이여, 흐트러진 구름을 헤치고 나와 그대

의 창백한 얼굴을 드러내다오! 내 아이들이 목숨을 잃은 그 끔찍한 밤의 기억을 되살려다오. 용맹무쌍한 아린달이 쓰러지고 사랑스러운 다우라가 눈을 감던 그날 밤을.

나의 딸 다우라야, 너는 무척이나 아름다웠노라. 푸라 언덕 위에 뜬 달처럼 아름다웠고, 갓 내린 눈처럼 새하얬으며, 들이마시는 산소처럼 신선했노라! 아린달아, 전쟁터에서 너의 활은 강했으며, 너의 창은 비호같이 빨리 날았다. 너의 눈초리는 파도 위의 안개 같았고, 너의 방패는 폭풍 속의 불구름과 같았노라!

전쟁터에서 용맹을 떨친 아르마르가 찾아와 다우라에게 청혼했고, 다우라도 오래 뿌리칠 수 없었네. 그들의 친구들 또한 두 사람의 아름다운 미래를 기대하였네.

오드갈의 아들 에라트는 아르마르의 손에 동생의 목숨을 잃었기 때문에 원한을 품었네. 그리하여 에라트는 뱃사공으로 변장하고 찾아왔네. 파도의 흔들리는 그의 나룻배는 아름다웠고, 노년의 곱슬곱슬한 머리카락은 하얗게 세 백발이 되었으며, 근엄한 얼굴에는 평온함이 깃들어 있었노라.

"그대 아름다운 아가씨여!"

에라트가 말하였네.

"아르민의 사랑스러운 딸이여, 저 바닷가로부터 멀지 않은 바위 위

에, 붉게 익은 나무 열매가 손짓하는 곳에서 아르마르가 다우라를 기다리고 있소. 나는 물결치는 바다를 건너 다우라를 그의 연인 아르마르에게 인도하기 위해 이곳에 왔소."

다우라는 에라트를 따라가서 애타게 아르마르를 불렀지만, 바위에 철썩이는 파도 소리뿐 아무런 대답이 없도다.

"아르마르! 내 사랑하는 이여! 사랑하는 이여! 어찌하여 그대는 내 마음을 애타게 하시나요? 내 말이 들리지 않나요, 아르나르트의 아들이여! 내 말들 들어요! 다우라가 그대를 부르고 있어요!"

배신자 에라트는 큰 소리로 웃으며 육지로 달아났네. 다우라는 목청을 높여 아버지와 오라버니를 불렀네.

"아린달! 아르민! 다우라를 구해 줄 사람은 아무도 없단 말인가요?"

다우라의 목소리는 바다 너머 멀리까지 울려 퍼졌네. 사냥에 방해를 받은 내 아들 아린달은 씩씩거리며 단숨에 언덕을 내려왔노라. 허리춤에 찬 화살은 달그락거렸고, 손에는 활이 들려 있었으며, 짙은 회색의 맹견 다섯 마리가 그를 에워싸고 있었노라. 아린달은 바닷가에서 뻔뻔스러운 에라트와 마주치자 그를 덥석 붙잡아 떡갈나무에 묶었노라. 밧줄로 허리를 어찌나 단단히 붙들어 매었는지, 결박당한 자의 신음은 바람을 타고 울려 퍼졌네.

아린달은 다우라를 데려오려고 작은 배를 타고 파도치는 바다에 몸

436

을 실었네. 그때 분노에 사로잡힌 아르마르가 잿빛 깃털이 달린 화살을 쏘았네. 오, 나의 아들 아린달! 화살이 바람을 가르며 재빠르게 날아가 네 가슴에 꽂히고 말았도다. 배신자 에라트 대신에 네가 목숨을 잃다니. 작은 배는 바위에 이르렀지만 아린달은 그곳에서 쓰러져 죽고 말았네. 오, 다우라! 네 오라버니의 피가 흘러 네 발치까지 닿았으니 그 슬픔을 어찌 말로 다할까.

작은 배는 파도에 부딪혀 산산이 부서졌네. 아르마르는 다우라를 구하지 못하면 스스로 목숨을 끊으려고 바다에 뛰어들었네. 그때 언덕 위에서 불어오는 세찬 돌풍에 파도가 사납게 날뛰었고, 아르마르는 물속에 가라앉아 다시는 떠오르지 못했네.

나는 파도가 부서지는 바위에 홀로 남아, 나의 딸이 울부짖는 소리를 들었노라. 구슬픈 울음소리는 간절하고 드높았지만 아버지는 딸을 구할 수 없었도다. 나는 밤새도록 바닷가에 서서 희미한 달빛에 어른거리는 딸의 모습을 보았고, 밤새 하염없이 우는 소리를 들었노라. 바람이 세차게 불었고, 거센 빗줄기는 산등성이를 때렸노라. 아침이 밝아 오기 전부터 딸의 목소리는 점점 더 약해지더니, 그녀의 숨결도 바위 틈새의 풀을 스쳐 가는 저녁 바람처럼 사그라졌다네. 아르민만을 홀로 남겨 둔 채, 그녀는 슬픔을 이기지 못하고 숨을 거두었네. 전쟁터를 휩쓸었던 내 패기도 이제는 덧없이 사라지고, 아가씨들의 눈길을

사로잡던 내 긍지도 무너져 버렸네.

산중에 폭풍우가 몰아칠 때, 북풍이 매섭게 파도를 일으킬 때, 나는 울부짖는 바닷가에 앉아 저 몸서리쳐지는 끔찍한 바위를 바라본다네. 저무는 달빛 속에서 내 아이들의 혼령을 자주 본다네. 희미한 어둠 속에서 서글픈 모습으로 떠도는 아이들의 영혼을.

로테의 눈에서 폭포처럼 넘쳐흐르는 눈물은 짓눌려 먹먹했던 가슴의 숨통을 틔워 주었습니다. 하지만 그 때문에 베르테르는 잠시 낭송을 멈추었습니다. 베르테르는 원고를 내던지고 로테의 한 손을 잡은 채 슬피 울었습니다. 로테는 다른 한 손으로 손수건을 꺼내어 두 눈을 가렸습니다. 두 사람은 주체할 수 없는 감동에 사로잡혔습니다. 그들은 고결한 사람들의 운명에서 자신들의 슬픈 운명을 느꼈습니다. 두 사람의 마음이 동시에 통했고, 눈물 또한 하나가 되어 두 사람을 맺어지게 했습니다. 베르테르의 눈과 입술이 로테의 팔에 닿아 뜨겁게 달아올랐습니다. 그 순간 로테는 온몸에 전율을 느껴 그 자리를 벗어나려 했지만 고통과 연민이 납덩이처럼 무겁게 짓눌러 도저히 움직일수가 없었습니다. 로테는 겨우 심호흡을 하고 정신을 가다듬은 후에, 베르테르에게 계속 읽어 달라고 흐느끼며 부탁했습니다. 그야말로 천상의 목소리로 간청했습니다. 베르테르의 온몸은 부르르 떨렸고, 가

슴은 미어지는 듯했습니다. 베르테르는 원고를 집어 들어 가라앉은 목소리로 더듬거리며 읽기 시작했습니다.

봄바람아! 어찌하여 나를 깨우느냐? 너는 살랑거리며 위로라도 하듯이, 천상의 이슬방울로 촉촉이 적셔 준다고 말하는구나. 그러나 나의 생기가 다할 시간이 다가왔고, 내 잎사귀들을 떨어뜨릴 폭풍우도 가까이 다가왔노라. 내일이면 그 언젠가 내 아름다운 모습을 마음에 새겼던 나그네가 찾아오리라. 그의 두 눈은 들판을 두리번거리며 나를 찾으리라. 하지만 끝내 내 모습을 발견하지 못하리라.

이 노래의 강한 마력이 불행한 베르테르를 엄청난 힘으로 덮쳤습니다. 베르테르는 깊은 절망감에 사로잡혀 로테 앞에 무릎을 꿇었으며, 그녀의 두 손을 붙잡아 자신의 눈과 이마에 갖다 대었습니다. 그 순간 로테의 마음에 베르테르의 끔찍한 계획에 대한 무서운 예감이 일었습니다. 그녀는 의식이 몽롱해져 베르테르의 두 손을 움켜쥔 채 자신의 가슴에 가져다 지그시 눌렀습니다. 애처로운 마음을 견디지 못하고 베르테르에게 몸을 기댔습니다. 그러자 뜨겁게 달아오른 두 사람의 뺨이 맞닿았습니다. 그 순간부터 두 사람에게 주변의 세상은 존재하지 않았습니다. 베르테르는 두 팔로 로테를 꼭 껴안은 채, 떨리는 그

녀의 입술에 격렬한 키스를 퍼부었습니다.

"베르테르!"

로테는 고개를 돌리며 숨 막히는 목소리로 외쳤습니다.

"베르테르!"

그녀는 가녀린 손으로 베르테르의 가슴을 밀어내려 했습니다.

"베르테르!"

그녀는 더없이 고귀한 감정이 깃들어 있는 목소리로 침착하게 외쳤습니다. 베르테르는 더 이상 저항하지 않고, 로테를 안았던 두 팔을 풀었으나 정신을 잃은 듯 그녀 앞에 쓰러졌습니다. 로테는 몸을 뿌리치며 일어났습니다. 스스로도 사랑인지 분노인지 알 수 없는 감정에 휩싸여 몸을 떨며 두렵고 혼란스러운 목소리로 말했습니다.

"이것이 우리의 마지막이에요! 베르테르! 두 번 다시 당신을 만나지 않겠어요."

그런 뒤 이 가련한 남자를 사랑이 가득한 눈빛으로 바라보더니, 황급히 옆방으로 달려가 문을 잠갔습니다. 베르테르는 그녀를 향해 두 팔을 뻗었지만, 감히 붙잡으려 하지 않았습니다. 그는 소파에 머리를 기댄 채 바닥에 쓰러져 30분 이상을 꼼짝도 않고 있다가, 식사 준비를 하려고 들어온 하녀의 인기척을 듣고 정신이 들었습니다. 베르테르는 방 안을 이리저리 서성이다가 다시 혼자가 되었을 때 옆방 문 쪽으로

다가가 나지막이 그녀를 불렀습니다.

"로테! 로테! 딱 한마디만 할게요! 잘 있으라는 작별 인사만이라도 하게 해 주오!"

그녀는 아무런 대답도 하지 않았고, 베르테르는 대답을 기다리다가 한 번 더 애원하고 또다시 기다렸습니다. 그래도 여전히 대답이 없자, 발길을 돌리며 외쳤습니다.

"잘 있어요, 로테! 영원히 잘 있어요!"

베르테르는 성문에 이르렀습니다. 이미 베르테르를 잘 아는 문지기 들은 아무런 말없이 성문 밖으로 내보내 주었습니다. 진눈깨비가 흩 날리는 날씨였습니다. 베르테르는 11시경에야 집으로 돌아와 문을 두 드렸습니다. 하인은 주인의 모자가 없어진 것을 알아차렸지만, 딱히 참견할 입장은 아니라 그냥 말없이 주인의 옷을 벗겼습니다. 베르테 르의 온몸은 흠뻑 젖어 있었습니다. 나중에 그 모자는 계곡이 내려다 보이는 언덕 기슭의 바위에서 발견되었습니다. 진눈깨비가 흩날리는 캄캄한 밤중에 굴러떨어지지 않고 어떻게 거기까지 올라갔는지 알 수 없는 일입니다.

베르테르는 침대에 누워 오랫동안 잠을 잤습니다. 다음 날 아침 베 르테르의 부름을 받고, 하인이 커피를 준비해 방으로 가져갔을 때, 베 르테르는 뭔가를 쓰고 있었습니다. 그는 로테에게 보내는 편지에 다

음과 같은 구절을 쓰고 있었습니다.

  나는 마지막으로, 정말 마지막으로 눈을 뜨고 있소. 아아! 내 눈은 두 번 다시 태양을 보지 못할 것이오. 지금 안개가 자욱이 끼어 태양을 가리고 있소. 그러니 자연이여, 슬퍼해다오! 그대의 아들, 그대의 친구, 그대의 연인이 마지막 순간을 향해 다가가고 있다. 로테, 이것이 마지막 아침이라고 혼잣말하는 기분이란 도저히 형용할 수가 없다오. 얕은 잠속에서 흐릿한 꿈을 꾸는 것과 비슷하다오. 마지막 아침! 로테, 나는 이 말의 진정한 뜻을 모른다오. 마지막 아침이라! 지금 나는 이렇게 온 힘을 다해 서 있는데, 내일이면 사지가 축 늘어져 바닥에 쓰러져 누워 있겠죠. 죽는다! 대체 이 말은 무엇을 의미하오? 자, 보시오. 죽음에 대해 이야기하는 순간, 우리는 꿈을 꿉니다. 나는 죽어가는 사람들의 모습을 많이 보았소. 그러나 인간이란 유한한 존재이기 때문에 자신의 처음과 끝을 이해하지 못합니다. 하지만 아직 나라는 존재는 내 것이고, 당신의 것입니다. 오, 사랑하는 사람이여, 당신의 것입니다! 그러나 한순간에 이별하고 헤어지게 되다니. 혹시 영원히 말인가요? 아니오, 로테, 아니에요. 내가 어떻게 사라질 수 있단 말이오? 그리고 당신이 어떻게 사라질 수 있단 말이오? 우리는 엄연히 존재할 것이오! 사라져 버린다니! 대체 그게 무슨 뜻이오? 그것은 고

작 한마디 말에 불과할 뿐이고, 내 마음에 아무런 울림도 전하지 못하는 공허한 소리일 뿐이오. 죽음, 로테! 그것은 차가운 흙 속에 묻히는 것입니다. 그토록 좁고 캄캄한 곳에! 얼마나 답답하고 어둡겠소! 삶이 암담하여 무력하게 방황하던 젊은 시절, 내게 무엇보다 소중한 여자 친구가 있었다오. 그녀가 세상을 떠났을 때, 나는 유해를 따라 무덤까지 갔지요. 사람들이 관을 아래로 내렸고, 관 밑에 묶여 있던 밧줄을 풀어 다시 위로 감아올렸소. 그런 다음 누군가가 삽으로 흙을 떠 관 위에 뿌리자, 관 뚜껑에서 가냘프지만 둔탁한 소리가 울렸습니다. 그 소리는 갈수록 희미해지더니 마침에 관 전체가 흙으로 완전히 뒤덮였다오! 나는 그만 무덤 옆에 쓰러지고 말았소. 정신을 차릴 수 없을 정도로 충격적이고 두려웠으며 마음은 산산이 부서져 갈기갈기 찢어지는 듯했소. 그러나 나한테 무슨 일이 일어났고, 또 앞으로 어떻게 될지 도무지 알지 못했다오. 죽는다는 것! 무덤! 나는 이런 말들을 이해할 수 없소!

오, 나를 용서해 주시오! 제발 어제 일어난 일을 용서해 주시오. 그 순간이 내 인생의 마지막 순간이었다면 좋았을 것을. 오, 나의 천사여! 처음으로, 분명 생전 처음으로 내 마음속 아주 깊은 곳에서 뜨거운 희열이 나를 휘감았다오. 그녀가 나를 사랑한다! 그녀가 나를 사랑한다! 당신의 입술에서 흘러나온 성스러운 불꽃이 아직도 내 입술에서 불타

오르고, 일찍이 경험하지 못했던 새롭고 뜨거운 환희가 새록새록 내 가슴에 들끓고 있소. 나를 용서하시오! 제발 나를 용서하시오!

아아, 당신이 나를 사랑한다는 것을 알고 있었습니다. 처음 만났을 때의 다정한 눈길에서, 처음 악수를 나누었을 때의 따스한 손길에서 말입니다. 그럼에도 내가 당신 곁에서 떨어져 있고, 알베르트가 당신 옆에 나란히 있는 것을 볼 때면 또다시 열병과 같은 의혹에 빠져 절망에 빠지곤 했습니다.

당신이 내게 꽃을 보냈던 일을 기억하나요? 언젠가 어느 곤혹스러운 모임에서 내게 말 한마디 걸지 못하고, 악수조차 건넬 수 없었을 때 말입니다. 오, 나는 자정이 될 때까지 그 꽃 앞에 무릎을 꿇고 앉아 있었습니다. 그 꽃은 나에게 당신의 사랑을 증명해 주었기 때문입니다. 그러나 아아! 이제는 그런 느낌도 사라지고 말았습니다. 눈에 보이는 또렷하고 신성한 계시를 통해 천상의 은총을 넘치게 받았지만, 그 충만했던 감정이 신앙인의 마음속에서 차츰 사그라지듯 말입니다.

그런 모든 것들이 덧없을 뿐이오. 그러나 어제 당신의 입술에서 느꼈던, 지금도 내 안에서 불타오르는 이 생명은 내 마음 깊이 스며들어 영원히 꺼지지 않을 것입니다. 그녀가 나를 사랑한다! 나는 이 두 팔로 그녀를 끌어안았고, 이 입술은 그녀의 입술에 닿아 파르르 떨렸으며, 이 입은 그녀의 입가에서 더듬거렸습니다. 로테는 나의 것이다!

그대는 내 여인이다! 그렇소, 로테, 영원히.

알베르트가 당신의 남편이지만, 도대체 무슨 의미가 있단 말이오? 남편! 그것은 이 세상에서의 일이오. 그러니 이 세상에서 내가 당신을 사랑하고 당신을 알베르트의 품에서 내 품으로 가로채는 것은 죄가 될 것이오. 죄악! 좋소, 그렇다면 나는 스스로 벌을 내리겠습니다. 나는 천상의 희열 속에서 그 죄를 맛보고, 생명의 향기로운 기름과 기운을 가슴 가득히 들이마시겠소. 지금 이 순간부터 당신은 나의 것입니다! 나의 여인. 오, 로테! 내가 먼저 가리다! 나의 아버지 그리고 당신의 아버지 곁으로 가서 그분께 하소연하겠소. 그러면 아마도 당신이 올 때까지 그분이 나를 위로해 주실 겁니다. 그러다 당신이 오면 나는 달려 나가 당신을 끌어안을 것입니다. 무한하신 그분 앞에서 당신을 껴안아 영원히 풀지 않고 당신 곁에 머무를 것입니다.

지금 나는 꿈을 꾸는 것도 아니고 헛된 망상에 빠진 것도 아닙니다. 죽음이 가까이 다가오니 외려 모든 것이 뚜렷해지고 있습니다. 그곳에서 우리는 영원히 함께할 것입니다. 우리는 다시 만나게 될 것입니다. 나는 당신의 어머니도 만날 것입니다. 당신의 어머니를 꼭 찾아내어 그분에게 내 마음을 전부 털어놓겠습니다. 당신의 어머니, 당신과 꼭 닮은 그분!

11시경에 베르테르는 하인을 불러 알베르트가 돌아왔는지 물었습니다. 하인은 알베르트가 말을 끌고 가는 것을 보았으니 돌아왔을 거라고 대답하였습니다. 그러자 베르테르는 다음과 같은 짧은 내용의 편지를 써서 봉인하지 않은 채 하인에게 주었습니다.

여행을 떠날 예정인데 권총을 좀 빌려 주시겠소? 그럼 안녕히 계십시오.

사랑스러운 부인 로테는 잠을 이루지 못하고 뜬눈으로 지새웠습니다. 마침내 그녀가 두려워하던 일이 벌어지고 만 것입니다. 그것도 전혀 예상치 못했고 생각하지도 않았던 방식으로 말입니다. 평소에 그렇게 맑고 순수하게 흐르던 피가 열병에 걸린 것처럼 격렬하게 끓어올랐으며, 온갖 상념이 평온하던 마음을 혼란스럽게 뒤흔들었습니다. '지금 가슴에 느끼고 있는 것은 베르테르와 했던 포옹의 불길일까? 아니면 그의 무모한 행동에 대한 불쾌감일까? 그것도 아니라면 근심 걱정 하나 없이 자신을 신뢰하면서 스스럼없이 살아온 지난날과 현재의 상태를 비교해 봤을 때 느끼는 불만이었을까? 이제 남편을 어떻게 맞이해야 할까? 사실 마음에 별로 거리낄 것이 없는데도 솔직히 고백하자니 망설여지는 이 상황을 어떻게 그에게 털어놓을 것인가? 남편과

나는 오래전부터 베르테르에 관해서는 침묵으로 일관했는데, 이제 내가 먼저 이 침묵을 깨고 요즘처럼 적절하지 않은 시점에 예기치 못했던 일을 고백해야 하나? 베르테르가 찾아왔다는 소식만으로도 남편이 불쾌하게 여기지 않을까 두려운데, 이런 뜻밖의 파국을 어떻게 털어놓을까? 이런 상황에서 남편이 나를 오해하지 않고 바라보고, 어떤 선입견도 없이 나의 말을 들어 줄 수 있을까? 내 마음을 있는 그대로 이해하기를 바랄 수 있을까? 지금까지 나는 투명한 유리잔처럼 무엇 하나 숨기지 않고 남편을 대했으며, 단 한 번도 마음속의 감정을 숨기지 않았고 숨길 수도 없었는데, 이제 와서 남편을 기만할 수 있을까?'

이런저런 생각들이 뒤엉킨 로테의 마음은 혼란스러웠습니다. 그리고 그런 그녀의 생각들은 자꾸만 베르테르에게로 되돌아갔습니다. 베르테르는 이제 그녀가 영영 잃어버린 존재나 다름없었지만, 그렇다고 그대로 내버려 둘 수는 없었습니다. 로테를 잃으면 아무것도 남지 않는 베르테르를 더 이상 집 안에 들일 수 없었으며, 유감스럽게도 그녀는 베르테르 자신에게 맡겨 두고 모른 척할 수밖에 없었습니다.

로테는 그 순간에 분명히 느끼지 못했지만, 베르테르와 알베르트 사이에 굳게 뿌리내린 침묵이 그녀의 마음을 무겁게 짓눌렀습니다. 그토록 합리적이고 선량한 사람들이 가치관이 좀 다르다고 서로에게 침묵하고, 끝내는 자신만이 옳고 상대방은 그르다고 판단하기에 이르

렸습니다. 결국엔 서로의 관계가 얽히고설키면서 모든 것이 걸려 있는 중대한 순간에도 그 매듭을 풀 수 없는 지경에 이르렀습니다. 두 사람이 일찍 화해하여 행복한 신뢰감으로 가까워지고, 서로가 사랑과 너그러움으로 마음의 문을 활짝 열었더라면, 우리의 친구 베르테르를 구할 수 있었을지도 모릅니다.

게다가 여기에는 또 한 가지 특별한 사정이 있었습니다. 이미 여러 통의 편지에서 알 수 있듯이, 베르테르는 세상을 떠나고 싶어 하는 자신의 열망을 조금도 숨기지 않았습니다. 알베르트는 이미 여러 차례 베르테르의 그런 생각을 반박해 왔으며, 종종 로테하고도 이를 화제 삼아 대화를 나눈 적이 있습니다. 자살 행위에 대해 근본적으로 반감을 품고 있던 알베르트는 평소와는 달리 극도의 예민한 태도로 베르테르의 자살 계획이 과연 진정성을 가진 것인지 의심스럽다고 주장했습니다. 더욱이 우롱하는 듯한 말투로 자신은 베르테르의 의도를 전혀 믿지 않는다고 했습니다. 끔찍한 광경이 머리에 떠오를 때면 남편의 이런 말이 로테의 마음에 위안을 주기도 했지만, 다른 한편으로는 지금 이 순간 그녀의 마음을 괴롭히는 근심거리를 남편에게 털어놓지 못하도록 만들기도 했습니다.

알베르트가 집에 돌아오자 로테는 어쩔 줄 몰라 하며 허둥지둥 남편을 맞이했습니다. 알베르트의 표정이 밝아 보이지 않았습니다. 이

윗 마을의 행정관이 완고하고 소심한 탓에, 일이 계획대로 마무리되지 않았기 때문입니다. 더욱이 돌아오는 길마저 상황이 좋지 않아 알베르트의 기분을 더욱 불쾌하게 만들었습니다.

알베르트가 그동안 별일 없었느냐고 물어보자, 로테는 어제저녁 베르테르가 다녀갔다고 서둘러 대답했습니다. 그리고 혹시 편지가 오지 않았느냐는 알베르트의 물음에, 편지 한 통과 소포를 그의 방에 갖다 두었다고 대답했습니다. 알베르트는 자신의 방으로 건너갔고 로테는 혼자 남았습니다. 자신이 사랑하고 존경하는 남편이 돌아왔다는 사실이 로테의 마음에 새로운 느낌을 주었습니다. 그의 고귀한 성품과 사랑, 그리고 선량함을 떠올리자 마음이 한결 편안해졌습니다. 그리고 그녀는 남편을 뒤쫓아 가고 싶은 야릇한 충동이 일었습니다. 그래서 평소대로 일거리를 챙겨서 그의 방으로 들어갔습니다. 알베르트는 소포를 뜯고 편지를 읽는 데 정신이 팔려 있었습니다. 그 가운데는 다소 불쾌한 소식도 있는 듯했습니다. 로테는 남편에게 이런저런 질문을 했고, 알베르트는 짧게 대답하고는 책상에 앉아 무언가를 쓰기 시작했습니다.

두 사람은 한 시간이나 그렇게 앉아 있었는데, 이윽고 로테의 마음은 점점 어두워졌습니다. 아무리 남편의 기분이 좋다 하더라도 지금 이 순간 마음속의 일을 고백한다는 것이 얼마나 어려운 것인지 절실

하게 느꼈기 때문입니다. 로테는 자신의 괴로움을 감추고 있자니 처량한 기분이 들었고, 치솟는 눈물을 억누르려 할수록 더욱 불안하고 답답해졌습니다.

베르테르의 하인이 나타났을 때 로테의 당혹감은 극에 달했습니다. 하인은 알베르트에게 편지를 내밀었고, 알베르트는 침착하게 아내를 쳐다보며 말했습니다.

"그에게 권총을 내어 주시오."

그러고는 하인에게 말하였습니다.

"여행을 무사히 마치길 바란다고 전해 주게."

그 말은 로테에게 천둥소리와도 같았습니다. 그녀는 휘청거리며 겨우 자리에서 일어났습니다. 무슨 일이 일어나고 있는지 알지 못했습니다. 로테는 벽을 향해 천천히 걸어갔습니다. 떨리는 손으로 권총을 내려 먼지를 털어 내면서도 여전히 망설이고 있었습니다. 알베르트가 의심스러운 눈빛으로 재촉하지 않았더라면 그녀는 한없이 머뭇거렸을 것입니다. 로테는 말 한마디 하지 못한 채 그 불길한 물건을 하인에게 건네주었습니다. 하인이 돌아가자 극심한 불안감에 빠진 로테는 일감을 챙겨 들고 자신의 방으로 돌아왔습니다. 로테는 아주 무서운 일이 벌어질 것 같은 끔찍한 예감에 사로잡혔습니다. 지금이라도 당장 남편의 발치에 엎드려 어제저녁에 있었던 일, 자신의 잘못과 불길

한 예감을 모두 고백할까 생각했습니다. 하지만 그래 보았자 아무런 소용이 없을 것이라는 사실을 깨달았습니다. 무엇보다 남편에게 베르테르를 찾아가 보라고 설득할 자신이 없었습니다. 어느새 저녁 식사 시간이 되었습니다. 때마침 볼일이 있어 들렀던 상냥한 여자 친구가 머물러 준 덕에 저녁 식사의 분위기는 그럭저럭 유지되었습니다. 로테는 최대한 마음을 다잡으며 이런저런 대화를 이어 나가며 그 일을 잊으려 애썼습니다.

하인이 권총을 가지고 베르테르에게 돌아와 로테가 손수 권총을 꺼내 주었다고 말하였습니다. 베르테르는 기쁨에 넘쳐 권총을 받아 들었습니다. 그는 빵과 포도주를 가져오게 하고, 하인을 식사하라고 내보내고서 자리에 앉아 편지를 쓰기 시작했습니다.

권총이 당신의 손을 거쳐 내게로 왔습니다. 당신이 직접 권총의 먼지를 털었다고 들었습니다. 당신의 손길이 닿았던 권총에 나는 수천 번 입을 맞추었답니다. 오, 그대 하늘의 영혼이여, 당신은 나의 결심을 격려하고 지지합니다. 로테, 당신이 손수 이 죽음의 도구를 나에게 건네주었습니다. 나는 당신의 손에서 죽음을 받길 바랐는데, 아! 이제 그 소원을 이루게 되었습니다. 아아, 나는 하인에게 자세히 물어보았습니다. 권총을 건네주던 당신의 손길이 몹시 떨렸다고 전해 왔소. 그

런데 당신은 작별 인사조차 하지 않았다 하더군요! 아아, 어떻게 그럴 수가! 어떻게 그럴 수가 있나요! 잘 가라는 인사조차 듣지 못하다니! 나를 당신에게 영원히 붙잡아 맨 그 한순간 때문에, 나에게 마음의 문을 닫아야 했나요? 로테, 천년이 지나도 그때의 그 깊은 감동은 지워지지 않을 겁니다. 그리고 당신만을 위해 이토록 불타오르는 사람을 당신이 미워할 리 없음을 나는 느낄 수 있습니다.

저녁 식사를 마친 뒤, 베르테르는 하인에게 모든 짐을 빠짐없이 챙기라고 일렀습니다. 그리고 많은 서류들을 찢은 뒤에 남아 있는 자잘한 빚들을 청산하기 위해 외출을 하고 돌아왔습니다. 그리고 비가 내리는데도 불구하고 다시 밖으로 나가 성문 앞 백작의 정원과 그 일대를 산책했습니다. 그리고 어둠이 내려앉을 무렵에야 집으로 돌아와 다시 펜을 들었습니다.

빌헬름, 나는 마지막으로 들판과 숲과 하늘을 바라보았네. 자네도 잘 지내게! 사랑하는 어머니, 아들을 용서해 주십시오! 빌헬름, 부디 우리 어머니를 잘 위로해 주게. 그대들 모두에게 하나님의 축복이 있기를 바라네. 내 물건들은 모두 잘 정리해 두었네. 모두 잘 있게! 우리는 다시 만나게 될 것이네. 더욱 기쁜 마음으로.

알베르트, 부디 나를 용서하십시오. 나는 당신에게 폐만 끼친 것 같군요. 나는 당신의 가정의 평화를 방해하고, 부부 사이에 불신의 씨앗을 뿌리고 말았습니다. 안녕히 계십시오! 나는 이제 모든 걸 끝내려 합니다. 내 죽음을 통해 당신들이 행복해지기를 바랍니다! 알베르트! 알베르트! 그 천사와 같은 여인을 행복하게 해 주시오! 하나님의 은총이 항상 당신과 함께하기를!

베르테르는 저녁 늦게까지 서류들을 뒤적거렸습니다. 그중 대부분은 찢어서 난로 속에 던져 넣었고, 몇몇 서류는 빌헬름 앞으로 주소를 써서 소포 몇 개를 봉인했습니다. 편집자가 그 가운데서 몇 가지를 읽어 볼 수 있었는데, 짧은 글귀와 단편적인 단상이 대부분이었습니다. 베르테르는 정각 10시에 하인을 불러서 난로에 불을 더 지피고 포도주 한 병을 가져오라고 한 다음, 그만 가서 잠자리에 들라고 일렀습니다. 하인의 방은 그 집은 다른 관리인들의 방과 마찬가지로 멀찌감치 떨어진 깊숙한 곳에 위치했습니다. 새벽 6시가 되기 전에 우편 마차가 집 앞에 올 것이라고 주인이 말했기 때문에, 하인은 이튿날 아침 일찍 주인의 시중을 들 수 있도록 옷을 입은 채로 잠자리에 들었습니다.

11시 지나서

주위는 적막에 잠겨 참으로 고요합니다. 내 마음도 더없이 평온합니다. 하나님, 이 최후의 순간에 이 같은 따사함과 힘을 베풀어 주셔서 감사합니다.

소중한 그대여, 나는 창가로 다가가 질풍처럼 흘러가는 구름 사이로 펼쳐진 영원한 하늘의 별들을 바라봅니다. 그래, 저 별이 떨어지는 일은 결코 없을 것이오. 영원하신 분께서 너희를, 그리고 나까지도 꼭 품어 주실 테니까. 나는 별자리 중에서 큰곰자리의 북두칠성을 가장 좋아하는데, 지금 그 밝은 별을 올려다보고 있습니다. 한밤중에 당신과 헤어져 당신 집 문을 나설 때면, 언제나 저 별이 나를 보며 떠 있었습니다. 그때마다 황홀한 기분으로 그 별자리를 바라보았습니다. 몇 번이나 두 손을 높이 들어 그 별자리를 나를 휘감은 행복의 징표로, 성스러운 표지로 삼곤 했습니다. 오, 로테, 나에게 당신을 생각나지 않게 하는 것이 어디 존재하겠소! 당신은 나를 에워싸고 있소! 당신의 고결한 손길이 닿는 것이라면, 나는 아무리 작은 것일지라도 어린아이처럼 닥치는 대로 욕심부리며 끌어모았다오!

그리운 당신의 실루엣! 로테, 이 그림을 당신에게 돌려주고 싶습니다. 부디 그것을 소중하게 간직해 주오. 외출하거나 외출에서 돌아올

때 나는 당신의 실루엣에 수천 번 입을 맞추었고 수천 번이나 손 흔들어 눈인사를 했습니다.

나는 당신 아버님께 짧은 편지를 써서 내 시신을 거두어 달라고 부탁드렸습니다. 들판을 바라보는 교회 묘지 뒤편 한구석에 보리수나무 두 그루가 서 있습니다. 나는 그곳에서 영원히 잠들고 싶습니다. 당신 아버님께서는 친구를 위해 그렇게 해 주실 수 있고, 또 기꺼이 그리해 주시리라 믿습니다. 당신도 아버님께 한 번 더 부탁드려 주시오. 하지만 나는 경건한 기독교 신자들을 이 가엾고 불행한 인간의 육신 곁에 눕혀 달라고 무리하게 강요하고 싶지는 않습니다. 아아, 외려 나는 길가에, 혹은 쓸쓸한 골짜기에 묻히길 바랍니다. 그러면 사제와 레위 사람이 내 묘석 앞에서 축복을 빌면서 지나가고 사마리아 사람들도 눈물 한 방울 정도는 흘려 줄 테니까요(루가복음 10장 31~33절 참조).

자, 로테! 나는 죽음의 환희를 들이마실 저 차갑고 섬뜩한 잔을 쥐면서도 조금도 주저하지 않는다오! 당신이 직접 그 잔을 건네 주었기 때문에 난 망설이지 않을 겁니다. 모든 것! 이것으로 내 삶의 모든 희망과 기대, 하나도 남김없이 모두 이루어졌습니다. 나는 이제 의젓하고 완강하게 단단한 죽음의 철문을 두드릴 것입니다,

당신을 위해 목숨을 바칠 수 있는 행복을 누리고 싶었습니다! 로테, 당신을 위해 나를 희생하고 바치고 싶었습니다! 당신에게 삶의 평온

과 기쁨을 되찾아 줄 수만 있다면, 나는 기꺼이 의연하고 기쁘게 죽으려 했소. 그러나 아아! 사랑하는 사람들을 위해서 피를 흘리고, 그 죽음에 의해서 수백 배의 새로운 삶을 북돋운다는 것은 극소수의 고귀한 사람에게만 허락된 일이겠지요.

로테, 당신의 손길이 닿아서 성스러워진 이 옷을 입은 채로 묻히고 싶습니다. 당신 아버님께도 그렇게 부탁드렸습니다. 나의 영혼은 관 위를 떠돌 것입니다. 부디 사람들이 내 호주머니를 뒤지는 일이 없었으면 좋겠습니다. 여기 분홍색 리본은 동생들에게 둘러싸인 당신을 처음 보았을 때, 당신의 가슴에 달려 있던 것입니다. 오, 그 아이들에게 수천 번 키스해 주고, 이 불행한 친구의 운명에 대해서도 이야기해 주시오. 사랑스러운 아이들! 귀여운 아이들이 내 주위를 둘러싸고 있소. 아아, 당신과 나는 대체 어떤 인연으로 맺어진 것일까요! 당신을 처음 본 순간부터 나는 당신에게서 벗어날 수 없었습니다. 이 리본도 나와 함께 묻어 주길 바랍니다. 내 생일에 당신이 선물해 주었지요. 내 얼마나 소중하게 모든 것을 모았는지 모릅니다. 아아, 그때는 그 길이 이렇게 막다른 곳에 이를 줄은 전혀 생각지도 못했습니다. 아무 걱정하지 마시오! 부탁입니다, 부디 진정하길 바랍니다!

총알은 이미 장전해 두었습니다. 지금 막 시계가 12시를 알리고 있습니다. 자, 이제 시간이 되었습니다. 로테! 로테! 잘 있어요! 안녕!

이웃 사람 한 명이 불꽃이 번쩍이는 것을 보았고 총소리도 들었습니다. 하지만 이윽고 주변이 다시 잠잠해지는 바람에 크게 개의치 않았습니다.

이튿날 새벽 6시에 하인은 등불을 들고 방으로 들어갔습니다. 하인은 바닥에 쓰러져 있는 주인과 피가 묻은 권총을 보았습니다. 주위에는 피가 낭자했습니다. 하인은 비명을 지르며 주인을 끌어안았지만 아무런 대답이 없었습니다. 그저 목에서 그르렁그르렁 소리만 났을 뿐입니다. 하인은 의사를 부르고 알베르트를 부르러 달려갔습니다. 초인종 소리가 들렸을 때, 로테는 온몸에 전율을 느꼈습니다. 그녀는 남편을 깨웠고 함께 잠자리에서 일어났습니다. 베르테르의 하인은 큰 소리로 울면서 더듬거리는 목소리로 사건의 소식을 전했습니다. 로테는 정신을 잃고 알베르트 앞에 쓰러졌습니다.

의사가 도착했을 때, 바닥에 쓰러져 있는 불행한 베르테르는 이미 소생할 가능성이 없는 상태였습니다. 간신히 맥박은 뛰고 있지만 사지는 완전히 마비가 되어 뻣뻣하게 굳어 있었습니다. 권총을 오른쪽 눈 위로 쏜 탓에 총알이 머리를 관통하여 뇌가 터져 나와 있었습니다. 의사는 소용없는 일인 줄 알면서도 팔에 정맥 하나를 째어 피를 뽑았습니다. 피가 흘러나오자 베르테르의 가냘픈 숨소리가 새어 나왔습니다.

의자 등받이에 피가 묻어 있는 것으로 보아, 베르테르는 책상 앞에 앉아서 방아쇠를 당긴 것으로 추정되었습니다. 그런 다음 아래로 굴러떨어져 경련을 일으키며 의자 주위에서 몸부림친 것 같습니다. 베르테르는 힘이 빠져 탈진한 채 머리를 창문 쪽으로 향하고 바닥에 쓰러져 있었습니다. 그는 푸른색 연미복에 노란 조끼로 단정하게 차려입고 장화도 신고 있었습니다.

집 안은 물론이고 온 동네와 시내 전체에 소란이 벌어졌습니다. 알베르트가 방 안에 들어왔을 때, 베르테르는 침대에 누워 있었습니다. 사람들은 베르테르의 이마에 붕대를 감았는데, 이미 얼굴에는 죽음의 빛이 감돌고 있었습니다. 베르테르의 사지는 꿈쩍도 하지 않았습니다. 오로지 폐에서만 거칠게 그르렁거리는 소리가 새어 나왔을 뿐입니다. 그마저도 약해졌다 강해졌다 반복되었기 때문에 결국에는 임종을 기다리는 수밖에 없었습니다.

베르테르는 하인이 가져온 포도주를 겨우 한 잔 마셨을 뿐이며, 책상 위에는 《에밀리아 갈로티》가 펼쳐져 있었습니다(독일의 극작가 고트홀트 에프라임 레싱의 비극으로, 자신에게 반한 영주의 계략으로 약혼자를 잃은 에밀리아 갈로티가 정절을 지키기 위해 아버지에게 부탁해 스스로 목숨을 끊는다는 내용).

알베르트가 얼마나 경악했으며 로테가 얼마나 비통했는지 새삼 말

480

하지 않겠습니다.

　늙은 행정관이 비보를 듣고는 말을 몰아 달려왔습니다. 그는 뜨거운 눈물을 흘리며 죽어 가는 베르테르에게 키스를 했습니다. 행정관의 장성한 아들들도 아버지의 뒤를 쫓아 들어왔습니다. 그들은 슬픔을 이기지 못하고 침통한 표정으로 침대 옆에 무릎을 꿇고는 베르테르의 손과 입술에 입을 맞추었습니다. 베르테르가 가장 어여삐 여겼던 맏아들은 베르테르가 숨을 거둔 후에도 그의 입술에서 떨어지려 하지 않아, 사람들이 억지로 떼어 놓아야 했습니다. 베르테르는 낮 12시 정각에 숨을 거두었습니다. 행정관이 그곳을 지키며 여러 가지 일을 처리하여 별다른 차질 없이 진행되었습니다. 행정관은 밤 11시에 베르테르가 원했던 장소에 시신을 묻도록 했습니다. 늙은 행정관과 그의 아들들이 시신을 따라갔지만, 알베르트는 로테의 생명이 위태로웠기 때문에 함께 가지 못했습니다. 인부들이 시신의 운구를 메고 갔으며, 성직자는 한 사람도 동행하지 않았습니다.

World Classic writing book **08**

필사의 힘

괴테처럼 【젊은 베르테르의 슬픔】 따라쓰기

개정 1쇄 펴낸 날 2024년 4월 30일

원   작   요한 볼프강 폰 괴테
펴낸이   장영재
펴낸곳   (주)미르북컴퍼니
전   화   02)3141-4421
팩   스   0505-333-4428
등   록   2012년 3월 16일(제313-2012-81호)
주   소   서울시 마포구 성미산로32길 12, 2층 (우 03983)
이 메일   sanhonjinju@naver.com
카   페   cafe.naver.com/mirbookcompany
S N S   instagram.com/mirbooks